휴 대 폰
세 일 즈
이 것 만
알 　 고
시 작 하 라

휴대폰 세일즈 이것만 알고 시작하라

지은이 강현경 / 이길재 / 정창우 / 성명원

1판 1쇄 발행 2019년 03월 05일

저작권자 강현경 / 이길재 / 정창우 / 성명원

발 행 처 하움출판사

발 행 인 문현광

교정교열 성슬기

디 자 인 오재형, 임민희

주　　소 광주광역시 남구 주월동 1257-4 3층 하움출판사

I S B N 979-11-6640-005-8

홈페이지 http://haum.kr/

이메일 haum1000@naver.com

좋은 책을 만들겠습니다.
하움출판사는 독자 여러분의 의견에 항상 귀 기울이고 있습니다.

휴대폰 세일즈

이것만 알고 시작하라

강현경 · 이길재 · 정창우 · 성명원 지음

강현경 대표

육군 3사관학교 졸업
국방 운영분석학 석사
전) 육군 3사관학교 군사운영분석학 조교수
인천지역 휴대폰 판매점 운영 중

이길재 대표

육군 3사관 학교 졸업
전) SKT 아카데미 강사
SKT 세일스바이블 저자
단통법을 이기는 판매마케팅 공동 저자
인천지역 휴대폰 판매점 운영 중

정창우 대표

휴대폰창업 및 파워셀러 교육 강사
경기지역 13개 매장 전담 교육 강사
단통법을 이기는 판매마케팅 공동 저자
손익 2배 성장 맞춤형 교육프로그램 운영 본부장
경기지역 휴대폰 판매점 운영 중

성명원 대표

전) SKT SALES IN NOVATION ACADEMY 부산 그룹장
부산 및 대구 지역 300개 SKT 매장 교육 및 컨설팅 강사
부산 및 대구 지역 휴대폰 판매점 운영 중

Contents

① 다양한 스토리텔링 사례

② 휴대폰 판매에 업무시 필요한 세일즈 스킬

③ 인터넷 및 IPTV 이해

④ 약정과 할부 개월수의 이해

⑤ 선택약정과 공시지원금의 이해

⑥ 오프라인 판매, 방문 판매, 온라인 판매 이해

⑦ 보증보험

⑧ 명의도용

⑨ 요금제 유지기간을 활용한 판매지원금 업셀링 스킬

⑩ (예시) 휴대폰 판매 진행시 단계별 사례 및 스킬

이길재

올해로 서른아홉이 되었습니다. ──────────

지난 39년을 돌아보고 앞으로의 십 년을 설계 하려고 합니다. 제가 군대를 전역하며, 마음고생이 많았던 시절 친한 동기생 ABCPON 강현경 대표이사에게 보낸 편지입니다.

오래 전에 보낸 편지를 지금까지 보관해주고 허무맹랑한 제 이야기를 기억해준, 정말 고마운 친구입니다.

저는 28살에 군대를 전역하면서 앞으로의 10년을 어떻게 살지 아주 구체적으로 작성했었습니다. 허무맹랑할 수도 있다고 했지만 저는 반드시 이루어낼 것이라고 수만 번 다짐을 했습니다.

그 시절 읽었던 책들이 이루고자 하는 것은 반드시 적고 실천하라고 강조한 사례들을 책으로 수없이 접했고 진짜로 이루어진 사람들의 이야기를 접하며, 저도 앞으로의 10년은 반드시 적고 실천할 것이라고 다짐을 했습니다. 그때 가장 영감을 많이 준 것이 '총각네 야채가게' 이영석 대표님의 책이었습니다. 그리고 2016년에는 신기하게도 엘지 유플러스 김용래 대표님께 이영석 대표님의 책을 통해 영감을 받고 실천하게 되어 감사한 분이라고 대화하던 중, 진짜로 이영석 대표님께 연락을 드리고 휴대폰도 전달해드리는 영광을 얻게 되었습니다.

28살에는 전역을 하면 총각네 야채가게에서 일을 하며, 내가 좋아하는 일을 찾고, 열정적인 삶을 살아야지라고 적고 다짐도 하고. 매년 제 나이와 미래 배우자의 나이, 그리고 월에 땀 흘려서 벌고 싶었던 금액, 행복한 삶을 위해 만들고 싶은 취미, 가고 싶은 여행지, 마지막으로 매해 기쁜 일을 만들며 살아야지라고 표를 작성하고 하나하나 적었습니다. 28살 150만 원부터 시작하여 10년 뒤인 37세에는 600만 원을 땀 흘려 버는 것이 제 목표였습니다.

그 당시에 군인이었던 저는 주변에서 가장 봉급을 많이 받았던 존경하는 분, 가장 높으신 분들의 봉급이 600만 원인 것을 보고 10년 뒤에는 그분들처럼 600만 원을 꼭 땀 흘려서 벌어야지라는 명확한 목표가 있었습니다.

33살을 맞이하는 겨울에 컨설팅업을 창업하고, 컨설팅 의뢰를 받을 대리점들을 반드시 성공시켜야 한다는 사명감을 가지고 혼을 담고 열정을 다해 땀 흘려 목표를 이루어가던 중, SKT 1등 대리점인 백마장 송기택 회장님의 매장을 컨설팅 할 기회를 주어졌는데 그때 회장님이 월 1,000만 원을 주시며 컨설팅업을 맡겨 목표하고 달성하고자 했던 일과 금액을 훨씬 더 넘어서게 되었습니다.

그리고 34세 때부터는 전국의 휴대폰 명장들을 만나서 부산과 김해,

구미, 청주, 대구, 포항 등 전국을 돌며 강의와 컨설팅을 하던 중 지금의 사랑하는 아내 단비를, 34세 가을에 후배강사였던 여승은을 통해 소개 받게 되었고, 36세 5월에 결혼도 이루었습니다. 군대에 있을 때에 35 살 때쯤 장가를 갈 거라고 목표로 적어두었는데 36세 봄에 부산 남천성 당에서 결혼도 하였습니다.

그리고 그때 하고 싶었던 취미생활인 자전거는 지금도 가장 즐거운 취미 중에 하나이며 여행가고 싶었던 곳들은 거실에 세계지도를 붙이고, 여행지에서 작고 예쁜 자석기념물을 사서 지도에 붙여가며 실천 중 입니다.

10년이 지난 올해, 10년 전 ABCPON 강현경 대표이사가 적어준 편지 를 꺼내어보면 구체적으로 작성하고 실천하면 반드시 이루어진다는 것 을 몸소 깨달았습니다. 지금 이 책을 읽는 독자 여러분들도 앞으로의 5 년, 10년에 대해서 구체적으로 작성해보면 평범했던 저보다 더 많을 것 을 이루어내실 수 있을 것입니다.

저는 지금도 제 삶을 변화시켜준 휴대폰이 너무 고맙습니다. 제 일상 에는 늘 휴대폰이 있고, 제가 가장 큰 기쁨을 주는 것도 휴대폰이고, 가장 아프게 하고 저를 시험에 빠뜨리는 것도 휴대폰입니다.

그리고 저는 앞으로도 휴대폰 세일즈를 통해 제 삶을 보다 가치 있는 삶으로 거듭나게 하기 위해 노력할 것입니다. 그리고 이 책을 통해 독자 여러분들께 제가 그동안 전국의 명장들을 만나며 배운 비법들을 함께 공유하고 전달하고 스터디하며 휴대폰 세일즈를 통해 원하시는 목표를 달성하는데 함께하고 싶습니다.

키도 몸무게도 보통사람인 제가 총각네 야채가게 이영석 대표님의 책을 통해 삶의 주체는 나 자신이고, 열정적으로 삶을 마주한다면 성장할 수 있는 스토리를 그대로 실천하고 따라 해서 달성하고자 했던 인생목표들을 이루어낸 것처럼 이 책을 읽는 독자 여러분들과 항상 옆에서 응원해준 ABCPON 강현경 대표이사와 함께 동반성장을 할 것이고 반드시 이루어낼 것입니다.

독자 여러분들도 앞으로의 10년 인생을 표로 그려보시고 가장 중요한 실천을 하신다면 반드시 이루어낼 것입니다.

구분	군인	SKT강사	SKT T셀러	SKT 컨설팅	40대 이후
내용	250만원 150만원저축	250만원~ 100만원 저축	500~600만원 300~400만원 저축	800~1,000만원 500~700만원 저축	가업가 이타적인 삶
삶의변화	+의 삶	+의 삶	x의 삶	2x의 삶	MAX

일반 셀러리맨과 SKT 강사, 셀러 비교

2013년 SKT 세일즈바이블을 작성하며 다짐했던 앞으로의 인생계획

함께 휴대폰 세일즈를 통해 가치 있는 10년 인생계획을 설계하시기 바랍니다. 그동안 공부한 제 모든 노하우를 담고 전달하겠습니다. 그리고 함께 스터디를 통해 성장하고 싶기에 이 책을 만들었습니다.

앞으로의 구체적인 10년 미래 예상도(예시)

년도	본인 나이	배우자 나이 자녀 나이	부모님 나이 형제 자매 나이	業(업)	목표 연봉	취미	여행	기쁜일
2019								
2020								
2021								
2022								
2023								
2024								
2025								
2026								
2027								
2028								

강현경

서른여덟에 십 년을 넘게 해온 직업군인 생활을 그만두면서—
두 번째 직장을 찾아야 했다. 기업에 재취직하기에는 적지 않은 나이
고 막상 취직이 된다고 해도 새로운 직장에서 은퇴할 때까지 다닐 수 있
을지도 의문스러웠다. 평생직장 개념이 점차 사라져가는 지금 두 번째
직장을 선택하기 위해 많은 걱정과 고민을 하였고 그 끝에 선택한 것이
휴대폰 세일즈였다.

휴대폰 세일즈를 선택하여 시작한 이유는 크게 다섯 가지이다. 첫 번
째는 휴대폰이 우리 생활에 꼭 필요한 것으로 자리 잡아 휴대폰 세일즈
산업이 없어지지 않을 것 같아서이다. 급변하는 현대사회에서 내가 종
사하던 산업이 없어지거나 대폭 축소되면 나의 능력과는 무관하게 어려
움을 겪을 수 있는데 휴대폰은 과거에는 통신수단으로 현재는 종합 멀
티미디어 기계로써 형태가 바뀌기는 하겠지만 우리 생활에서 없어지지
않을 것이라 판단했기 때문이다.

두 번째로는 휴대폰 세일즈업을 하기 위한 업체, 즉 판매점을 개설할
때 초기 창업비가 비교적 저렴하고 판매점 운영 간에 재고가 쌓이지 않
는다는 점이었다. 대리점과 달리 판매점 물건을 대량으로 선 구매하고
그것에 마진을 붙여서 판매하는 구조가 아니라 판매를 대행해 주고 판
매 수수료를 받는 것이기 때문에 초기 창업비가 많이 들지 않고 재고가
남아서 발생하는 손실비용이 없다는 점이 매력적이었다. (요식업의 경

우 판매를 못할 경우 남는 재료에 대한 손실비용이 발생) 세 번째로는 노동시간 대비 수익률이 높다는 점이다. 휴대폰 매장에서 상주하는 시간은 일반 자영업자들과 비슷하지만 실제로 물건을 판매하고 마무리하기까지 걸리는 시간이 적은데 판매수익이 보통 5~10만 원 이상이기 때문에 노동시간 대비 수익이 나쁘지 않다고 판단되었고, 혹 손님이 없어서 시간이 남는다면 잔여시간을 활용해서 부업을 할 수 있다고 생각해서이다. 네 번째로는 판매를 하는데 공간제약이 없다는 점이었다. 물건 크기가 비교적 작기 때문에 전국 어디든 택배가 가능하고 택배비용도 기본크기 비용으로 저렴했기 때문이다. 마지막으로 휴대폰은 자연스럽게 제품의 교체주기가 발생하고 재구매 수요가 생긴다는 점과 구매한 고객 중 장기고객, 즉 단골이 형성할 수 있는 산업이라는 점이었다.

이밖에도 여타 산업과 비교해서 사업으로써 매력적인 장점들이 많았고 휴대폰 세일즈업에 뛰어들어 판매점을 창업하고 1년 동안 실제로 운영해본 결과, 사업 시작 전에 생각했던 장점들은 대부분이 유효했다.

휴대폰 세일즈를 배우는 기간은 판매절차를 이해하여 온라인 및 오프라인으로 능숙하게 판매하는데 까지 6개월 정도가 소요되었다. 오랜 기간 휴대폰 세일즈업에 종사해온 친구이자 동업자 이길재 대표의 코칭이 있어서 비교적 큰 난관 없이 휴대폰 세일즈를 배울 수 있었지만 배우는 동안 초보자의 눈높이에서 휴대폰 세일즈를 배울만한 체계적인 도구들이 많지 않다고 생각했다. 고객응대를 잘하기 위한 심리적인 기술과, 판매수익 극대화를 위한 수리적 계산, 각 통신사의 요금제 이해, 휴대폰 제품 특징별 이해 등 배워야 할 것들이 분야별로 다양하고 많았지만 개념적인 내용의 몇몇 휴대폰 관련 서적들 외에 현장에서 필요한 실무형 교재가 없었고 대부분의 실무는 현장에서 경력이 있는 세일즈맨이 하는 것을 보고 배우거나 일하면서 부딪혀서 경험으로 배우는 것이 대부분이었다.

휴대폰 세일즈를 배우면서 실무형 교재가 없어서 아쉬웠던 점을 해결하고 조금 더 체계적이고 시스템적으로 휴대폰 세일즈 업을 하고 싶어 경력 10년이 넘는 각 통신사 베테랑 세일즈맨들의 실무경험과 노하우, 그리고 휴대폰 시장의 정보를 잘 반영하여 '휴대폰 세일즈 이것만 알고 시작하라'를 만들게 되었다. 경험과 지식이 짧아서 처음에 생각했던 것만큼 많은 정보를 책에 수록하지 못했지만 이 책이 저처럼 처음으로 휴대폰 세일즈업을 시작하시는 분들에게 많은 도움이 되었으면 좋겠다.

성명원

스마트폰 열풍이라는 단어가 무색할 정도로 ————

현재는 '스마트폰의 시대'라고 할 수 있다. 우리가 일상생활을 하며 가장 많이 사용하는 물건이 무엇일까? 개인마다 조금 다를 수는 있겠지만 단연 스마트폰이 아닐까라는 생각이 든다. 아침에 스마트폰 알람으로 일과를 시작하며, 출근을 할 때 버스가 언제 오는지, 차는 어느 길이 안 막히는지, 지하철은 어디서 환승을 하는지 정보를 얻는다.

뿐만 아니라 은행 업무에서부터 간단한 쇼핑, 그리고 주위 사람들과의 커뮤니케이션, 모바일 학습부터 이제는 스마트폰 없이 살기에는 너무나도 불편한 시대가 되고 말았다. 특히, 우리나라가 IT 강국이라는 소리를 들으며 스마트폰 기반의 시대를 앞서나가고 있는 것이 사실이다. 이러한 시대를 열었던 배경은 여러 가지가 있겠지만 나는 우리나라 통신 시장의 일명 '폰팔이'라고 하는 휴대폰 세일즈맨들이 일조를 했다고 생각한다.

고등학교 시절 우연히 017신세기 통신 매장에서 아르바이트를 하게 된 적이 있었다. 그때 우리나라에 휴대폰이라는 개념이 막 확산되고 있었던 90년대 후반이었다. 나는 용돈을 벌기 위해 선택했던 그 아르바이트가 이렇게 평생 나와 함께 성장하는 직업이 될 줄은 그때는 알지 못했다. 우연히 시작한 일이었지만, 새로운 물건을 고객에게 판매하는 과정, 그것이 고객에게 새로운 경험과 더 나은 삶을 선물해줄 수 있다는 생각으로 고객을 설득하고 판매 성공까지 이루어지는 과정은 나에게 또 다른 짜릿함을 경험하게 해주었다.

세일즈! 즉, 누군가에게 물건을 판매하는 일에 대한 매력을 느끼며 다양한 세일즈의 시장에 빠져 들게 되었다. 하지만 그중 휴대폰 세일즈가 가장 매력적이라는

휴대폰 판매를 확산하여 많은 사람들의 시간과 공간의 제약을 뛰어넘게 해준 사람들이다. 누군가의 연락을 기다리기 위해 집이나 사무실에서 계속 기다리고 있어야 하는 시대에서 자유롭게 해준 전도사라고 나는 자신 있게 말할 수 있다.

어디 그뿐인가? 각종 통신사에서 나온 부가서비스를 적극적으로 판매하여 고객들이 휴대폰 하나만으로도 다양한 경험을 해볼 수 있도록 도와준 사람들 또한 우리이다. 스마트폰 보급률이 가장 높고 빠른 우리 대한민국에 우리가 없었다면 어떻게 되었을까? 흔히 말하는 피쳐폰에서 스마트폰으로 확산될 때 우린 어플리케이션과 OS라는 개념을 공부하며 고객들에게 스마트폰이 얼마나 혁신적인 물건이 될지 설득하고 판매해왔다. 그 결과 우리나라 스마트폰의 시장은 눈부시게 발전하였다. 물론 그 물건을 연구하고 개발하고, 서비스를 잘 만들었다고 하더라도 많은 사람들이 사용할 수 있도록 판매가 되지 않았다면 무용지물이 되었을 것이다.

물론 그 과정 속에서 치열한 경쟁으로 인해 고객을 속인다거나 하는 일부 판매자들이 있었던 건 사실이다. 하지만 그런 일부 판매자들 때문에 매일매일 쏟아져 나오는 상품들과 서비스에 대해 학습하고 고객에게 알맞은 상품을 추천하기 위해 노력하는 판매자들까지 다 매도되는 것이 늘 안타깝다고 생각을 했었다. 그래서 이제는 우리 스스로 노력하고 최선을 다했던 모습들을 인정하며 우리의 직업이 얼마나 전문적인 세일즈 영역인지를 인정해야 한다고 생각한다.

이 책을 발간한 이유가 그러기 위해서이기도 하다. 쉬는 날도 없이, 아침부터 밤까지 주말에도 우린 늘 열심히 세일즈를 한 전문 통신전문가들이다.

그 영역의 전문가가 되기 위해서는 많은 경험을 축적하게 해주는 시간도 중요하지만, 전문적인 지식과 노하우 또한 중요하다고 생각한다. 내가 20년 가까이 쌓아온 노하우를 이 책을 통해 공유하고 싶고, 또 판매는 그냥 단순히 그 물건만을 판매하는 것이 아니라 나를 판매한다는 생각으로 진정성 있게 임해야 한다는 이야기도 함께 이 책에서 전하고 싶다.

우리 일상생활 속에 가장 중요한 물건이 되어버린 스마트폰! 우리는 고객의 삶의 일부분을 어떻게 보면 컨설팅을 해주는 사람인 것이다. 스마트폰을 통해 또한 함께 사용할 수 있는 각종 다양한 서비스들을 우리는 추천하고 잘 사용할 수 있도록 안내를 하는 역할을 하는 사람들이다.

이 책을 통해 통신전문컨설턴트로 거듭나는 '폰팔이'가 되기를 응원하며, 마지막으로 당신에게 이 말을 전하고 싶다.

"당신은 최고의 세일즈맨입니다!"

SKT
통신사편

휴대폰 판매 절차

휴대폰을 판매하려면 휴대폰이 어떤 절차에 의해서 판매되는지 큰 틀의 흐름을 이해하고 각 단계별로 세부내용을 숙지해야 한다. 그림)은 휴대폰 판매 절차를 도형으로 표현한 것이며 지금부터 그림)에 제시된 순서대로 휴대폰서 알아보도록 하겠다.

그림) 휴대폰 판매 절차

신규가입

신규가입은 처음으로 휴대폰 통신서비스에 가입하는 고객에게 휴대폰 개통을 통해 신규번호를 부여하는 것을 말하며 단가표 상에는 010으로 표기가 된다.

(도매)단가표

구분		요금제 공시 지원금 (참고용)		F 패밀리 인피니티			L 라지			M 미디엄 band에어터 6.5G 쿠키즈18, 주말엔링 3.0 band링 2.0, band안든신 1.2G			R 레귤러			S 스몰 주말엔 팅 세이브 어르신 세이브		
모델명	단말기가격	Large	Small	010	MNP	기변	010	MNP	기변	010	MNP	기변	010	MNP	기변	010	MNP	기변
SM-N960N_128G	1,094,500	13.5	6.5	27	35	32	27	35	27	21	29	19	20	26	15	19	25	13
SM-N960N_512GB	1,353,000	13.5	6.5	28	35	33	28	35	27	22	29	19	21	26	15	20	25	13
SM-N950N_64G	998,800	13.5	6.5	25	32	23	25	32	19	22	29	14	21	27	13	20	27	12
SM-N950N_256G	1,094,500	13.5	6.5	25	32	23	25	32	19	22	29	14	21	27	13	20	27	12
SM-G885S	499,400	11.8	7.0	26	35	25	28	33	19	26	32	14	25	28	10	22	25	8
SM-G950N_64G	599,500	30.0	19.0	20	35	7	20	35	5	17	29	2	16	27	2	15	27	2
SM-G960N_64G	957,000	34.0	24.0	23	35	22	23	35	22	17	29	14	16	26	11	15	25	9
SM-G965N_64G	968,000	43.0	30.0	23	35	19	23	35	12	17	29	7	16	26	4	15	25	2

신규가입의 주 고객은 ①미성년자(어린이/청소년), ②유학생/외국인, ③법인 / 개인사업자 등이며 이 중에서도 사업자 폰을 사용하기 위해 신규가입을 하는 법인 / 개인사업자의 비율이 가장 높다.

① 미성년자 신규가입

미성년자 신규가입은 매년 봄, 유치원과 초등학교 입학식 시즌에 가장 활발하며, 이때 키즈폰이라는 휴대폰 단말기 개통과 함께 이루어지는 경우가 많다.

키즈폰(준 및 쿠키즈 미니폰)

키즈폰은 손목에 차거나 목걸이처럼 사용하는 휴대폰 단말기로 자녀가 부모의 전화에 응답이 없는 경우 자동으로 등록된 부모와 가족에게 자녀의 위치가 제공된다. 그리고 자녀(사용자)가 위험할 때 키즈폰의 SOS 버튼을 누르면 경보음 발생과 함께 자신의 위치가 부모와 가족에게 제공되는 기능이 있어 미성년자의 안전을 관리하는데 도움이 되는 휴대폰 단말기이다.

　미성년자의 신규가입 시 미성년자의 결정은 법적효력이 없기 때문에 법정대리인의 동의를 받는 것이 중요하다. 만약 미성년자가 법정대리인의 동의 없이 신규가입으로 휴대폰 개통 시 신규가입을 유치한 판매자는 불완전판매에 대한 민사상의 책임을 져야 한다. 법정대리인의 동의를 받는 방법은 법정대리인이 매장에 방문하여 현장에서 동의를 구하는 것이 일반적이지만 건강상 또는 업무상의 이유로 법정대리인이 아닌 다른 대리인 방문 시에는 반드시 위임장과 구비서류(대리인 신분증, 법정대리인 인감증명서)를 가져와야 한다.

미성년자 신규가입 sale tip
- 매년 봄 유치원과 초등학교 입학시즌 학부모가 되는 기존고객 대상 마케팅 관리
- 미성년자 신규가입 시 법정대리인 동의 확인 필수
- 저렴한 월 요금(부가세 포함) 강조 쿠기즈 워치 8,800원, 쿠키즈 미니 15,400원, 쿠키즈 스마트 19,800원

---

② 유학생 / 외국인

　유학생/외국인 이들은 국내에만 있는 것이 아니라 필요시 해외로 이동할 수 있는 가능성이 있는 대상이다. 이 말은 신규가입을 통해서 휴대폰을 개통하고 요금제와 회선 유지기간을 지키지 못할 가능성이 많다는 의미와도 같다. 신규가입을 통해 휴대폰을 개통한 경우 통신사와의 계약 조건에 요금제유지기간 124일 및 회선유지기간 183일이 포함되어 있다. 휴대폰을 개통한 고객이 이 기간을 지키지 못할 경우 통신사는 휴대폰을 개통한 고객에게 계약 불이행에 따른 위약금을 청구하게 되고 이

를 판매한 휴대폰 판매자(점)에게는 판매를 장려할 목적으로 지급했던 지원금(리베이트)에 대해 차감 및 환수를 진행하게 된다. 일반적으로 대리점이 아닌 판매점에서는 휴대폰을 판매할 때 판매촉진을 위하여 고객에게 지원금과 사은품(케이스, 필름, 보조배터리 등)을 지급하게 된다. 만약 판매 대상이었던 유학생/외국인이 휴대폰을 사용하다가 해외로 출국하게 되어 사용 중인 휴대폰을 정지하거나 해지하게 되면 요금제 유지 및 회선 유지기간을 지키지 못하게 되므로 판매 당시에 지급되었던 지원금에 대해 차감 및 환수가 진행된다(장기출장, 교육목적으로 출국한 경우 관련문서 제출 시 출국기간만큼 차감 및 환수 면책 가능). 이 경우 판매 당시에는 몰랐던 손실이 판매 이후에 발생하게 되고 결과적으로는 해당 판매 건이 손실판매가 될 수도 있다. 따라서 유학생/외국인에게 신규가입으로 휴대폰 개통을 유치할 때에는 체류기간을 필수적으로 확인하고 체류기간에 문제가 없을 경우에 휴대폰을 개통해야 나중에 있을지 모르는 손실판매를 예방할 수 있다. 또한 체류기간에 문제가 없는 것을 확인하고 개통을 진행한 고객이라도 사정이 생겨 중도에 휴대폰을 정지하거나 해지할 수 있으므로 개통 시 요금제유지기간과 회선 유지기간 불이행에 따른 손실을 정확하게 안내하여야 한다.

유학생과 달리 외국인의 경우에는 체류기간과 함께 필수적으로 확인하여야 될 것이 한 가지 더 있는데 바로 체류코드이다. 내국인은 신용에 문제가 없을 경우 통상 통신회선 4개, 할부회선이 6개까지 가능하기 때문에 신규가입을 통한 휴대폰 개통에 문제가 없지만 외국인의 경우에는 체류코드에 따라 통신회선과 할부회선이 정해지기 때문에 체류코드의 등급이 낮은 경우 휴대폰 개통이 어려울 수 있기 때문이다. 상담을 통해 판매대상이 휴대폰 구매를 결정하고 휴대폰 단말기 세팅까지 완료 후 개통만 남은 상태에서 통신회선 부족이나 할부회선 부족으로 개통이 안

되는 어려운 상황이 발생하는 것을 방지하기 위하여 사전에 체류코드도 확인하여야 한다. 체류코드는 외국인등록증의 정보로 개통실에 확인하면 된다.

고객세부유형	세부유형코드	체류자격코드	010/01x				012			가입한도 합계	단말기 할부분도	PPS 회선
			보증금 면제	보증보험(회사부담)	보증금(20만원)	가입한도 소계	보증금 면제	보증보험(회사부담)	가입한도 소계			
일반 외국인	M0	F-2, F-6	1			2	1		1	3	2	1
		D-6, D-8	2			2	1		1	3	1	1
		H-2	1		1	2	1		1	3	1	1
		E-2, E-7, F-1	1			1		1	1	2	1	1
		F-3	1			1		1	1	2	불가	1
		D-2, D-4, E-9		1		1		1	1	2	불가	1
		H-1		1		1		1	1	2	2015.04.01부터 불가	1
		G-1, E-10	1 (010 or 012)			1			0	1	2015.04.01부터 불가	1
		C-1, E-6		1		1			0	1	2013.07.01부터 불가	1
		이외 체류코드		1		1		1	1	2	서울보증보증확인↓	1
외교/공무/형제	M1	A-1, A-2, A-3	2			2	1		1	3	1	1
주한미군	M2			1		1			0	1	불가	1
우량 외국인	M4	D-5, D-7, E-1, F-3, F-4, F-5	2			2	1		1	3	1	1
		D-1		1		1			0	1	2015.04.01부터 불가	1
		이외 체류코드	1			1	1		1	2	서울보증보증확인↓	1
재외국인	M5	F-4, F-5	2			2	1		1	3	2	1

외국은 체류코드 / 식별번호별 보증금 유형 및 가입한도(예시)

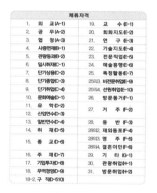

외국인등록증은 외국인이 국내에 장기간 머무르는 경우 신분을 보장하기 위한 것으로 일종의외국인신분증이라고 볼 수 있다. 외국인등록증은 출입국관리사무소를 방문하여 발급 받을 수 있으며 입국한일자를 기준으로 90일 이내에 등록하고 신청하여야 한다. 또한 외국인등록증에 기재된 체류기간이넘어선 경우 연장 허가를 승인 받아 더 머무를 수 있다.

외국인 체류자격 코드 및 외국인 등록증 샘플

③ 법인 / 개인사업자

법인/개인사업자는 사업을 할 때 필요한 업무용폰으로 사용하기 위해 신규가입을 하는 경우가 많다. 이렇게 개통된 사업자의 업무용폰은 사용한 요금의 부가세를 환급 받을 수 있는 혜택이 있다.

사업자의 업무용폰을 개통하는 사람들 중에는 기억이 잘 되거나 의미가 좋은 번호 '7777', '8888', '7942', '8282' 등의 골드번호를 받고 싶어 한다. 신규로 발급받는 번호는 현재 사용하는 사람이 없는 번호 중에서 선택이 가능하기 때문에 '7777', '8888', '7942', '8282' 등의 골드번호를 발급받는 것은 불가능에 가깝다. 예전에는 명의변경을 통하여 타인의 골드번호를 양도 받을 수 있어 골드번호가 암암리에 개인 간 매매가 이루어진 경우도 있었다. 하지만 현재는 가족 이외에는 명의변경이 불가하도록 법으로 통제되어 개인 간의 골드번호 매매가 불가능하기 때문에 현재 골드번호를 사용하는 것은 매우어렵다고 볼 수 있다. 간혹 신규로 발급된 번호가 마음에 들지 않거나 좀 더 좋은 번호를 원하는 사람들이 있는데 이런 경우에는 매일 매일 통신사 홈페이지에 업데이트되는 번호 중에서 마음에 드는 번호를 찾는 방법을 알려드리면 된다. 찾다보면 로또처럼 자신이 원하는 자신만의 골드번호가 나타날 수도 있기 때문이다.

┏ 번호조회 ┓

• 번호조회	010 ∨	3439	3439
• 선호번호	○예 ◉아니요 • 번호용도	일반 ∨	검색

🔲 검색결과 : 53 건

NO	서비스번호	번호용도	선호번호여부
1	010-3150-3439	일반	아니오
2	010-4527-3439	일반	아니오
3	010-4675-3439	일반	아니오
4	010-4719-3439	일반	아니오
5	010-4720-3439	일반	아니오
6	010-4792-3439	일반	아니오
7	010-4802-3439	일반	아니오

통신사 홈페이지를 통한 신규번호 발급가능 목록

법인신규 개통 시 필요서류

　법인/개인사업자의 신규가입으로 휴대폰 개통 시 법인사업자등록증,
법인인감증명서, 법인대표자 신분증(원본필수), 법인통장 등의 서류가
필요하다. 일반 신규가입보다 필요서류가 많기 때문에 이를 고객에게
잘 안내하고 준비해야 한다. 필요서류 첨부가 누락되면 개통이 안 되거
나 개통 후 서류미흡에 따른 미비로 판매 지원금(리베이트)에서 차감을
받을 수 있기 때문이다.

법인/개인사업자 신규가입 sale tip

· 사용요금에 대한 부가세 환급 혜택 안내
· 법인/개인사업자 개통 필수서류
　법인사업자등록증, 법인인감증명서, 법인대표자 신분증(원본필수), 법인통장

앞에서 우리는 신규가입이 무엇인지와 신규가입은 주로 어떤 고객이 가입하고 그 특징은 무엇인지에 대해서 알아보았다. 지금부터 소개할 내용은 신규가입을 통한 휴대폰 개통 시 가장 주의 깊게 확인해야 되는 내용으로 신규가입 휴대폰 개통 시 빈번하게 발생하나 대처방법을 모르면 불량고객에게 이용당하게 되는 속칭 휴대폰 깡(가통)이다. 휴대폰 깡(가통)은 휴대폰 개통을 통해서 신용이 불량한 사람들이 필요한 돈을 마련하기 위해 사용하는 방법으로 휴대폰을 할부로 개통하고 개통된 신형 휴대폰 단말기를 중고가격에 판매하여 현금을 마련한다. 이것의 특징은 신형휴대폰 단말기를 중고로 팔아서 현금을 마련해야 하기 때문에 중고가격을 비교적 높게 받을 수 있는 아이폰이나 삼성계열의 최신형 고가 모델 개통을 선호한다. 그리고 대부분 중고가격에 판매하여 얻게 되는 현금이 개통을 통해 갚아야 하는 휴대폰 할부금의 총액보다 현저하게 적기 때문에 휴대폰 깡(가통)으로 휴대폰을 개통한 불량고객은 개통 이후에 요금제 유지 및 회선 유지기간을 지키지 못하거나 통신요금이 체납될 가능성이 매우 높다. 따라서 이런 불량고객에게 휴대폰을 개통해준 경우 차후에 판매 지원금 차감 및 환수 등의 문제를 겪을 수 있으므로 신규개통을 통한 휴대폰 개통 시 주의 깊게 확인하여야 한다. 또한 휴대폰 깡을 목적으로 접근하는 불량 고객은 본인이 아닌 신분증으로 본인과 가족 관계라고 말하며 허위로 휴대폰을 개통하려고 할 수도 있으므로 신규가입을 통한 휴대폰을 개통할 때에는 반드시 명의자 신분증과 개통목적을 확인하여서 개통 후 명의도용 등의 문제가 생기는 것을 사전에 방지하여야 한다.

현장사례

저자가 운영하는 논현동 매장에 20대 초반의 여성분이 찾아와 업무용폰으로 사용하기 위해 신규가입을통한 애플 아이폰 XS 모델 휴대폰 단말기의 개통을 원하였다. 기존에 사용하고 있는 고가의 휴대폰이 있는데 업무용폰으로 고가의 휴대폰을 추가 사용한다는 것이 의심스러웠지만 일단 아무렇지 않은 척하면서 휴대폰 판매를 위해 고객에게 동의를 받고 위약금, 할부금, 요금제, 결합, 미납, 할부 가능 여부 등을 조회 해본 결과 미납이 많고 할부회선이 2회선으로 제한 되어 있었다. 개통을 하면 나중에 문제가 될 것 같아서 고객에게 조심스럽게 휴대폰 깡에 관련된 사례를 설명하였더니 방금 전까지만 해도 적극적으로 구매하려던 고객이 갑자기 태도를 바꾸면서 좀 더 확인해보고 온다고 하고 매장을 나간 사례가 있었다.

※ 위약금, 할부금 등 고객의 정보를 조회할 때는 사전에 동의를 꼭 받아야 한다. 동의 없이 고객정보 조회 시 패널티(벌금)가 부과될 수 있음.

포켓파이, 기어S , 갤럭시탭 상품사진

　신규가입을 통해 개통되는 휴대폰 단말기 중 비중이 높은 것이 세컨드 디바이스이다. 세컨드 디바이스는 휴대폰 단말기와 함께 사용하여 보다 편리한 라이프스타일 제공한다. 세컨드 디바이스에 종류에는 ① 휴대용 무선모뎀 단말기, ② 스마트워치, ③ 태블릿 등이 있으며 일반적으로 신규가입을 통해 가입자 유치형식으로 판매하면 지원금이 많기 때문에 신규가입 시 이러한 세컨드 디바이스의 개통비율이 높다.

　①휴대용 무선모뎀 단말기(SK텔레콤 포켓파이, KT 에그, LG LTE 라우터)　출퇴근길이나 여행, 출장 등으로 이동 중 무선 인터넷을 이용하고 싶은 사용자나 데이터 제공량이 적은 중저가 요금제를 가입한 이들이 저렴한 비용으로 많은 데이터를 사용하고 싶을 때 주로 사용한다. 이 상품은 15,000원(1,500원 부가세 별도)으로 LTE 데이터를 매달 10GB를 사용할 수 있고, LTE 데이터를 소진하고 나면 3G로 무제한 데이터가 제공된다. 또한 커피숍, 동아리방 등에서 단말기의 KEY번호를 주변 친구들에게 알려주면 근거리에서 최대 10명까지 함께 사용할 수 있다.

　또한 사용하고 있는 스마트폰의 통신사와 상관없이 가입 및 사용할 수 있으며, 데이터가 추가로 필요한 경우에는 충전도 가능하다. 와이브로가 수도권과 대도시 위주로 서비스되는 것과는 달리 포켓파이 등 LTE 통신망을 사용하는 서비스는 전국 어디서나 사용할 수 있다. 그리고 스마트폰 배터리 충전 기능도 탑재하고 있어 보조배터리로 이용할 수도 있다. 유의사항으로는 크기가 작아서 휴대 중 분실하는 경우가 자주 발생하므로 사용 후 휴대 시에 분실하지 않도록 신경 써야 한다.

② 스마트워치(삼성기어S, 애플워치 등) 스마트워치는 손목에 차는 스마트 기기로 고전적인 시계의 기능과 더불어 통화, 문자, 카카오톡 등 휴대폰의 통신 기능이 가능하다. 통신기능이 가능하면서 손목에 착용이라는 안전한 휴대방법 때문에 스포츠, 레저 등의 분야에서 사용자층이 많다.

예를 들어 낚시를 즐기는 사람들은 낚시 중에 전화가 오면 전화를 받다가 휴대폰을 물에 빠뜨리는 곤란한 상황을 겪게 되는 경우가 발생한다. 만약 스마트워치가 있었다면 손목에 착용한 스마트 워치가 물에 빠지는 일이 없기 때문에 낚시 중 전화가 오더라도 불안함 없이 통화가 가능하고 낚시를 좀 더 안정적으로 할 수 있다. 이러한 예는 자전거 동호회, 건설사의 시공현장 등의 스포츠 레저 및 특정 산업분야에서도 발생하기 때문에 스마트 워치는 자전거 동호회, 건설사 임직원 등 사용자들에게 상당히 인기가 많다.

자전거동호회, 낚시동호회, 건설사 임직원그룹 사진

스마트워치 sale tip

· 휴대폰 단말기와 스마트워치를 함께 판매하여 추가 지원금을 획득하라!

구분	삼성 기어S 단품 판매	삼성 노트9 + 기어S 동시 판매
판매 지원금	기어S 판매 지원금	노트9 판매 지원금 + 기어S 판매 지원금 + 동시 판매지원금(추가됨)

※ 휴대폰 단말기와 스마트워치 동시판매 추가 지원금을 잘 활용하면 스마트워치를 무료로 제공할 수도 있다.

31

③ 태블릿(갤럭시탭 / 아이패드) 갤럭시탭 및 아이패드는 세컨드 디바이스 중에서도 가장 활용도가 높은 제품으로 학습, 업무, 오락 등 다양한 방법으로 각계각층에서 사용된다. 갤럭시탭과 아이패드는 유심[1]이 포함되는 통신형 모델과 유심이 미 포함된 Wi-Fi[2] 모델 두 가지가 있다. 통신형 모델은 단말기 구입과 통신요금제 가입 두 가지를 함께 진행하여 구매 비용이 WI-FI 모델보다 비싸지만 일반 휴대폰 단말기처럼 개통을 통해서 휴대폰 사용지역에서는 어디서든지 데이터를 사용할 수 있다. 반면 Wi-Fi 모델은 단말기만 구입하기 때문에 Wi-Fi 지역에서만 데이터 사용이 가능하고 WI-FI 지역이 아닌 곳에서는 스마트폰 및 포켓파이 등과 공유를 통해 데이터 사용이 가능하다.

※ 갤럭시탭 / 아이패드 활용분야

구분	내용
일반	유아(뽀로로 등 오락 및 유아학습용), 청소년 및 성인(영어, 수학 등 학습용)
사업자	유아(뽀로로 등 오락 및 유아학습용), 청소년 및 성인(영어, 수학 등 학습용)

태블릿 sale tip

· SKT 데이터 함께 쓰기 활용 현재 사용 중인 휴대폰 단말기의 데이터를 갤럭시탭 및 아이패드와 함께 쓰는 방법으로 유심만 추가 구매하여 SKT 데이터 함께 쓰기 기능을 사용하면 된다.
· 휴대폰 단말기와 갤럭시탭을 함께 판매하여 추가 지원금을 획득하라! 기어S처럼 갤럭시탭도 휴대폰 단말기와 함께 개통하면 추가 지원금이 발생되므로 판매 시 잘 활용하면 고객 만족도를 높이고 회사의 수익도 증대할 수 있다.

1) 유심(Universal Subscriber Identity Module) : 사용자의 인증을 목적으로 휴대전화 사용자의 개인정보(통신사업자와 사용자 비밀번호, 로밍 정보, 사용자의 개인 전화번호)를 저장하는 모듈로써 스마트카드(USIM 카드)로 제작된다.
2) 와이파이(Wireless Fidelity) : 무선접속장치가 설치된 곳에서 전파를 이용하여 일정 거리 안에서 무선인터넷을 사용할 수 있는 근거리 통신망을 칭하는 기술

여기서 잠깐! 복습

1. 신규가입의 주요 고객층 3가지를 적어주세요.

2. 미성년자 신규가입 시에는 (   ) 동의를 확인하여야 한다.
( ) 안에 들어갈 말을 적어주세요.

3. 유학생/외국인에게 신규가입으로 휴대폰 개통을 유치할 때에 확인하여
야 하는 것을 적어주세요.

4. 법인/ 개인사업자는 사용요금에 대한 (   ) 혜택이 있다.
( ) 안에 들어갈 말을 적어주세요.

5. 법인/개인사업자 개통 필수서류 4가지를 적어주세요.

6. 출퇴근길이나 여행, 출장 등으로 이동 중 무선 인터넷을 이용하고 싶은
사용자나 데이터 제공량이 적은 중저가 요금제를 가입한 이들이 저렴
한 비용으로 많은 데이터를 사용하게 해주고 월 15,000원(1,500원 부
가세 별도)으로 LTE 데이터를 매달 10GB를 사용할 수 있으며, LTE 데
이터를 소진하고나면 3G로 무제한 데이터가 제공되는 상품은 무엇입
니까?

7. 휴대폰 단말기와 함께 판매하면 판매 지원금이 추가되는 상품은 무엇
입니까?

메모

정답

1. ① 미성년자(어린이/청소년), ② 유학생/외국인, ③법인/개인사업자 2. 법정대리인 3. 유학생 : 체류기간, 외국인 : 체류기간 / 체류코드 4. 부가세 환급 5. ① 법인사업자등록증, ② 법인인감증명서 ③, 법인대표자 신분증(원본필수), ④법인통장 6. 휴대용 무선모뎀 단말기(SK텔레콤 포켓파이, KT 에그, LG LTE 라우터) 7. 스마트워치, 갤럭시탭

번호이동

번호이동은 기존에 휴대폰 통신서비스에 가입되어 있는 고객을 대상으로 통신사를 변경하여 휴대폰을 개통하는 것을 말하며 단가표 상에는 MNP(Mobile Number Portability)로 표기된다. 번호이동이라고 하면 기존 사용번호가 변경되는 것으로 오해하는 경우가 생기는데 정확한 개념은 사용하던 번호는 그대로 유지되면서 통신사가 변경되는 것이다.

(도매)단가표

구분		요금제 공시 지원금 (참고용)		F 패밀리 인피니티			L 라지			M 미디엄 band플이트 6.5G 쿠키즈18, 주릴앤링 3.0 band링 2.0, band어른신 1.2G			R 레귤러			S 스몰 주릴밴 힝 세이브 어른신 세이브		
모델명	단말기가격	Large	Small	010	MNP	기변	010	MNP	기변	010	MNP	기변	010	MNP	기변	010	MNP	기변
SM-N960N_128G	1,094,500	13.5	6.5	27	35	32	27	35	27	21	29	19	20	26	15	19	25	13
SM-N960N_512GB	1,353,000	13.5	6.5	28	35	33	28	35	27	22	29	19	21	26	15	20	25	13
SM-N950N_64G	998,800	13.5	6.5	25	32	23	25	32	19	22	29	14	21	27	13	20	27	12
SM-N950N_256G	1,094,500	13.5	6.5	25	32	23	25	32	19	22	29	14	21	27	13	20	27	12
SM-G885S	499,400	11.8	7.0	26	35	25	28	33	19	26	32	14	25	28	10	22	25	8
SM-G950N_64G	599,500	30.0	19.0	20	35	7	20	35	5	17	29	2	16	27	2	15	27	2
SM-G960N_64G	957,000	34.0	24.0	23	35	26	23	35	22	17	29	14	16	26	11	15	25	9
SM-G965N_64G	968,000	43.0	30.0	23	35	19	23	35	12	17	29	7	16	25	4	15	25	2

단가표상 MNP로 표시된 번호이동 정책

번호이동은 판매에 따른 지원금이 많기 때문에 매장운영자, 방문판매사원, 온라인사업자 등 모든 채널에서 유치하려고 하는 휴대폰 단말기 개통유형이다.

판매 지원금이 많은 이유는 우리가 사랑하는 사람과 연애를 할 때 심리를 생각해보면 쉽게 알 수 있다. 사랑하는 사람이 생기면 상대방의 마

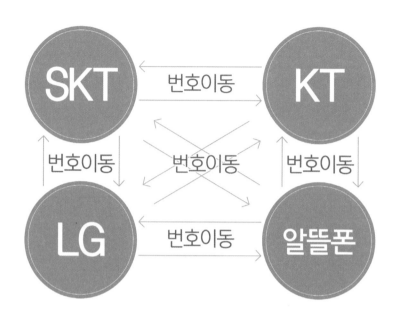

번호이동(통신사 변경) 개념 이해

음을 얻기 위하여 선물을 자주하게 되고 상대방의 마음을 얻고 나면 자
연스럽게 선물의 빈도가 줄어들듯이 통신사도 다른 통신사 휴대폰 사용
고객의 마음을 얻어 자신들의 통신사로 변경시키려고 번호이동에 많은
판매 지원금을 주는 것이다.

번호이동을 유치하게 되면 통신사는 이를 통해 유치고객에게 계약기
간(약정기간) 동안 꾸준히 사용요금을 받을 수 있고 통신시장에서의 가
입자 점유율을 증대할 수 있다.

번호이동을 통한 휴대폰 개통 시에는 통신사를 변경하기 때문에 기존
의 통신사 멤버십 혜택(포인트 포함)이 소멸되고 기존 통신사에서 휴대
폰과 인터넷 결합을 통해 혜택을 받았다면 결합 혜택이 소멸되거나 결
합의 구성원이 제외된 만큼의 혜택이 소멸된다. 따라서 번호이동으로
개통을 할 때에는 반드시 고객에게 위에서 언급한 혜택이 소멸됨을 개

통 전에 안내하여야 한다. 번호이동을 하려면 기존에 사용하던 통신사와의 계약을 해지해야 되는데 이때 필요한 것이 인증이다. 이것은 ① 기존에 사용하던 휴대폰 단말기의 일련번호 뒤 4자리, ② 요금납부 계좌 뒤 4자리, ③ 요금 납부 카드번호 뒤 4자리, ④ 지로 이며 이동하려는 통신사의 계약서류에 기재하여야 한다. 계약서류에 인증을 기재하지 않거나 인증이 맞지 않으면 개통이 지연되어 민원이 발생할 수 있으므로 개통을 하기 전에 꼭 확인하여야 한다.

① 기존에 사용하던 휴대폰 단말기의 일련번호 뒤 4자리는 폴더폰과 기존 분리형 단말기는 배터리 덮개를 제거하면 알 수 있고, 일체형 휴대폰은 뒷면 좌측 하단에 기재되어있다. 아이폰 등 단말기는 소프트웨어의 설정에 확인가능하다.

기존 통신사 해지를 위한 인증

② 요금납부 계좌 뒤 4자리와 ③ 요금납부 카드번호 뒤 4자리는 대다수의 고객이 본인이 납부하고 있는 계좌나 신용카드 뒤 4자리를 모르는 경우가 많다. 이 경우에는 고객이 직접 114 통화를 통해 확인하거나 신분증을 첨부하여 기존 통신사로 조회하여 확인이 가능하다.

④ 고객이 기존에 지로로 납부하고 있었다면 지로개통이 가능하며 납부 계좌와 카드번호를 모르는 경우에는 고객님께서 114로 전화 또는 신분증을 첨부하여 지로로 변경하고 난 후 개통도 가능하다.

번호이동을 하려고 할 때 가끔씩 대상고객이 명의변경 후 3개월 미만 또는 개통 후 3개월 미만을 이유로 승인되지 않는 경우가 있다.

이 경우에는 제한기간 이내 번호이동 신청서를 번호이동 관리기관에 제출하여 승인 받으면 개통이 가능하다. 신청서는 SKT 판매점포탈, LGT 판매마당, KT K-NOTE에서 출력할 수 있으며, 신청서를 작성하여 대상고객의 신분증 사본과 함께 fax 또는 메일로 발송하여야 한다.

이때 첨부하게 되는 대상고객의 신분증은 주민등록 번호 뒷자리가 가려진 컬러 사본이어야 하며 발송 후 특별한 문제가 없으면 10분 이내에 승인 처리된다.

제한기간이내 번호이동 신청서

신청대리점 정보	필수기재 항목이므로 반드시 작성하여 주시기 바랍니다.			
통신회사명	대리점 담당자명	대리점 일반전화번호(지역번호 포함)		대리점 이동전화번호

※ "제한기간이내 번호이동건만" 번호이동관리기관에서 민원처리하오며, 기타문의는 각 통신사 고객센터로 문의바랍니다.

신청대리점 정보	
현재 사용중인 이동전화번호	
현재 사용중인 통신회사	○ SKT ○ KT ○ LGU+ ○ 별정통신사업자 ( )
이동 희망 통신회사	○ SKT ○ KT ○ LGU+ ○ 별정통신사업자 ( )
고객명 (법인명)	
생년월일 (주민등록상 6자리)	
사업자등록번호 (또는 법인번호)	
신청 구분	○ 재이동 ○ 신규 ○ 명의변경
신청사유 (필수 작성 항목)	
번호변경 전 이동전화번호 (번호이동후 번호변경한 고객의 경우 작성)	

1. 번호이동 관리기관 민원실 연락처
   - 전화번호 : 1588-0413, 팩스번호 : 02-541-4370
2. 업무시간 : 월∼금(09:00 ~ 18:00), 토·일 및 법정공휴일 휴무

상기와 같이 제한기간이내에 번호이동을 신청합니다.

년 월 일

성명 (법인명) : (서명·직인)

* 신분증은 주민번호 뒤 7자리를 가린 사본 제출

신분증 사본

제한기간 이내 번호이동
관리기관 민원관리실

fax 02-541-4370
전화 1588-0413
메일 rnp@ktoa.or.kr

제한기간 이내 번호이동 신청서

번호이동 sale tip

· 번호이동 고객 상담 시 "통신사를 변경하시면"이라고 안내하는 것이 좋다.

※ "번호이동을 하시면"이라고 안내하면 번호가 변경되는 것으로 오해하는 고객이 발생 되기 때문

· 번호이동 시 기존 통신사의 멤버십 혜택(포인트 포함)이 소멸되는 것을 고객에게 안내

예) VIP 멤버십 고객의 경우 무료 영화관람 혜택 소멸 · 번호이동 시 기존 통신사의 휴대폰과 인터넷 결합 혜택이 소멸되는 것을 고객에게 안내

예) SKT 온가족 할인, KT 5회선 결합, LGT 가족무한사랑 등 결합을 통해 요금의 50%를 할인 받고 있는 고객을 판매 지원금 때문에 무리해서 통신사를 변경시키게 될 경우 잘못 하면 구성원 제외에 따른 기존 통신사결합 할인이 깨져서 할인혜택이 소멸될 수도 있다. 경우 번호이동을 하게 된 고객뿐만 아니라 기존 통신사에서 결합 할인혜택을 받던 고객의 가족에게도 손실이 생기므로 번호이동 전에는 번호이동에 따른 기존통신사의 결합 할인혜택 손실여부를 꼭 확인해야 한다.

· 번호이동 시 기존 통신사에서 사용하던 휴대폰 해지를 위한 인증방법 4가지

    ① 기존에 사용하던 휴대폰 단말기의 일련번호 뒤 4자리

    ② 요금납부 계좌 뒤 4자리

    ③ 요금납부 카드번호 뒤 4자리

    ④ 지로

· 명의변경 후 3개월 미만, 개통 후 3개월 미만 번호이동 대상고객 : 제한기간 이내 번호이동 승인 필요

여기서 잠깐! **복습**

1. 번호이동은 기존에 휴대폰 통신서비스에 가입되어 있는 고객을 대상으로 통신사를 변경하여 휴대폰을 개통하는 것을 말하며 단가표 상에는 (   )로 표기된다. ( ) 안에 들어갈 말을 적어주세요.

2. 번호이동을 하게 되면 기존 사용하던 번호를 그대로 사용 가능한 것인지 불가능한 것인지 체크해주세요.
   사용이 가능하다. (   )   불가능하다. (   )

3. 번호이동을 통한 휴대폰 개통 전 고객에게 안내해야 하는 사항을 적어주세요.

4. 번호이동 시 기존 통신사에서 쓰던 휴대폰 해지를 위한 인증방법 4가지 적어 주세요.

5. 명의변경 후 3개월 미만, 개통 후 3개월 미만 번호이동 대상고객 제한기간 이내 번호이동 신청서 제출 방법에 대해 적어주세요.

메모

....

....

....

....

....

....

....

....

....

....

....

....

....

....

....

정답

1. MNP 2. O 3. 기존 통신사의 멤버십 혜택(포인트 포함) 소멸, 기존 통신사의 휴대폰과 인터넷 결합혜택 소멸
4. ① 기존에 사용하던 휴대폰 단말기의 일련번호 뒤 4자리, ② 요금납부 계좌 뒤 4자리, ③ 요금납부 카드번호 뒤 4자리,
④ 지로 5. SKT 판매점포탈, LGT 판매마당, KT K-NOTE에서 제한기간 이내 번호이동 신청서 출력 후 작성하여 대상고객
의 신분증 사본과 함께 fax 또는 메일로 번호이동 관리기관으로 발송

3

기기변경

기기변경은 기존에 휴대폰 통신서비스에 가입되어 있는 고객을 대상으로 통신사를 변경하지 않고 휴대폰을 개통하는 것을 말하며 단가표상에는 기변으로 표기된다. 통신사 변경 없이 사용하는 휴대폰 단말기만 바꾸어 개통하는 것이기 때문에 기존에 사용하던 통신사의 모든 혜택이 유지된다. 그리고 개통하는데 필요한 요구사항이 신규 및 번호이동보다 적기 때문에 비교적 개통이 빠르고 간단하다.

(도매)단가표

구분		요금제 공시 지원금 (참고용)		F 패밀리 인피니티			L 라지			M 미디엄 band의 유캐피트 6.5G 쿠키즈1.8, 주말엔벤션 3.0 band의 2.0, band어로션 1.2G			R 레귤러			S 스몰 주말엔 팅 세이브 어핏슨 세이브		
모델명	단말기가격	Large	Small	010	MNP	기변	010	MNP	기변	010	MNP	기변	010	MNP	기변	010	MNP	기변
SM-N960N_128G	1,094,500	13.5	6.5	27	35	32	27	35	27	21	29	19	20	26	15	19	25	13
SM-N960N_512GB	1,353,000	13.5	6.5	28	35	33	28	35	27	22	29	19	21	26	15	20	25	13
SM-N950N_64G	998,800	13.5	6.5	25	32	23	25	32	19	22	29	14	21	27	13	20	27	12
SM-N950N_256G	1,094,500	13.5	6.5	25	32	23	25	32	19	22	29	14	21	27	13	20	27	12
SM-G885S	499,400	11.8	7.0	26	35	25	28	33	19	26	32	14	25	28	10	22	25	8
SM-G950N_64G	599,500	30.0	19.0	20	35	7	20	35	5	17	29	2	16	27	2	15	27	2
SM-G960N_64G	957,000	34.0	24.0	23	35	26	23	35	22	17	29	14	16	26	11	15	25	9
SM-G965N_64G	968,000	43.0	30.0	23	35	19	23	35	12	17	29	7	16	26	4	15	25	2

단가표상 기변으로 표시된 기기변경 가입 정책

기기변경을 통해서 휴대폰을 개통하는 고객들은 주로 사용하던 통신사에서 제공받고 있는 혜택(인터넷 결합 할인 등)이 많거나 기존 통신사의 서비스(통화품질, 포인트 등)에 대한 만족도가 높은 사람들이기 때문에 고객이 원하는 휴대폰 단말기와 알맞은 가격을 제시하면 신규 및 번호이동보다 비교적 쉽게 휴대폰 구매를 유도할 수 있다. 하지만 기기변경은 판매지원금이 적기 때문에 판매가 쉽다는 이유로 기기변경 판매만 집중할 경우 전체적인 판매 수익성이 악화될 수 있으므로 고객의 상태를 잘 판단하여 번호이동 판매가 적합한 고객에게는 기기변경을 권유하지 않는 것이 좋다.

기기변경 sale tip

· 통신사의 스팟 정책을 기기변경 대상고객에게 적극 활용하라
(스팟 정책이 일반정책보다 판매지원금 많음)

❶ 기기변경은 개통에 필요한 조건이 간단 → ❷ 통신사의 스팟 정책에 빠르게 대응가능
→ ❸ 휴대폰 교체시기가 된 단골 고객들 관리 → ❹ 기기변경 스팟 정책을 통해 개통
→ ❺ 수익성 극대화

· 통신사 포인트를 사용하여 할부원금을 줄이기
SKT 착한가족 포인트, KT 별 포인트

여기서 잠깐! **복습**

1. 기기변경을 하게 되면 기존 사용하던 번호를 그대로 사용 가능한 것인
   지 불가능한 것인지 체크해주세요.

   사용이 가능하다. (　　)　　　　불가능하다. (　　)

2. 기기변경은 단가표상에 (　　) 으로 표기된다.
   ( ) 안에 들어갈 말을 적어주세요.

3. 기기변경 시 활용해야 하는 것 중 하나로 통신사가 이용해준 고객에게
   제공하는 혜택이다. 이것은 활용하면 할부원금을 줄일 수 있다. 이것이
   무엇인지 적어주세요.

 메모

....

....

....

....

....

....

....

....

....

....

....

....

....

....

....

....

....

정답

1. O 2. 기변 3. 통신사 포인트 : SKT 착한가족 포인트, KT 별 포인트

고객 상태정보 확인

진찰
1. 심박수
2. 혈압
3. 신장
4. 심전도
5. 체중
6. 비만도 등등

고객상태정보 확인
1. 위약금
2. 할부금
3. 요금제
4. 결합
5. 미납
6. 할부회선 및 할부한도

　의사는 환자의 병을 고치기에 앞서 진찰을 하고 약사는 약을 제조하기 전 약이 필요한 고객의 병증에 대해 파악한다. 또한 보험설계사는 보험가입 대상의 기존보험 가입여부 및 병력[3](medical history) 정보를 확인하고 자동차 판매사는 구매 대상의 연봉, 선호 차종, 색상 등에 대해서 파악한다.

　위에서 언급한 내용들은 분야는 다르지만 대상 고객의 요구사항을 만족시키고 문제를 해결하기 위해서 자연스럽게 선행되었던 것으로 고객의 상태정보를 확인한 것이다.

　휴대폰 판매에 있어서도 고객의 상태 정보를 우선적으로 확인하는 것이 중요하다. 이유는 고객의 상태정보를 알고 있는 상태에서 상담이 진행되어야 고객에게 적합한 개통유형 및 휴대폰 단말기를 제시할 수 있고 이 경우에 제시된 옵션이 고객의 마음에 들어 판매성공으로 이루어질 확률이 높기 때문이다.

---

3) 병력(medical history) : 지금까지 앓은 병의 종류, 그 원인 및 병의 진행 결과와 치료과정 따위를 이르는 말.

휴대폰 판매를 위해서 알아야 할 고객의 상태정보는 ① 위약금, ② 할부금, ③ 요금제, ④ 결합, ⑤ 미납, ⑥ 할부회선 및 할부한도이다. 고객의 상태정보 확인 방법은 각 통신사에서 제공하는 개인신용정보 조회 동의서에 확인하고자 하는 정보를 기재 후 고객의 동의를 받아서 조회를 요청하면 된다.

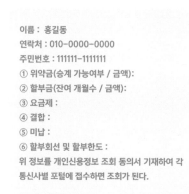

이름 : 홍길동
연락처 : 010-0000-0000
주민번호 : 111111-1111111
① 위약금(승계 가능여부 / 금액):
② 할부금(잔여 개월수 / 금액):
③ 요금제 :
④ 결합 :
⑤ 미납 :
⑥ 할부회선 및 할부한도 :
위 정보를 개인신용정보 조회 동의서 기재하여 각
통신사별 포털에 접수하면 조회가 된다.

※ 각 통신사 포탈
   SK(SK 판매점포탈), KT(K-NOTE),
   LG(유플러스판매마당)

고객 상태정보 확인 방법

SKT   KT   LGT

통신사별 개인신용정보 조회 양식

① 위약금(공시 위약금, 선택약정 위약금)

일반적으로 고객이 새로운 휴대폰 구매 시 가장 크게 고려하는 것이 비용이다. 때문에 새로운 휴대폰을 구매하려는 고객에게 위약금 발생 여부는 매우 중요하다. 고객입장에서 생각해 보았을 때 위약금이 발생하면 새로운 휴대폰 단말기 비용, 사용요금, 위약금까지 3가지 비용이 발생하는 것이기 때문에 비용문제로 구매를 쉽게 결정할 수 없을 것이다.

위약금은 계약 체결 시 계약을 위반하면 일정한 금액을 지급한다는 내용의 사전적 의미가 있다. 휴대폰 관련분야에서 말하는 위약금은 통신사와 약정을 통해 휴대폰을 개통하고 이후에 통신사와의 약속을 지키지 않아서 발생하는 금액이다. 통신사가 고객과의 약속을 못 지키는 경우는 거의 없기 때문에 위약금은 대부분 약속을 지키지 못한 고객이 지불하고 있다.

위약금이 부과되면 익월에 일시불로 청구된다. 보통 위약금이 있는 상태에서 휴대폰을 구매하게 되면 ① 위약금, ② 기존 휴대폰 사용요금, ③ 새로 구매한 휴대폰의 당월 사용요금이 익월에 같이 청구되기 때문에 고객에게 익월에 청구금액이 많은 것을 미리 안내하여야 한다. 간혹 미리 안내하였어도 많은 청구금액 때문에 고객이 놀라서 민원을 제기하는 경우가 있는데 이런 경우에는 해당 통신사 114를 통해 고지서 상세내역을 받은 후 고객에게 안내하면 된다.

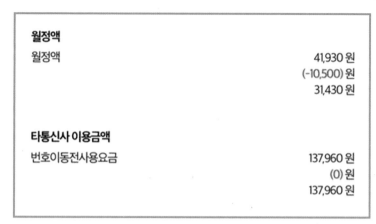

월정액	
월정액	41,930 원
	(-10,500) 원
	31,430 원

타통신사 이용금액	
번호이동전사용요금	137,960 원
	(0) 원
	137,960 원

고지서 상세내역

우리나라 고객의 대다수가 통신사와의 약정(어떤 날을 약속하여 정함)을 통해 휴대폰을 구매하고 그 나머지가 해외직구, 자급제단말기, 중고단말기 구매를 통해 무약정으로 휴대폰을 구매한다.

대다수의 고객이 약정을 통해서 휴대폰을 구매하는 이유는 통신사와의 약정을 통해 휴대폰 개통 시에는 휴대폰 단말기 가격의 일부를 할인(공시지원금)해 주거나, 요금의 일부를 할인(선택약정할인 25%)해 주기 때문이다. 약정을 통해 휴대폰을 개통한 고객이 지켜야 하는 약정기간은 12개월과 24개월 2가지이다. 대다수의 고객은 12개월 이후 재 약정에 대한 번거로움 때문에 24개월 약정을 선택하는 경우가 많다.

공시지원금과 선택약정 표시

위약금은 표1)에서 보는 것과 같은 방법으로 계산되어 발생하지만 개인이 계산하면 계산착오 등의 문제가 생길 수 있으므로 실무에서는 계산하기보다는 해당 통신사의 대리점 개통실 또는 114를 통해 확인하여 활용하는 것이 바람직하다. 약정기간이 남아있는 경우 번호이동(통신사 변경)을 하게 되면 위약금이 반드시 발생하게 된다. 하지만 기기변경의 경우에는 약정기간이 남아있더라도 특정조건을 충족하면 선택약정 승계 및 유지를 통해서 위약금이 발생하지 않는데 구체적인 내용은 표2) 위약금 발생 조건표를 통해 자세하게 알아보자.

위약금(할인반환금 산정방식)

약정기간	경과기간	할인반환금
12개월 약정	3개월 이하	누적할인금액 × 100%
	4개월 이상	누적할인금액 × {잔여약정기간 ÷ (약정기간 - 90일)
24개월 약정	5개월 이하	누적할인금액 × 100%
	7개월 이상	누적할인금액 × {잔여약정기간 ÷ (약정기간 - 180일)}

※ 할인반환금 예시(2년 약정 시) : T끼리 35 고객이 22개월 사용 후 중도 해지 시

→ 누적할인액 158,400원 × {잔여약정 2개월 ÷ (약정기간 24개월 - 6개월)} = 17,500원

  (VAT 포함 시 19,350원)

→ 일중 대상 요금제간 변경 시 할인금액의 일할계산분을 기준으로 반환금을 산정합니다.

→ 월별 할인반환금은 할인금액과 월정액의 27.7% 중 적은 금액을 기준으로 산정합니다.

표1) 위약금(할인반환금 산정방식)

구분		12개월 미만	12개월 이상 ~ 18개월 미만	18개월 이상 ~ 24개월 미만	24개월 이상
번호 이동	공시 지원금	위약금 발생	위약금 발생	위약금 발생	공시약정기간 종료 위약금 미 발생
	선택약정 12개월	위약금 발생	선택약정기간 12개월 종료 위약금 미 발생	선택약정기간 12개월 종료 위약금 미 발생	선택약정기간 12개월 종료 위약금 미 발생
	선택약정 24개월	위약금 발생	위약금 발생	위약금 발생	선택약정기간 24개월 종료 위약금 미 발생
기기 변경	공시 지원금	위약금 발생	위약금 발생	공시약정기간 승계를 통한 위약금 미 발생	공시약정기간 종료 위약금 미 발생
	선택약정 12개월	선택약정 승계/유지를 통한 위약금 미 발생	선택약정기간 12개월 종료 위약금 미 발생	선택약정기간 12개월 종료 위약금 미 발생	선택약정기간 12개월 종료 위약금 미 발생
	선택약정 24개월	선택약정 승계/유지를 통한 위약금 미 발생	선택약정 승계/유지를 통한 위약금 미 발생	선택약정 승계/유지를 통한 위약금 미 발생	선택약정기간 24개월 종료 위약금 미 발생

표2) 위약금 발생조견표

선택약정 승계는 기기변경으로 새로운 휴대폰을 구매하는 고객에게 선택약정 기간 24개월을 채우지 못한 경우라도 위약금 없이 새로운 휴대폰을 재 약정해서 개통해주는 방법이다(단 기존 휴대폰을 공시지원금으로 구매했던 경우에는 기존 휴대폰을 18개월 이상 사용하여야 위약금 없이 승계가능). 선택약정 유지는 새로운 휴대폰을 개통하는 시점에서 위약금 없이 기존 휴대폰의 약정을 유지시키는 것이다. 다만 선택약정을 유지로 개통한 고객은 새로 개통한 휴대폰을 사용기간 중에 기존 약정이 종료되어 약정할인 25%를 받지 못하는 경우가 생긴다. 그러므로 고객이 만료 일자에 맞추어 재 약정할 수 있도록 반드시 기존선택약정 만료 일자를 확인하여 고객에게 안내하여야 한다.

기존휴대폰 공시지원금 개통 → 새로운 휴대폰 선택약정 개통(승계)

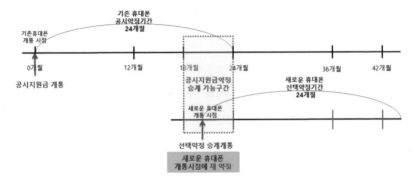

기존휴대폰 선택약정 개통 → 새로운 휴대폰 선택약정 개통(승계)

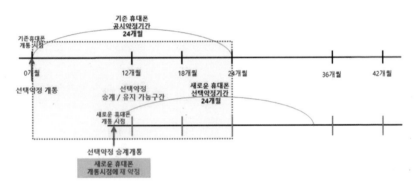

기존휴대폰 선택약정 개통 → 새로운 휴대폰 선택약정 개통(유지)

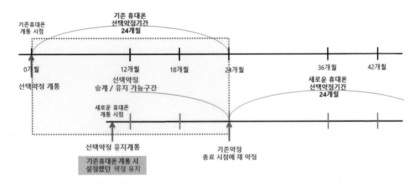

선택약정 승계 및 유지 개념이해

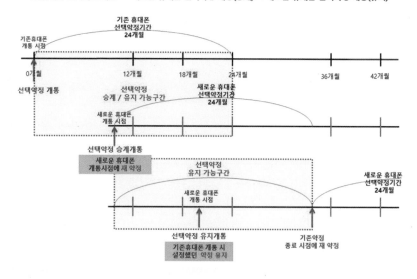

기존휴대폰 선택약정 개통 → 새로운 휴대폰 선택약정 개통(승계) → 새로운 휴대폰 선택약정 개통(유지)

② 할부금(잔여 할부개월수, 할부금)

우리가 휴대폰을 구매한다고 하는 것은 통신사와 계약을 통해 개통
유형(사용요금제 포함)을 결정하고 휴대폰 단말기를 선택하여 두 가지
를 함께 구매하는 것이라고 생각하면 된다.

통신사 및 개통유형(사용요금제 포함)   휴대폰 단말기   휴대폰 구매

휴대폰을 개통하는 유형에는 신규, 번호이동, 기기변경이 있고 단말기

를 구매하는 방법은 현금구매와 할부구매가 있다. 현금구매는 단말기의 할부원금을 현금으로 완납하여 구매하는 것이고 할부구매는 단말기의 할부원금을 할부 개월수로 나누어 매달 할부이자 5.9%와 함께 납부하는 방식으로 구매하는 것이다.

대부분의 고객들이 휴대폰 단말기 가격을 현금으로 한 번에 구매하는 것을 부담스러워하기 때문에 현금구매보다는 할부를 이용한 구매가 더 활발하다. 할부구매는 12개월, 18개월, 24개월, 30개월, 36개월이 있으며 정해진 할부원금을 할부 개월수(할부이자 포함)로 나누어 내는 것이기 때문에 당연히 나눠 내는 할부 개월수가 길면 월 납부금액이 적은 것처럼 보인다. 하지만 할부 개월수가 길어지면 할부이자 5.9%의 납부횟수가 많아지므로 실질적으로는 많은 할부이자를 납부하는 것이 되며 휴대폰의 총 구매비용은 증가하게 된다. 따라서 휴대폰 할부금의 납부여력이 있는 고객이라면 할부 개월수를 짧게 하여 구매하는 것이 이자비용을 최소화하고 결과적으로 휴대폰을 저렴하게 구매하는 것이다.

구분	월 납부금액 (할부이자 포함)	할부원금	할부이자	총 휴대폰 구매비용 (할부원금 + 할부이자)
0개월 (현금완납구매)	0	1,094,500원	0	1,094,500원
12개월	94,150원	1,094,500원	35,300원	1,129,800원
18개월	63,680원	1,094,500원	51,840원	1,146,340원
24개월	48,460원	1,094,500원	68,540원	1,163,040원
30개월	39,330원	1,094,500원	85,390원	1,179,890원
36개월	33,240원	1,094,500원	102,410원	1,196,910원

월납부금 감소   월납부이자 증가   휴대폰 구매비용 증가

노트 9 128GB 선택약정 구매 시 할부 개월수에 따른 휴대폰 단말기 구매비용 비교

③ 요금제(성인, 어르신, 청소년, 어린이, 외국인, 맞춤형)

휴대폰을 구매할 때 통신사, 개통유형, 휴대폰 단말기까지 선택을 마
치면 매달 사용해야 되는 요금제를 결정해야 된다. 요금제는 크게 사용
대상에 따라 청소년, 어르신, 성인으로 나눌 수 있다. 그리고 각 대상요
금제는 세부적으로는 사용요금에 따라 초고가, 고가, 중가, 중저가, 저가,
기본 요금제로 나누어 볼 수 있다. 아래 제시된 표3)는 SKT 통신사 기준
으로 대표 요금제만 표현하였으며 그 밖의 요금제는 부록 #1에서 확인
가능하다.

요금제는 통화, 문자, 데이터 크게 3가지의 사용량을 기준으로 대상에
따라 비용을 책정하는데 경제적 능력이 부족한 어린이, 청소년, 어르신

에 대해서는 성인에 보다 비용대비 많은 혜택이 제공된다. 요금제 비용을 결정하는 가장 큰 요소는 데이터 사용량이다. 과거에는 휴대폰이 단순히 의사소통을 위한 통신수단이었다면, 현재는 종합멀티미디어기기로써 문화 콘텐츠를 소비하는 도구가 되어 통화나 문자보다는 데이터의 사용량이 늘었다. 기업인 통신사 입장에서는 이윤 추구를 위해 고객이 많이 사용하는 데이터량을 통해 소비자의 지갑을 열려고 하기 때문에 현재 데이터 사용량이 요금제의 비용을 결정하는 큰 요소가 된 것이다.

구분	기본	저가(S)	중저가(R)
성인 요금제 (O플랜 요금제는 만 24세 이하)	-	T플랜 스몰 (33,000원)	레귤러 (43,000원)
	-	O플랜 스몰(33,000원)	-
	-	band 데이터 1.2G(39,600원) band 데이터 세이브(32,890원)	-
어린이 요금제(만 12세 이하)	쿠키즈 미니 (15,400원) 쿠키즈 워치 요금제(8,800원)	-	
청소년 요금제 (만 18세 이하)	-	주말엔 팅 세이브(31,000원)	
어르신 요금제 (만 65세 이상)	T끼리 어르신 (22,000원)	band 어르신 세이브(32,890원)	
외국인 요금제 (국내 90일 이상 체류가능 외국인만 가능)	-	T글로벌 세이브(36,190원) T글로벌1.5G(42,900원)	-
맞춤형 요금제	뉴T끼리 맞춤형 100분 250MB (27,830원)	뉴T끼리 맞춤형 100분 700MB (32,230원) 뉴T끼리 맞춤형 100분 1.5G (34,430원) 뉴T끼리 맞춤형 100분 3G (39,930원) 뉴T끼리 맞춤형 150분 250MB (34,430원) 뉴T끼리 맞춤형 150분 700MB (39,380원) 뉴T끼리 맞춤형 200분 250MB (37,675원) 뉴T끼리 맞춤형 150분 1.5G (41,030원) 뉴T끼리 맞춤형 150분 3G (42,075원) 뉴T끼리 맞춤형 200분 700MB (42,075원)	뉴T끼리 맞춤형 100분 6G (43,275원) 뉴T끼리 맞춤형 200분 1.5G (43,175원)

요금제는 사용대상에 따라 각각의 특징이 있는데 SKT 통신사의 대표적인 요금제를 기준으로 조금 더 알아보도록 하자. 성인요금제는 T플랜, O플랜, T시그니쳐, band 데이터, 전국민 무한, T끼리 등이 있다. 휴대폰 사용자의 대대수가 성인요금제 구간에 해당된다. 사회활동을 활발하게 하는 연령대의 계층이기 때문에 요금제 특성이 통화 및 문자가 무제한인 경우가 많으며 데이터량을 통해서 사용요금제 비용의 차등이 심하게 생기는 것이 특징이다. 어린이요금제는 만 12세 이하 고객이 1인당

중저가(R)	중가(M)	고가(L)	초고가(F)
레귤러 (43,000원)	T플랜 미디엄 (50,000원)	T플랜 라지 (69,000원)	T플랜 Data 인피니티(100,000원) T플랜 패밀리(79,000원)
-	O플랜 미디엄 (50,000원)	O플랜 라지(69,000원)	-
-	band 데이터 2.2G(46,200원) band 데이터 3.5G(51,700원) band 데이터 6.5G(56,100원)	band 데이터 퍼펙트(65,890원)	band 데이터 퍼펙트S(75,900원) T 시그니쳐 Classic(88,000원) T 시그니쳐 Master(110,000원)
-	쿠키즈 스마트(19,800원)	-	-
-	주말엔 팅 3.0G(41,000원)	주말엔 팅 5.0G(47,000원)	-
-	band 어르신 1.2G(39,600원)	band 어르신 2.2G(46,200원)	-
-	T글로벌 8.0G(59,400원) T글로벌 3.8G(55,000원) T글로벌 2.5G(49,500원)	T글로벌 퍼펙트(69,190원)	T글로벌 퍼펙트S(79,200원)
뉴T끼리 맞춤형 100분 6G (43,275원) 뉴T끼리 맞춤형 200분 1.5G (43,175원)	뉴T끼리 맞춤형 150분 6G(42,075원) 뉴T끼리 맞춤형 200분 3G(47,575원) 뉴T끼리 맞춤형 200분 6G(49,775원)	-	-

표3) SKT 통신사기준 요금제표

1회선만 가입할 수 있으며 SKT의 지정 2회선은 통화가 무제한이다. 기본 음성통화 제공량을 모두 사용하면 수신통화만 가능하며 새벽시간대(00시~07시)에는 기본제공데이터가 50%만 차감된다. 또한 기본 제공량을 모두 사용 시에는 SKT텔레콤 지점 및 대리점, T월드에서 충전을 하여야 하며 충전은 1,100원 단위로 최대 22,000원(부가세 포함)까지 가능하다.

청소년요금제는 만 18세 이하 고객이 가입할 수 있으며 가입 후 만 20세 생일이 지나면 band 데이터 요금제로 자동 변경된다. 기본데이터와 별도로 주말(토·일)에 사용할 수 있는 추가데이터를 하루 1GB씩 제공하며 주말 데이터를 모두 사용하면 이후에는 400kbps의 속도로 무제한 이용할 수 있다. 새벽시간대(00시~07시)에는 기본제공데이터가 50%만 차감되며 기본 제공량을 모두 사용 시에는 SKT텔레콤 지점 및 대리점, T월드에서 충전을 하여야 하며 1,100원 단위로 최대 22,000원(부가세 포함)까지 충전이 가능하다. 어르신요금제는 만 65세 이상 고객이 1인당 1회선만 가입할 수 있으며 실버데이터 한도초과 요금 상한제가 적용되어 기본데이터를 모두 사용 이후 초과되는 데이터에 대한 추가비용이 월 33,000원을 넘지 않는 혜택이 제공된다. 그리고 새벽시간대(00시~07시)에는 기본제공 데이터가 50%만 차감된다. 특히 band 계열의 어르신 요금제에는 실버안심팩 혜택(무료)이 자동으로 추가되는데 실버안심팩은 안심옵션, 콜키퍼, 소액결제 차단서비스 패키지로 고령의 어르신들에게 제공되면 유용한 기능들이 포함되어 있다. 안심옵션은 기본 제공되는 데이터를 모두 사용하면 추가요금 없이 400kbps 속도로 카카오톡, 인터넷 검색이 가능한 서비스이고 콜키퍼는 받지 못한 발신번호를 문자로 알려주는 서비스이다. 소액결제차단 서비스는 소액결제를 유도하는 스미싱을 차단하고 국제전화 발신금지가 되는 서비스이다. 고령이 되면 상대적으로 젊은 사람들보다 휴대폰을 다루는 능력이 떨어지기 때문에 어르신요금제는 고령으로 인해 휴대폰을 잘 다루지 못하는 상황에서 발생하는 요금제 사고를 방지하기 위해 기본기능과 더불어 안전 및 안심 기능이 추가되어 있다.

외국인 요금제는 국내에 90일 이상 체류한 외국인만 가입(단기체류 외국인 및 내국인/법인 가입불가)할 수 있으며 중국 등 20개 국가에 국제전화(00700)를 사용할 수 있는 기본통화량이 제공된다. 그리고 새벽 시간대(00시~07시)에는 기본제공 데이터가 50%만 차감된다. 맞춤형요금제는 통화량 및 데이터량 구간 분할이 일반요금제보다 더 세분화되어 있는 요금제이다. 고객이 평소 사용하는 통화량 및 데이터량에 가장 근접하게 맞추어 사용할 수 있도록 한 요금제로 말 그대로 맞춤형이다. 선택한 통화량 및 데이터량 내에서 제한 없이 사용이 가능하며 새벽시간대(00시~07시)에는 기본제공 데이터가 50%만 차감된다.

※ 기본통화량 : 중국(90분), 몽골/방글라데시(60분), 베트남/태국/인도네시아/말레이시아(40분), 우즈베키스탄/캄보디아/라오스(30분), 필리핀/네팔/파키스탄/인도(20분), 러시아/카자흐스탄/미얀마/스리랑카/키르기스스탄/동티모르(10분)

요금제 sale tip

· 데이터 선물하기 및 T가족모아 결합 : 가족구성원 모두가 휴대폰을 동시에 교체하여 여러 대의 휴대폰을 판매한 경우 현장에서 多피 판매를 하였다고 한다. 多피 판매할 때 고객을 만족시키는 노하우 중 하나로 고가요금제에 적용되는 데이터 선물하기 기능과 T가족모아 결합을 활용하는 것이다.

데이터 선물하기 기능은 가족구성원 중 한 명을 고가 요금제(T플랜 라지, band 데이터 퍼펙트)로 사용하고 데이터 선물하기를(매달 2G) 통해 나머지 구성원은 낮은 요금제로 설계하면 선물하기 기능을 사용하지 않았을 때와 동일한 혜택을 누리면서 가족구성원 모두의 합계 통신비용을 절감할 수 있다.

※ SKT : 가족이나 친구가 SKT 사용고객이면 매달 2G 데이터 선물가능, LGT : 가족이 LGT 사용고객이면 2G 데이터 선물가능. T가족모아 결합은 가족구성원 중 한 명을 T플랜 패밀리요금제로 하여 매달 20G를 T플랜 요금제를 사용하는 가족구성원과 함께 나누어 쓰는 것이다. T가족모아 결합 시 사용하지 않았을 때보다 더 좋은 혜택을 받으면서 가족구성원 모두의 합계 통신비용을 절감할 수 있다.

· 데이터 선물하기(예시)

구분	컨설팅 전	컨설팅 후	
아버지	밴드데 6.5G 데이터 6G 월요금 56,100원	밴드퍼펙트로 상향 데이터 11G - 2G + 매일 2G = 9G + 매일 2G 월요금 65,890원	아버지 데이터를 월초 어머니와 자녀에게 각각 1G 선물
어머니	밴드데이터 1.2G 데이터 1G 월요금 39,600원	밴드데이터 세이브 하향 데이터 300MB + 1G = 1.3G 월요금 32,890원	
자녀	밴드데이터 1.2G 데이터 1G 월요금 39,600원	밴드데이터 세이브 하향 데이터 300MB + 1G = 1.3G 월요금 32,890원	
총계	135,300원	131,670원	비용절감 : 3,630원

· T가족모아 결합(예시)

구분	컨설팅 전	컨설팅 후	
아버지	T플랜 라지 데이터 100G 월요금 69,000원	T플랜 패밀리 상향 데이터 150G - 20G =130G 월요금 79,000원	아버지 데이터를 월초 어머니와 자녀에게 각각 10G 공유 (매달 20G 한도 내에서 가족에게 공유가능)
어머니	T플랜 미디엄 데이터 4G 월요금 50,000원	T플랜 스몰 하향 데이터 1.2G + 10G = 11.2G 월요금 33,000원	
자녀	T플랜 미디엄 데이터 4G 월요금 50,000원	T플랜 스몰 하향 데이터 1.2G + 10G = 11.2G 월요금 33,000원	
총계	169,000원	145,000원	비용절감 : 24,000원

메모

④ 휴대폰, 인터넷, IPTV(internet Protocol Television) 결합

우리가 햄버거, 콜라, 감자튀김을 구매한다고 생각해보자. 롯데리아나 맥도날드에서 단품으로 구매하는 것보다, 롯데리아나 맥도날드 한 곳에서 세트로 구매하는 것이 가격이 저렴하다. 햄버거, 콜라, 감자튀김도 세트로 구매해야 저렴한 것처럼 휴대폰, 인터넷, IPTV[4]도 한 가지 통신사에서 세트로 묶어야 저렴한 가격으로 사용할 수 있다.

인터넷 및 IPTV는 판매하기 전에는 현재 사용 중인 인터넷(일반전화, 070인터넷전화 포함)및 IPTV 위약금, 가입일, 만기일을 조회하여야 한다. 인터넷 및 IPTV는 사용기간이 오래될수록 할인받은 금액(3년 약정 2년 6개월 이상 사용 시 평균 50만 원 내외)이 많고 이에 따라 해지 시 위약금도 많아져 고객이 비용문제로 새로운 인터넷 및 IPTV 통신사 가입에 부담을 느낄 수 있기 때문이다. 또한 사용기간이 1년이 안 되었는데

---

4) IPTV(Internet Protocol Television) : 초고속 인터넷망을 이용하여 제공되는 양방향 텔레비전 서비스이다. 시청자가 자신이 편리한 시간에 보고 싶은 프로그램만 볼 수 있다는 점이 일반 케이블 방송과는 다른 점이다.

해지하고 새로운 통신사의 인터넷 및 IPTV에 가입하게 되면 기존에 사용 중인 인터넷 및 IPTV의 판매처가 판매할 때 받았던 판매지원금을 환수당하기 때문에 가입일을 조회하여 인터넷 및 IPTV 판매 가능여부를 판단해야 한다.

IPTV(Internet Protocol Television) : 초고속 인터넷망을 이용하여 제공되는 양방향 텔레비전 서비스이다. 시청자가 자신이 편리한 시간에 보고 싶은 프로그램만 볼 수 있다는 점이 일반 케이블 방송과는 다른 점이다. 그리고 현재 사용 중인 인터넷과 IPTV의 만기일이 얼마 남지 않은 경우에는 해지에 따르는 위약금보다 만기일까지 남은 기간의 사용요금을 내는 것이 저렴한 경우가 많기 때문에 새로운 인터넷 및 IPTV의 판매 시 지급되는 판매지원금으로 고객의 남은 요금을 대납해주는 방법이 해지하는 것보다 판매처의 수익향상에 도움이 되는지 판단하기 위해 만기일도 꼭 조회해야 한다.

위약금과 가입일 및 만기일은 명의자 본인이 가입한 통신사의 고객센터를 통해 조회할 수 있으며 가족 및 대리인 등을 통해서는 할 수 없다. 고객이 고객센터를 통해서 위약금과 가입일 및 만기일을 조회한 후 해지하려고 하면 상담원 연결이 지연되거나 각 통신사의 해지 방어팀에서 재가입을 유도하려고 사은품지급, 현금지급, 무료사용기간 추가 등을 안내하기 때문에 사전에 고객에게 이러한 사항을 고지하여 고객이 해지

통신사	판매지원금
SKB	35만 원
SKT	25만 원
LGT	35만 원
KT	22만 원

방송통신위원회의 모니터링을 통해 가이드 라인 위반 시 사유와 관계없이 판매처 귀책사유로 패널티가 부과되기 때문에 유의해야 한다.

인터넷 및 IPTV 판매지원금 가이드라인

방어팀의 설득에 넘어가지 않도록 주의하여야 한다.

조회결과 인터넷 및 IPTV 가입한지 1년이 경과하였고 위약금이 새로운 인터넷 및 IPTV 판매지원금보다 적다면 판매지원금으로 위약금을 지원해주고 새로운 인터넷 및 IPTV를 판매하면 된다. 단 인터넷과 IPTV의 판매지원금은 법적으로 정해져있기 때문에 반드시 가이드라인을 지켜서 판매하여야 한다.

인터넷 및 IPTV는 판매 전에 인터넷 설치가 가능한 지역인지 확인하기 위해 인터넷 설치 가용조회를 반드시 하여야 한다. 설치지역 가용조회를 하지 않았다가 인터넷 설치당일에 설치가 안 될 경우에 고객에게 안내한 요금 등의 설계가 틀어져서 강성 클레임이 유발될 수 있기 때문이다.

간혹 각 통신사 홈페이지와 개통실을 통해서 가용조회를 하고 설치에 이상이 없어서 인터넷 및 IPTV를 휴대폰과 같이 판매를 하였는데 해당 건물에 SKB(T), LG 회선이 모자라거나 회선을 설치할 수 없는 위치 등 건물상의 문제로 설치가 안 되는 우발상황이 발생할 수도 있기 때문에 고객과 상담 시 이 부분에 대해서도 언급을 해두는 것이 좋다.

휴대폰, 인터넷, IPTV sale tip

· 사례#1

가족구성원(아버지, 어머니, 자녀) 모두가 SKT 통신사의 휴대폰을 사용 중이나 인
터넷 및 IPTV는 LGT(or KT) 통신사이기 때문에 가족결합할인이 불가능한 상황을
LGT(or KT)의 인터넷 및 IPTV를 SKT 통신사로 변경한 후 아버지를 대표자로 하여
가족을 결합시키면 가족구성원 모두 휴대폰, 인터넷, IPTV의 요금할인이 가능하다.

구분	변경 전	요금	구분	변경 후	요금
휴대폰	가족구성원 (아버지, 어머니, 자녀) 모두SKT 통신사 사용	×	휴대폰	가가족구성원(아버지, 어머니, 자녀) 모두SKT 통신사 사용대표자 1인 휴대폰 요금 지정할인 또는 구성원 모두 휴대폰 요금 균등 할인가능	○
인터넷	LGT 인터넷 사용	×	인터넷	SKT로 이동 후 아버지를 가족대표자로 하여 가족결합 인터넷요금 할인가능 (온가족플랜 적용추천)	○
IPTV	LGT IPTV 사용	×	IPTV	SKT로 이동 후 아버지를 가족대표자로 하여 가족결합 IPTV 할인가능 (온가족플랜 적용추천)	○

→ 휴대폰 통신사와 인터넷 및 IPTV의 통신사가 같아야 결합할인이 적용된다.

· 사례#2

LGT 통신사의 인터넷 및 IPTV를 사용하고 있는 고객이 위약금 확인 후 SKT 통신사
의 인터넷 및 IPTV를 변경하여 SKT 통신사의 휴대폰과 결합하여 요금할인을 받으려
고 하는 경우 먼저 현재 사용 중인 LGT 통신사의 인터넷 및 IPTV 가입일과 만기일을
고객센터 연락번호 101을 통해 확인한다. 확인결과 LGT 통신사 가입일이 2015년 3
월 5일이고 만기일이 2108년 3월 5일이었다.

다음으로 인터넷과 IPTV의 위약금을 확인한다. 고객이 상담을 받은 시기가 2018년
1월 6일이었다면 인터넷 및 IPTV를 3년 가까이 사용해서 할인을 많이 받은 시점이기
때문에 위약금이 새로 인터넷 및 IPTV를 설치해서 받게 되는 판매지원금보다 많이
발생하게 된다. 이 경우 만기일까지의 인터넷과 IPTV 사용기간이 2개월 남은 것이기
때문에 해지하여 많은 위약금을 내는 방법보다 만기일이 될 때까지 남은 2개월의 인
터넷 및 IPTV 사용요금을 고객에게 지원하여 만기일까지 기존 인터넷 및 IPTV, 새로운

인터넷 및 IPTV 2개의 회선을 사용하도록 안내하고 만기일이 지난 다음날 3월 6일에 기존 인터넷과 IPTV를 해지하도록 안내하면 적은 비용으로 기존 인터넷 및 IPTV의 위약금을 해결하게 되므로 판매처의 수익향상에 도움이 된다.

새로운 인터넷 및 IPTV 설치 판매지원금 : 약 600,000원
기존 인터넷 및 IPTV 해지 시 위약금 : 약 500,000원
기존 인터넷 및 IPTV 만기일까지의 사용요금 : 38,000원 × 2개월 = 약 76,000원
↓
기존 인터넷 및 IPTV 해지 시 : 판매지원금 600,000원 - 해지위약금 500,000원 = 판매처수익 100,000원
기존 인터넷 및 IPTV 만기일까지 유지 시 : 판매지원금 600,000원 - 만기일까지 사용요금 76,000원 =
판매처수익 : 540,000원

· 사례#3

현재는 가입이 불가능한 구 인터넷 결합상품(SKT 온가족무료)의 대표자 휴대폰을 통신사변경으로 교체하려 할 경우 SKT 온가족무료는 SKT를 휴대폰을 사용하는 가족을 3명을 결합(가족관계증명서를 첨부)하면 집에서 사용하는 인터넷 1회선이 무료로 제공된다. 인터넷 대표자인 아버지를 중심으로 어머니와 자녀가 온가족 무료로 결합되어 있는 상태에서 아버지 휴대폰을 저렴하게 교체하기 위해 통신사를 SKT에서 LGT로 변경하였다. 이 경우에는 가족구성원 1명이 빠져서 온가족무료 상품이 깨지지만 가족관계증명서상으로 증명이 되는 다른 구성원을 추가시켜서 온가족무료 혜택을 유지할 수 있다고 생각을 하기 쉽다. 하지만 온가족무료 결합상품의 대표자인 아버지가 휴대폰을 바꾸면서 결합이 깨져버렸기 때문에 다른 구성원을 추가시켜도 원래 사용하던 온가족무료의 혜택을 받을 수 없다. 따라서 온가족무료와 같은 인터넷 결합으로 할인을 받고 있는 고객의 휴대폰 통신사 변경을 할 때에는 변경하려는 대상이 인터넷 결합의 대표자인지 확인하고 대표자가 맞다면 통신사 변경 전에 인터넷 대표자의 명의를 다른 가족 구성원에게 변경한 후 통신사 변경을 하여야 한다.

⑤ 미납

미납은 내야 할 것을 아직 내지 않았거나 내지 못함을 말하는 것으로 휴대폰에서는 주로 사용요금을 내지 못해서 체납되어 있는 상태를 말한다.

사용요금을 내지 못해서 미납되어 있는 상태가 1~2개월이 지나면 전화 발신 및 수신 정지되고 미납상태가 계속되면 결국에는 직권해지가 된다. 기존에 사용하던 통신사에서 사용요금을 미납하고 통신사를 옮겨서 새로운 휴대폰을 사용하는 것을 막기 위해서 번호이동의 경우에는 미납이 있는 경우에는 새로운 휴대폰 개통이 불가능하다. 기기변경의 경우에는 기존에 휴대폰을 잘 사용하던 상태이므로 사용번호에 미납이 없으면 타 채널에 미납과 관계없이 휴대폰 개통이 가능하다. 일반적으로 미납이 있으면 휴대폰 개통이 불가능하므로 개통 전에는 미납이 있는지 꼭 확인해야 된다.

미납 sale tip

· 사례#1

오래전에 사용하던 휴대폰 번호에 미납이 있는 경우 휴대폰을 개통하려고 할 때 오래전에 사용하던 010-8888-8888 번호에 50,000원의 요금 미납이 확인되는 고객이 있다. 미납이 있다고 고객에게 안내를 하면 일부 고객들은 현재 사용하는 010-9999-9999 번호 이외에는 사용한 적이 없다고 하면서 미납에 대해 부정한다. 저가가 수년간 휴대폰을 판매하며 느낀 것 중에 하나는 '고객은 거짓말을 해도, 컴퓨터의 전산은 거짓말을 하지 않는다.'이다. 이 경우 다시 확인해보면 대부분 고객이 잘 모르고 있던 것이고 전산 상에 표시된 것이 맞는 것이다. 고객이 오래전에 사용하던 번호에 미납금액이 남아 있던 경우로 대부분 소액인 경우가 많으므로 고객에게 내용을 잘 설명하여 미납금액을 납부하도록 하면 된다.

· 사례#2

　휴대폰 이외에 미납이 있는 경우 오래전에 해지한 인터넷, TV, 집 전화 사용요금의 일
부가 소액미납으로 남아 있는 경우가 있다.

· 사례#3

　휴대폰 사용요금(소액결제 등 포함)이 35만 원을 초과한 경우 개통이 가장 힘든 미납
사례로 월말에 휴대폰을 개통하는 고객 중 전월 휴대폰 사용요금(소액결제 등 포함)
이 35만 원을 초과한 고객으로 컴퓨터의 전산에 '핫빌사용요금초과'로 표시된다.

　주로 월말에 KT에서 SKT로 번호이동을 할 때 핫빌사용요금초과로 개통이 안 되는
경우가 발생하는데 핫빌사용요금은 KT에 납부하려고 해도 전산 상에 금액이 청구되
어 있는 상태여서 수납이 안 되므로 SKT의 개통하려는 대리점에 현금수납 요청을 통
해 납부하고 개통이 가능하다.

　☞ 핫빌사용요금은 KT고객센터를 통해 조회하여도 수납이 되지 않으므로 반드시 개
통을 하려고 하는 대리점을 통해서 수납해야 개통이 원활하게 진행된다.

구 분	비 고
1) 오래전에 사용하던 휴대폰 번호에 미납이 있는경우 2) 오래전에 해지한 인터넷, TV, 집 전화 요금에 미납이 있는 경우 3) 전달 사용요금에 미납이 있는 경우 4) KT에서 SKT나 LGT로 20일 이후 통신사 변경 시 전달사용요금이 소액 　　결제 등을 통해 35만 원을 초과한 핫빌초과사용자	1), 2), 3)은 가까운 대리점 방문하여 수납 4) 변경 신청한 대리점 개통 실에 핫빌금액입금통해서 핫 빌수납 통한 개통

⑥ 할부회선 및 할부한도

신용상태가 이상이 없는 사람이라면 일반적으로 휴대폰을 개통하지 않은 상태에서 사용할 수 있는 통신회선이 4개, 할부회선 6개, 할부한도가 600만 원이다. 하지만 대부분의 사람들이 휴대폰 1개는 이미 사용 중이기 때문에 통신회선 3개, 할부회선 5개, 할부한도 600만 원 미만으로 남아있는 경우가 많다. 휴대폰을 개통하려는 고객이 신용불량이거나 휴대폰 여러 개를 할부로 사용 중이어서 할부회선 및 할부한도 부족으로 개통이 안 되는 경우가 있기 때문에 개통 전에 할부회선 및 할부한도는 꼭 확인하여야 한다.

> · 사례 #1 _ 신용부적격 고객인 경우
>
> 신용부적격 고객인 경우 고객들 중에는 기존 사용하던 휴대폰은 할부로 개통했으나 새로운 휴대폰을 개통하려고 할 때 전산 상에 신용불량 또는 할부 부적격으로 나오는 경우가 있다.
>
> 이것은 대출이자 연체나 세금미납 등의 작은 문제로 전산 상에 부적격으로 표시되는 경우이다. 이런 경우 서울보증보험사(1670-7000)에 연락하여 문제가 되는 부분을 해결하면 신용부적격이 신용적격으로 변경되어 할부로 휴대폰 개통이 가능하다. 고객의 신용불가 사유는 서울보증 보험사를 통해 확인이 가능하므로 신용부적격은 휴대폰을 팔 수 없는 고객으로 생각하는 선입견을 갖지 말아야한다. 또한 부채 등으로 인하여 서울보증보험에 연락하여도 신용부적격인 고객은 현금개통이 가능한 단말기를 추천하여 판매하면 된다. 마지막으로 신용이 부적격인 고객이면서 타 통신사에 미납까지 있어서 현금개통이 불가한 고객은 중고폰을 통해서 선불폰 개통이 가능하다.
>
> 신용부적격이고 심지어 미납이 있어도 위에 제시된 방법으로 판매를 하면 개통이 가능하다 노력하면 노력한 만큼의 소득이 되므로 고객은 모두 '복덩어리다'라는 마음가짐으로 판매에 임할 필요가 있고 신용 상태만 보고 굴러들어온 복덩어리를 제 발로 차는 행동을 하여서는 안 된다

· 사례 #2 _ 1인 1회선 제한자인 경우

1인 1회선 제한자인 경우 1인이 보통 4회선까지 나오는데 사용할 수 있는 회선이 1회선만 남은 1회선 제한자는 기기변경만 가능하기 때문에 번호이동으로 판매를 하면 안 된다.

· 사례 #3 _ 2~3회선 가능 대상 중 기존 휴대폰 할부금액으로 인하여 잔여할부한도가 부족한 경우

1인 2~3회선 가능 대상자이나 고가단말기(아이폰 x /노트 9)를 할부 구매로 인해 신용대비 기존 휴대폰 잔여할부가 많이 남아있는 경우 한도부족으로 새로 개통하려는 휴대폰 할부개통이 되지 않을 때에는 기존 휴대폰에 남아있는 할부를 정리하고 개통하여야 한다. 하지만 잔여할부를 정리하여도 고객의 할부한도가 부족할 때에는 서울보증보험사(1670-7000)를 통해서 할부한도를 상향하여 개통을 해야 한다. 고객이 보증보험사를 통해서 할부한도를 상향했음에도 불구하고 할부한도가 부족한 경우에는 요금할인(선택약정 25%)을 받지 않고 기기값 할인(공시지원)으로 할부원금을 낮춰서 개통하는 방법도 있다. ex) 갤럭시9+를 요금할인(선택약정 25%)으로 개통하면 출고가로 그대로 968,000원 개통을 하게 되는데, 공시지원금으로 개통을 하면 출고가에서 기기값 할인(공시지원금 : 340,000원)을 뺀 할부원금 628,000원으로 개통하기 때문에 할부원금이 줄어들어서 할부개통이 가능함

구분	개통방법
서울보증보험사 통화 시 체납금액 적음	서울보증보험사 통화 후 할부개통 : ○
서울보증보험사 통화 시 체납금액 많음	할부개통 : ☓ 현금개통 : ○
서울보증보험사 통화 시 체납금액 많고 타 통신사 미납도 있음	할부개통 : ☓ 현금개통 : ☓ 선불폰 개통 : ○
1회선 제한(회선 제한)	번호이동 개통 : ☓ 기기변경 개통 : ○
할부한도 부족	기존휴대폰 할부 정리 후 개통하고 기기값 할인(공시지원)으로 할부원금을 낮추어 개통

여기서 잠깐! 복습

1. 휴대폰 판매를 위해서 알아야 할 고객의 상태정보는 무엇인지 적어주세요.

2. (   ) 계약 체결 시 계약을 위반하면 일정한 금액을 지급한다는 내용의 사전적 의미가 있다. ( ) 안에 들어갈 말을 적어주세요.

3. 위약금이 있는 상태에서 휴대폰을 구매하면 익월에 청구되는 비용은 무엇인지 적어주세요.

4. 약정기간은 (   ) 과 (   ) 2가지이다. ( ) 안에 들어갈 말을 적어주세요.

5. 선택약정 (   )는 기기변경으로 새로운 휴대폰을 구매하는 고객에게 선택약정기간 24개월을 채우지 못한 경우라도 위약금 없이 새로운 휴대폰을 재 약정해서 개통해주는 방법이다. ( ) 안에 들어갈 말을 적어주세요.

6. 할부구매가 가능한 개월수를 적어주세요.

7. 할부이자는 몇 % 입니까? (   )

8. 기존에 사용하던 휴대폰의 할부가 남아있는 상태에서 새로운 핸드폰을 할부로 개통하는 경우에는 납부해야 되는 할부금이 두 개가 되는데 이것은 무엇인가요?

9. 요금제는 (   ), (   ), (   ) 크게 3가지의 사용량을 기준으로 대상에 따라 비용을 책정한다. ( ) 안에 들어갈 말을 적어주세요.

10. 만 12세 이하 고객이 1인당 1회선만 가입할 수 있으며 SKT의 지정 2회선은 통화가 무제한이 되는 요금제를 통틀어 무엇이라고 합니까?

11. 만 18세 이하 고객이 가입할 수 있으며 가입 후 만 20세 생일이 지나면 band 데이터 요금제로 자동 변경되는 요금제를 통틀어 무엇이라고 합니까?

12. 만 65세 이상 고객이 1인당 1회선만 가입할 수 있으며 실버데이터 한도초과 요금 상한제가 적용되어 기본 데이터를 모두 사용 이후 초과되는 데이터에 대한 추가비용이 월 33,000원을 넘지 않는 혜택이 제공되는 요금제를 통틀어 무엇이라고 합니까?

13. 국내에 90일 이상 체류한 외국인만 가입(단기체류 외국인 및 내국인/법인 가입불가)할 수 있으며 중국 등 20개 국가에 국제전화(00700)를 사용할 수 있는 기본통화량이 제공되는 요금제를 통틀어 무엇이라고 합니까?

14. 인터넷 및 IPTV는 판매하기 전에 기존에 사용하던 인터넷 및 IPTV에서 확인해야 되는 사항 3가지를 적어주세요.

15. 각 통신사 인터넷 및 IPTV 고객센터 안내번호를 적어주세요.

16. 인터넷 및 IPTV 판매 전 인터넷 설치가 가능한 지역인지 확인하기 위해서 하는 것은 무엇입니까?

17. 내야 할 것을 아직 내지 않았거나 내지 못함을 말하는 것으로 휴대폰에서는 주로 사용요금을 내지 못해서 체납되어 있는 상태 무엇이라고 합니까?

18. 번호이동의 경우에는 미납이 있는 경우에는 새로운 휴대폰 개통이 (   ) 하고 기기변경의 경우에는 기존에 사용번호에 미납이 없으면 타 채널에 미납과 관계없이 휴대폰 개통이 (   )하다. ( ) 안에 들어갈 말을 적어주세요.

19. 신용상태가 이상이 없는 사람이라면 일반적으로 휴대폰을 개통하지 않은 상태에서 사용할 수 있는 번호회선이 (   ), 할부회선 (   ), 할부한도가 (   )이다. ( ) 안에 들어갈 말을 적어주세요.

20. 서울보증보험사 안내번호를 적어주십시오.

메모

....

....

....

....

....

....

....

....

....

....

....

....

....

....

....

정답

1. ①위약금, ②할부금, ③요금제, ④결합, ⑤미납, ⑥할부회선 및 할부한도 2. 위약금 3. ①위약금, ②기존휴대폰 사용요금, ③새로 구매한 휴대폰의 당월 사용요금 4. 12개월, 24개월 5. 승계 6. 12개월, 18개월, 24개월, 30개월, 36개월 7. 5.9% 8. 이중할부 9. 통화, 문자, 데이터 10. 어린이 요금제 11. 청소년 요금제 12. 어르신 요금제 13. 외국인 요금제 14. 위약금, 가입일, 만기일 15. SKB/SKT : 106 , LGT: 101 , KT : 100 16. 인터넷 설치 가용조회 17. 미납 18. 불가능, 가능 19. 4개, 6개, 600만 원 20. 1670-7000

5

제휴카드할인

TV, 냉장고, 에어컨 등의 가전제품은 기본가격이 비싸기 때문에 할부로 구매를 하여도 매달 납부해야 되는 월 할부금이 크기 때문에 구매를 망설이기 쉽다. 따라서 제품구입 초기에 느끼는 비용 부담을 줄여 판매를 활성화하기 위한 수단 중 하나로 제휴카드 先 할인이라는 결합방법이 만들어졌다. 제휴카드 先 할인은 제휴카드사의 신용카드를 매월 일정금액 이상, 특정기간까지 사용해주는 조건으로 초기에 들어가는 제품의 기본가격을 할인해준다. 제휴카드만 약속한 만큼 잘 사용하면 제품의 초기 구입 부담이 줄어든다. 휴대폰 제휴카드 先 할인도 하이마트, 전자랜드 등에서 가전제품을 팔 때 적용하던 先 할인카드 방법과 제휴되는 카드종류만 다르며 개념은 동일하다.

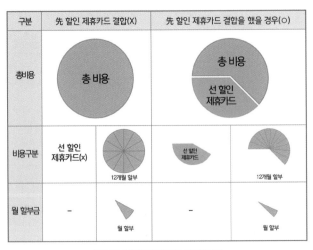

제휴카드 결합 개념(할부이자 개념 미적용)

先 할인 제휴카드 결합을 하게 되면 소비자가 부담해야 되는 총 구매 비용에서 제휴카드사가 약속한 만큼 先 할인해주기 때문에 월 납부해야 되는 할부금액이 제휴카드 결합을 하지 않았을 경우보다 저렴해지게 된다. 先 할인 제휴카드는 고객이 제휴카드사와 사용하기로 약속하고 할인받은 금액만큼 先 할인을 적용하여 단말기의 할부원금을 낮추어 비싼 출고가 때문에 구매를 망설이던 고객에게 구매를 유도할 수 있는 유용한 판매 수단이다.

　제휴카드사와 사용하기로 약속하는 설정 금액은 보통 30만 원, 70만 원, 100만 원이며 사용기간은 24개월과 36개월이 있다. 설정 금액대비 매월 할인 받게 되는 금액과 사용 개월수를 곱하여 先 할인 받게 되는 총 금액이 정해지기 때문에 카드사용 설정금액이 많고 사용기간이 길어질수록 많은 금액을 할인 받는다.

단말기	구분	설정액 30만 원 기준	설정액 70만 원 기준	설정액 100만 원 기준
	출고가	1,094,500원	1,094,500원	1,094,500원
	공지지원금	-135,000원 (T플랜 라지 기준)	-135,000원 (T플랜 라지 기준)	-135,000원 (T플랜 라지 기준)
	先 할인금액 (하나 SKT T-Zero 기준)	-348,000원 (설정액 30만 원, 24개월 기준)	-456,000원 (설정액 70만 원, 24개월 기준)	-576,000원 (설정액 100만 원, 24개월 기준)
	할부원금 (최종구입가격)	611,500원	503,500원	383,500원

공시지원금 및 先 할인 제휴카드 적용

　휴대폰의 경우 통신사별로 제휴되는 할인카드는 매달 변동되므로 정책표(단가표)와 요금제 책자를 통해 적용되는 카드를 반드시 확인해야 한다. 고객이 제휴카드 선정 시 가장 크게 고려하는 요소는 현재 고객이

사용하고 있는 카드사의 카드인지 여부와 월 사용금액 대비 할인금액이
큰 제휴카드이다.

先 할인 제휴카드(라이트할부카드) 종류

  현재 고객이 사용하고 있는 카드사의 제휴카드는 통신할인이 되는
카드로 교체 발급받으면 되기 때문에 카드 추가발급에 대한 부담이 없
다. 그리고 카드사의 제휴카드가 아니어서 통신사 제휴카드를 추가로
발급해야 되는 경우에는 할인율이 가장 큰 카드가 좋기 때문이다.

  제휴카드는 2가지 제품을 중복하여 할인받을 수 없기 때문에 제휴카
드 유치전에 고객에게 이점을 안내하여야 한다. 예를 들어 고객이 현재
삼성카드를 사용하여 집에서 사용하는 정수기 제품에 할인을 받고 있
다면 같은 카드로 휴대폰을 제휴하여 중복 할인을 받을 수 없다. 先 할인
제휴카드(라이트할부카드) 휴대폰을 구매하려는 명의자가 아닌 다른
가족 및 친구가 사용하는 카드로도 할인을 적용할 수 있다. 先 할인 제휴
카드를 사용하는 사람이 동의해준다면 휴대폰을 구매하려는 사람에게
할인혜택을 적용할 수 있기 때문에 보통 부모가 자녀의 휴대폰을 구매

해줄 때 휴대폰 단말기 할부원금 부담을 줄이기 위해 사용하는 경우가 많다.

제휴카드결합을 통해 휴대폰 단말기 초기구매 비용 중 많은 금액을 先 할인 받으면 받을수록 휴대폰 단말기 구매 부담이 줄고 그만큼 휴대폰을 구매할 확률이 높아진다. 그러면 많은 금액의 先 할인을 받으려면 어떻게 해야 되는 것인가? 당연히 사용하는 카드의 사용 설정 금액을 늘리면 된다. 하지만 대부분의 고객이 카드사용 설정 금액을 늘리는 것에 대해 부담을 느낀다. 고객들이 월 30만 원의 카드는 사용할 수 있으나 월 70만 원의 카드사용은 어렵게 느끼기 때문이다. 여기서의 맹점은 고객은 설정된 금액을 꼭 사용해야만 한다는 압박을 가지고 있다는 것이다. 70만 원의 사용금액을 설정하고 70만 원을 못 쓰게 되면 할인을 받지 못하는 것처럼 인식하기 때문이다. 실상은 70만 원을 사용하지 못하여도 30만 원 이상 사용하게 되면 30만 원 이상 사용에 대한 할인은 받을 수 있다. 따라서 고객에게 이 점을 먼저 알게 해드려야 한다. 그리고 한 가지 더 고객이 알아야 되는 것이 있다. 바로 카드사가 가져가는 설정금액을 초과사용분에 대한 혜택이다. 고객이 월 30만 원의 카드사용 금액을 설정하게 되면 매월 딱 30만 원만큼의 카드만 사용하는 것인가? 실제로는 매월 딱 30만 원만 사용하지 않을 것이다. 월에 38만 원을 사용할 때도 있을 것이고 50만 원 사용할 때도 있을 것이다. 사람이 기계가 아니라서 매월 일정하게 30만 원만 딱 쓰는 것은 어렵다. 그러면 30만 원 이상 사용하였을 때 남는 금액에 대한 할인은 어떻게 되는 것인가? 이 자투리 부분에 대한 것들이 고스란히 카드사가 가져가는 것이다. 그렇기 때문에 사용은 하지 못하더라도 높은 사용금액을 설정하여 먼저 할인받고 사용하지 못하면 먼저 할인받은 금액을 다시 돌려주는 방식이 유리하다는 것을 고객이 알아야 한다. 위의 두 가지 사항을 고객에게 안내한 후

카드사용 설정금액을 높게 하여 제휴카드 先 할인을 받게 하려고 하면 고객이 수긍하는 경우가 많다. 그리고 이렇게 되면 많은 금액의 先 할인을 통해서 휴대폰 단말기 초기 구매비용 부담이 줄어서 휴대폰을 판매할 확률도 높아진다.

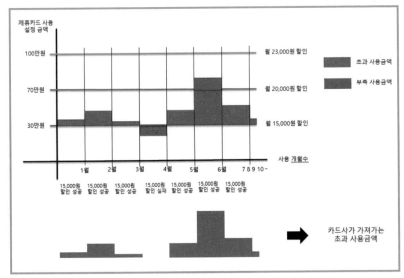

그림) 카드사가 가져가는 초과사용금액

그림)은 제휴카드 설정금액을 30만 원으로 하였을 경우에 카드사가 가져가는 초과사용금액을 나타낸다.

30만 원을 사용하지 못한 4월을 제외하고 모든 달의 30만 원 이상 초과사용분에 대한 혜택은 카드사가 가져가게 된다. 그리고 6월 달에는 70만 원 이상을 사용하였는데도 사용금액을 70만 원으로 설정하지 않았기 때문에 30만 원 이상 설정시의 혜택(15,000원 할인)만 받게 된다. 만약 그림)과 같은 카드사용량 패턴을 가진 고객이 제휴카드 설정한도를 70만 원으로 하였을 경우에는 설정한도를 30만 원으로 하였을 때보다 5,000원의 할인을 더 받게 되는 것이 되고 역으로 카드사가 가져가는 초과사용금액이 없는 것이다.

先 할인카드는 카드사에서 약속한 설정액에 따른 할인금액을 할부기간만큼 먼저 先 할인하여 기계값의 할부원금을 줄여주고 카드사와 약속한 월 설정액을 사용하지 못한 달은 카드값에서 먼저 할인받았던 월 할인금액이 청구되는 방식으로 SKT는 휴대폰을 개통 후 14일 이내 그리고 LGT는 개통 후 30일 이내에 결합하여야만 할인 적용이 된다.(KT는 휴대폰 개통 후 기간 제한 없이 카드결합 가능) 만약 카드를 발급하고 기한 내에 카드결합을 하지 못한 경우에는 예외승인이라는 방법을 활용하면 된다. 고객이 직접 카드사에 전화하여 기한 내에 결합하지 못한 사유를 잘 설명하고 협조하면 예외승인을 받을 수 있다. 그리고 개통한 통신사 대리점에 방문(신분증 지참)하여 예외승인에 대해 설명하고 先할인을 결합하지 못한 카드금액을과 할부 개월수를 설정한 후 결합하려는 카드로 수납하고 해당카드로 휴대폰 요금을 자동 이체하면 된다.

後 할인 제휴카드(청구할인카드) 종류

後 할인카드(청구할인카드)는 사용 설정한 금액만큼 제휴카드 사용시 설정액에 따라 할인되는 금액을 매월 청구되는 요금에서 할인해주는

카드이다. 카드 종류에 따라 약간의 차이는 있지만 할인이 되는 혜택은 先 할인 제휴카드와 비슷하다. 설정액에 따른 할인금액을 할부기간만큼 먼저 할인해주는 방식이 아니기 때문에 설정액에 따른 매월 할인금액이 동일하다면 먼저 할인받아 기계값의 할부이자 비용을 줄일 수 있는 先 할인 제휴카드보다 손해이다. 따라서 동일조건이라면 先 할인 제휴카드를 결합하는 것을 고객에게 권하는 것이 좋다.

제휴카드 sale tip

· **先 할인 제휴카드 발급 방법안내**

 – 명의자가 제휴할인 받으려는 카드사의 카드 사용 시
 ① 명의자가 제휴할인 받으려는 카드사의 카드로 다른 제휴할인 사용 시
  · 명의자의 사용 중인 다른 카드를 사용하여 할인받도록 안내
  · 명의자 외 다른 가족이 제휴할인 받으려는 카드사의 카드를 사용하는지 확인하여 다른 가족이 해당카드를 제휴할인 받아서 현재 구매하려는 단말기 할인을 받도록 안내
 ② 명의자가 제휴할인 받으려는 카드사의 카드로 다른 제휴할인 미사용 시
  · 사용 중인 카드를 해당 카드사의 통신사 제휴카드로 교체 발급하여 할인받도록 안내
 – 명의자가 제휴할인 받으려는 카드사의 카드 미사용 시 : 통신사 제휴카드 발급을 받아서 할인받도록 안내

· **先 할인 제휴카드 결합 시 기재해야 할 필요정보**

구분	내용
제휴카드	삼성, 하나, 롯데, 현대, 우리, 신한, 국민 중 할인받을 카드 체크
카드번호	94** 19** 35** 69**
유효기간	** / **
카드할인금액	30만 원 / 70만 원 / 100만 원 중 선택하여 기재
카드할부 개월수	24개월 / 36개월 중 선택하여 기재
제휴카드 先할인 후 할부원금	예) 노트 9 128GB 출고가 : 1,094,500원 先 할인카드 : -348,000원(24개월) 공시지원금 : -135,000원 할부원금 : 611,500원
단말기 할부 개월수	24개월

● ● 여기서 잠깐! 복습

1. 고객이 제휴카드사와 사용하기로 약속하고 할인받은 금액만큼 先 할인을 적용하여 단말기의 할부원금을 낮추어 비싼 출고가 때문에 구매를 망설이던 고객에게 구매를 유도할 수 있는 유용한 판매 수단은 무엇입니까?

2. 先 할인 제휴카드의 사용기간은 (   )과 (   )이 있다.
   ( ) 안에 들어갈 말을 적어주세요.

3. 설정한 금액만큼 제휴카드 사용 시 설정액에 따라 할인되는 금액을 매월 청구되는 요금에서 할인해주는 카드는 무엇입니까?

● ● 메모

....
....
....
....
....
....
....
....

정답

1. 先 할인 제휴카드   2. 24개월, 24개월   3. 後 할인 제휴카드

복지할인

복지할인은 기초생활 수급자나 장애인 등과 같이 사회적 보호가 필요한 사람들에게 공공요금이나 특정한 물품의 값을 깎아주는 일을 말한다. 장애등급, 국가유공자, 차상위계층, 기초생활수급자(생계/의료), 기초생활수급자(주거/교육), 기초연금수급자 할인으로 분류되며 표4)와 같은 혜택이 있다.

구 분	혜 택	필요서류 핵심
장애등급	35%	장애인복지카드
국가유공자	35%	국가유공자증
차상위계층	12,100원 + 35%, 최대 23,650원	수급자증명서
기초생활수급자	생계/의료 : 28,600원	수급자증명서
기초생활수급자	주거/교육 : 12,100원 + 35%, 최대 23,650원	수급자증명서
기초연금수급자	50%, 최대 12,100원	수급자증명서

표4) 복지할인 종류 및 혜택(SKT 기준)

현장에서 상담하다보면 외관상으로 장애가 있다고 구분이 되는 고객이 있는데 이 경우 장애인복지카드가 있는지 물어보고 장애인복지카드가 있으면 현재 사용 중인 요금에서 추가로 35% 할인이 된다는 내용을 안내하면 좋다. 표5)에서 보는바와 같이 선택약정 25% 할인과 추가로 복지할인을 받으면 실제 청구되는 월 요금이 낮아지기 때문에 고객이 휴대폰 구매 시 느끼는 비용부담이 적어져 구매로 이어질 확률이 높기 때문이다.

구분	장애등급	국가유공자	차상위계층	기초생활 수급자 (생계/의료)	기초생활 수급자 (주거/교육)	기초연금 수급자
요금제 T플랜라지	69,000원	69,000원	69,000원	69,000원	69,000원	69,000원
선택약정 25%	-17,270원	-17,270원	-17,270원	-17,270원	-17,270원	-17,270원
복지할인	-24,149원	-24,149원	-23,650원	-28,600원	-23,650원	-12,100원
최종 월납부요금	27,580원	27,580원	28,080원	23,130원	28,080원	39,630원

표5) 선택약정 25% 및 복지할인 적용(SKT 기준)

그리고 가끔 상담고객 중 단말기 값을 제외한 상태에서 인터넷 및 IPTV 결합할인과 제휴카드할인을 모두 적용하여 계산하였지만 기존에 사용하던 휴대폰의 요금제를 매우 저렴하게 사용하고 있어서 가격을 맞출 수 없는 경우가 있다. 할 수 있는 방법을 다 확인하였는데 기존에 사용하던 요금이 어떻게 맞추어져 있는지 모르겠다면 이때는 복지할인을 받고 있는 건 아닌지 확인해보아야 된다. 외관상 문제가 없어 보이지만 보이지 않는 이유로 복지 할인을 받고 있는 고객이 있을 수 있기 때문이다.

기존에 복지할인을 받고 있는 고객이 휴대폰을 구매 시 기기변경의 경우 기존에 할인받은 모든 사항이 유지되기 때문에 복지증 등 관련서류를 첨부하지 않아도 된다. 하지만 신규가입을 하거나 번호이동(통신

사 변경)을 할 때에는 관련서류를 첨부하여 복지할인이 적용되어야만
할인을 받을 수 있다.

복지할인 sale tip

· 복지할인 적용을 위한 관련서류

구분	관련서류
장애등급	장애인 등록증
국가유공자	국가유공자 등록증
차상위계층	수급자증(주민센터 발급)
기초생활수급자	수급자증(주민센터 발급)
기초생활수급자	수급자증(주민센터 발급)
기초연금수급자	수급자증(주민센터 발급)

· 장애인복지카드 및 국가유공자증

장애인복지카드	국가유공자증

여기서 잠깐! 복습

1. 기초생활 수급자나 장애인 등과 같이 사회적 보호가 필요한 사람들에게 공공요금이나 특정한 물품의 값을 깎아주는 일은 무엇입니까?

2. 복지할인 종류는 무엇이 있습니까?

메모

....

....

....

....

....

....

....

....

....

....

....

정답

1. 복지할인 2. 장애등급, 국가유공자, 차상위계층, 기초생활수급자(생계/의료), 기초생활수급자(주거/교육), 기초연금수급자

보험

보험은 재해나 각종 사고 따위가 일어날 경우의 경제적 손해에 대비하여 공통된 사고의 위협을 피하고자 하는 사람들이 미리 일정한 돈을 함께 적립하여 두었다가 사고를 당한 사람에게 일정 금액을 주어 손해를 보상하는 제도를 말한다. 휴대폰 보험도 이와 비슷하게 매달 일정한 금액을 적립하여 사용 중인 휴대폰에 사고가 생겼을 때 보상하는 제도이다. 여기서 휴대폰에 사고라는 것은 사용하다가 분실되거나 파손되는 경우를 말하며 휴대폰 보험도 사고의 종류에 따라 분실·파손보험과 파손보험으로 구분되고 보상한도에 따라 그림) 같이 세분화된다.

보험은 휴대폰을 개통한 시점에서 30일 이내(SKT 기준)에 가입하여

구분		안드로이드					iOS					일반
		프리미엄	고급	퍼펙트S	보급	피손	프리미엄	고급	퍼펙트S	보급	피손	파손
T All 케어	부가서비스 이용료(월)	7,600원	5,100원	4,800원	4,100원	3,900원	8,900원	6,100원	5,800원	5,300원	4,900원	2,900원
	보험료	6,500원	4,000원	3,700원	3,000원	2,800원	7,800원	5,000원	4,700원	4,200원	3,800원	1,800원
	폰기능상담24	1,100원 (VAT포함)										
분실파손 보험	부가서비스 이용료(월)	6,500원	4,000원	3,700원	3,000원	2,800원	7,800원	5,000원	4,700원	4,200원	3,800원	1,800원
보상 범위		분실·파손				파손	분실·파손				파손	파손
		(분실) 도난 및 수리가 불가능할 정도로 완전히 파손된 경우 포함 (파손) 침수 및 화재로 인한 손해 포함										
최대 가입 금액		120만원	90만원	80만원	60만원	40만원	140만원	90만원	80만원	60만원	40만원	20만원
							리퍼 수리 시 최대가입금액 (프리미엄일형) 1회당 50만원 한도 (그 외) 1회당 25만원 한도					
자기부담금 (고객별수부담)							손해액의30% (최소 3만원)	손해액의 30% (최소 3만원)				손책액의 30% (최소3만원)
		• 손해액 : 분실의 경우 보험가입금액* (혹은 보상잔액)과 보험가액** 중 낮은 금액 파손의 경우 수리금액과 보험가입금액 (혹은 보상잔액) 중 낮은 금액 파손 수리에 의한 교체(리퍼)시 수리금액과 1회당 상품 별 최대가입금액 (혹은 보상잔액) 중 낮은 금액 * 보험가입금액 : 최대가입금액 (혹은 보상잔액)과 서비스 가입 시점의 단말기 출고가 중 낮은 금액 * 보험가액 : 사고 시점과 보상 시점의 단말기 출고가 중 낮은 금액										
총 고객부담금 (기변 시에만 발생시)		(분실 보상의 경우만 해당) *기기 차액금 + 자기부담금					*기기 차액금 : 보상으로 지급한 휴대폰 출고가에서 손해액을 뺀 금액					
가입 가능한 휴대폰		부분 수리가 가능 스마트폰					교체(리퍼) 또는 부분 수리 병행 스마트폰					
OK캐쉬백 제휴서비스 (동의 고려)		OK캐쉬백 주요 제휴사 추가 적립 및 특별 혜택 제공 (상세 내역 별첨)										

※ 분실·파손 보험 혜택 제공을 위해, 이용요금은 휴대폰 정지·일시정지와 관계없이 월 단위 발생
※ 휴대폰 분실·파손 보상을 위한 보험료는 면세
※ 「폰기능상담24」, 출시 프로모션을 종료하는 2018년 8월 17일까지는 이용요금(1,100원)이 전액 할인됩니다. (8월부터는 사용일수만큼 요금이 발생합니다)

보험안내 관련
• 최대 가입 금액 : 보험에 가입한 휴대폰의 가치를 측정하는 최대 기준
• 보험 가입액 : 가입한 휴대폰의 출고가와 최대 가입 금액 중에서 낮은 금액
• 손해액 : 보험 가입 금액과 실제 사고 발생 가격 중 낮은 금액

그림) 보상한도에 따른 보험종류(SKT 기준)

야 한다. 휴대폰 개통당일에는 개통서류와 함께 별도 인증 없이 가입이 가능하지만 개통일 이후부터는 고객이 발송된 URL 문자에 접속하여 보험가입에 동의 인증을 하여야 한다. 보험은 최장 24개월까지 유지가 가능하고 사고로 인해서 휴대폰의 보상이 필요한 시점에 보험이 가입되어 있으면 보상을 받을 수 있다. 하지만 보험 가입 중 보상을 받아서 나중에 추가로 보상받을 수 있는 잔여보상한도가 부족한 경우에는 차후 생기는 사고에 보상을 제대로 받을 수 없기 때문에 보험을 24개월까지 유지하지 않는 경우도 있다.

　보험을 선택할 때 중요한 점은 매월 적립금과 사고가 났을 때 부담해야 되는 자기부담금을 고려했을 때 구입하는 휴대폰 단말기가 보험이 필요한 단말기인지 생각해보는 것이다. 고가의 휴대폰 단말기의 경우 분실되거나 파손되었을 때 보험에 가입하는 것이 경제적으로 이득이 되지만 저가의 보급형 단말기인 경우에는 분실되거나 파손이 되었을 경우 판매지원금을 받고 새로운 휴대폰을 구입하는 것이 나을 때도 있기 때문이다. 그리고 요즘은 고령화 시대에 휴대폰을 잘 모르는 분들에게 궁금한 사항을 친절하게 안내해주어 고객에게 편리함을 제공하는 폰 기능 상담 서비스가 신설되었는데 여기에 휴대폰 보험을 묶어서 보장개념의 ALL 케어 서비스가 제공되고 있다.

보험 *sale tip*

· 보험 가입 시에 생각해볼 문제 : ① + ②보다 ③이 클 때 가입하는 것이 좋다.

$$① + ② \leq ③$$

① 월 납입금 × 사고시점까지의 개월수(최장 24개월)
② 보상받을 때 내야 하는 자기부담금 (총 보상한도의 20~30%)
③ 분실 : 분실 보상을 통해 제공받는 휴대폰 단말기 가치, 파손 : 파손수리비용

● ● 여기서 잠깐! 복습

1. 휴대폰 보험은 사고의 종류에 따라 (   ) 과 (   )으로 구분된다. ( ) 안에 들어갈 말을 적어주세요.

2. 휴대폰 보험은 개통한 시점에서 며칠 이내(SKT 기준)에 가입하여야 합니까?

3. 보험은 최장 (   )까지 유지가 가능하고 사고로 인해서 휴대폰의 보상이 필요한 시점에 보험이 (   )되어 있으면 보상을 받을 수 있다. ( ) 안에 들어갈 말을 적어주세요.

● ● 메모

....

....

....

....

....

....

....

....

....

정답

1. 분실·파손보험, 파손보험 2. 30일 이내 3. 24개월, 가입

8

중고폰

　중고폰은 이미 사용하였거나 오래된 휴대폰을 말하는데 새제품 휴대폰 시장과 마찬가지로 다양한 종류의 중고폰 제품들로 큰 시장이 형성되어 있다. 베트남 등 동남아시아로 기계를 팔려고 찾는 외국인, 핸드폰을 여러 대 사용하여 퀵을 받아야 하는 퀵기사, 기존휴대폰을 할부로 구매하였는데 휴대폰이 파손되어 할부기간까지 중고단말기를 사용해야 하는 고객, 새로운 휴대폰을 구입 시 생기는 비용이 부담되는 고객 등 다양한 이유로 중고폰을 찾기 때문에 수요가 꾸준하다. 그리고 중고폰은 주로 현장에서 현금으로 거래되고 즉시 현금이 들어오기 때문에 매장의

인사이드 　**2018 11월 14일**　▶ 중고폰단가표

APPLE	모델명	유리깨끗	유리기스	액파	LCD	지문	카메라	나침반	WIFI	APPLE 공통기준	테블릿 PC	모델명	16G	32G	WIFI
아이폰X	A1901-64G	61.0	60.0	53.0	-20	-12.0	-12.0	-12.0		아이폰"중고단가" 란 참조	아이패드1	A1337	3.0	4.0	-2.0
아이폰X	A1901-256G	70.0	69.0	63.0	-25	-20	-12.0	-12.0	-12.0		아이패드2	A1396	6.0	8.0	-4.5
아이폰8 PLUS	A1897-64G	47.0	46.0	41.0	-12	-12	-8.0	-8.0	-8.0		아이패드3	A1430	10.0	13.0	-4.5
아이폰8 PLUS	A1897-256G	54.0	53.0	48.0	-12	-12	-8.0	-8.0	-8.0		아이패드4	A1460	13.0	16.0	-4.5
아이폰8	A1905-64G	37.0	36.0	31.0	-10	-10	-8.0	-8.0	-8.0		아이패드 에어		17.0	20.0	-5.5
아이폰8	A1905-256G	44.0	43.0	38.0	-10	-10	-8.0	-8.0	-8.0	아이폰8은 (툿관 차감 -5)	아이패드 에어2		23.0	27.0	-6.5
아이폰7 PLUS	A1784-32G	32.0	31.0	30.0	-7	-9.0	-6.0	차감X	차감X		아이패드 MINI		9.0	11.0	-3.0
아이폰7 PLUS	A1784-128G	34.0	33.0	32.0	-7	-9.0	-6.0	차감X	차감X	LCD차감 적용 시	아이패드 MINI2		13.0	16.0	-4.0
아이폰7	A1778-32G	20.5	19.5	18.5	-5	-8.0	-2.0	차감X	차감X	액파차감 없으니	아이패드 MINI3		17.0	21.0	-4.0
아이폰7	A1778-128G	24.0	23.0	22.0	-5	-8.0	-2.0	차감X	차감X	다.	아이패드 MINI4		22.0	26.0	-7.5
아이폰6S PLUS	A1687-16G	21.0	20.0	19.0	-5	-5	-2.0	차감X	차감X	심한 기스 또는	갤럭시 탭 10.1		6.0	7.0	-3.5
아이폰6S PLUS	A1687-64G	24.0	23.0	22.0	-5	-5	-2.0	차감X	차감X	찰기스 액파적 용.	갤노트10.1		11.0		-4.5
아이폰 6S	A1688-16G		13.0	12.0	-4	-3.0	차감X	차감X	차감X		갤럭시탭10.1 에디션		15.0		-6.0
아이폰 6S	A1688-64G		16.0	15.0	-4	-3.0	차감X	차감X	차감X		갤노트10.1 에디션		15.0		-6.0
아이폰 6 PLUS	A1524-16G		13.0	12.0	-4	-3.0	차감X	차감X	차감X	아이폰은 프레임	갤럭시 탭 10.5		15.0		-6.0
아이폰 6 PLUS	A1524-64G		17.0	16.0	-4	-3.0	차감X	차감X	차감X	휨 현상 각별히 확	갤럭시탭S2		20.0		-6.5
아이폰 6	A1586-16G		10.0	9.0	-2	-3.0	차감X	차감X	차감X	인 바랍니다.	갤노트프로		16.0		-5.0
아이폰 6	A1586-64G		12.0	11.0	-2	-3.0	차감X	차감X	차감X		갤럭A	T585	15.0		-5.0
											갤럭A	P585	17.0		-6.0
아이폰 5SE	A1723	10.0		-2	-4	-3.0	차감X	차감X	차감X	액정쪽 모서리 쪽 및 이빨나감					
아이폰 5S	A1530-16/64	4.0		-0.5	-1	-1.0	차감X	차감X	차감X	과 물흠을	☆☆ 이벤트 ☆☆				
아이폰 5C	A1529	2.5		-0.5		2.0	차감X	차감X	차감X	벗기고 검수바랍	가격변동최소화 작업중!				
아이폰 5	A1429	2.5		-0.5		2.0	차감X	차감X	차감X	니다.					
아이폰 4S	A1387	1.0			불가	차감X	차감X	차감X	차감X		내수용/수출용 최신박스폰				
SAMSUNG	모델명	A급	A-	중고	액파	SAMSUNG					LG	모델명	A급	A-	중고
노트8	N950	37.0		28.0	26.0	★ M250,E120,(저가폰)강장상					G2	F320	2.3	1.8	1.0
노트8	N950 256	42.0	35.0	32.0	26.0	차감 -1 → LCD교환급 반송					G3	F400,F	2.6	2.1	1.0

중고폰 단가표

자금흐름을 원활하게 하는데 도움을 준다. 따라서 새제품 휴대폰 판매와 동시에 중고폰 매입 및 판매를 잘 활용하는 것은 매장을 운용하는데 중요하다.

중고폰도 새제품 휴대폰과 비슷하게 업체별로 매일 중고폰 가격이 책정된 단가표가 제공된다. 하지만 중고폰은 새제품과 다르게 동일제품이어도 사용하던 사람의 관리 정도에 따라서 품질에 차이가 있기 때문에 단가표상에 제품 상태에 따라 3~4개 등급으로 분류하여 가격이 책정되어 있다. 휴대폰 화면의 액정유리가 깨진 중고폰, 버튼이 잘 안 눌러지는 중고폰, 카메라가 작동하지 않는 중고폰 등 그 상태가 천차만별이다. 따라서 중고폰을 매입할 때에는 표6)에서 제시한 몇 가지 체크사항을 꼭 확인하여야 한다.

삼성 휴대폰 체크사항	아이폰 체크사항
1. 액정상태 : 유리깨짐 및 LCD손상(잔상) 2. 와이파이 : 작동여부 3. 녹음 작동 여부(*#0283#) 4. 삼성 테스트 모드(*#7353#) 　(멜로디, 진동, 스피커, 빛이 어둑한, 카메라, 블루투스, 　점 센서, 격자센서, 가속도계센서, 근거리센서, 빛 센서) 5. 기타(홈, 볼륨 전원 버튼 작동여부, 벨소리 등	1. 액정상태 : 유리깨짐 및 LCD손상(빗셈) 2. 나침판 : 작동여부 3. 와이파이 : 작동여부 4. 지문인식 : 작동여부 5. 카메라상태 : 카메라 파손 및 멍자국 6. 기타(홈, 볼륨 전원 버튼 작동여부, 벨소리 등)

표6) 중고폰 매입 시 체크사항

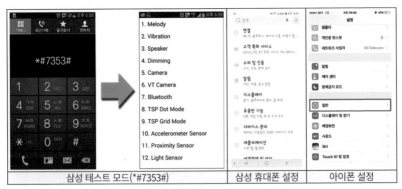

삼성 테스트 모드(*#7353#)	삼성 휴대폰 설정	아이폰 설정

그림) 휴대폰 상태 체크를 위한 설정

또한 중고폰 매입 시 가개통 단말기와 분실된 단말기는 절대로 매입하면 안 된다. 가개통 단말기와 분실된 단말기는 원 소유자(명의자)가 분실 신고를 하게 되면 명의자가 분실 해제를 해주기 전까지는 사용이 안 되므로 매입할 때 들어갔던 비용 전부를 손해 볼 수 있기 때문이다. 매입한 중고폰은 반드시 초기화하여 기존사용자의 개인정보가 유출되는 사고가 발생하지 않도록 하여야 한다. 판매는 전문적인 중고폰 판매 업체를 통하거나 매장에 방문하는 외국인 및 내국인에게 현장 판매하면 된다. 그리고 다소 손이 많이 가지만 수익성이 높은 중고폰 판매 방법으로 세티즌 및 중고나라를 이용한 온라인 판매도 있다.

중고폰 sale tip

· 기존에 사용하던 휴대폰 중고판매 시 현금 가치 인식

고객을 대면하여 상담을 하다 보면 바로 앞에서 고객이 기존에 사용하던 휴대폰의 상태를 확인할 수 있다. 새로운 휴대폰을 구매하게 되면 기존에 사용하던 휴대폰은 특별한 이유가 아니면 필요가 없어지기 때문에 고객이 기존에 사용하던 휴대폰을 돈이 되는 중고폰으로 환산하여 생각해볼 수 있다. 고객에게 가지고 기존 휴대폰의 현금 가치를 인지시켜 새로운 휴대폰을 구매할 때 발생하는 비용 부담을 줄일 수 있는 한 가지 대안을 추가로 제시하여 고객의 구매 결정에 도움을 주도록 하자.

· 사용하지 않고 집에 방치된 중고폰 판매 시 현금 가치 인식

오랫동안 사용하지 않고 집에 방치된 중고폰 판매 시 현금이 된다는 것을 고객에게 알려주자. 중고폰은 상태가 안 좋더라도 현금화할 수 있기 때문에 중고폰 위탁 판매를 통해 위탁 수수료 수입을 만들 수 있다.

· 중고폰 개통 시 회선유지 안내

중고폰을 통한 신규가입 및 번호이동도 판매지원금이 지급되므로 고객이 중고폰을 가지고 와서 개통을 요청할 경우에도 거절하지 말고 개통해 주는 것이 좋다. 그리고 중고폰은 사용하다가 고장 나거나 배터리가 빨리 소모되어 요금제 유지기간 만큼 사용을 못하는 경우가 생기는데 중고폰도 4~6개월 내에 회선이 유지되지 않으면 지급된 판매지원금이 환수되기 때문에 고객에게 의무사용기간을 반드시 안내하고 해지하지 않도록 관리해야 한다.

여기서 잠깐! 복습

1. 삼성 휴대폰 검수를 위한 테스트 모드를 작동시키는 특수기호 및 숫자 조합은 무엇입니까?

2. 아이폰 검수를 위한 체크사항은 무엇입니까?

메모

....

....

....

....

....

....

....

....

....

....

정답

1. *#7353#   2. 액정상태 , 나침판, 와이파이, 지문인식, 카메라상태, 홈, 볼륨 전원 버튼 작동여부, 벨소리

9

기타

① 스마트 스위치, 모비고, 아이튠즈, 카카오톡 백업

휴대폰을 개통이 완료되면 기존에 사용하던 휴대폰 단말기에서 새로 구입한 휴대폰 단말기로 기존에 사용하던 정보들을 옮겨야 한다. 이때 사용하는 것이 삼성 / LG 스마트 스위치, 모비고, 아이튠즈 백업이다.

스마트 스위치가 가능한 대상기종은 조합은 표)와 같으며 스마트 스위치가 안 되는 조합은 모비고를 통해서 정보를 옮기면 된다. 모비고는 전화번호, 문자, 사진, 동영상 등의 기본적인 정보만 옮기는 것이 가능하기 때문에 애플 아이폰의 경우 모든 정보를 똑같이 옮기고 싶다면 아이튠즈 백업을 통하는 것이 좋다.

구 분	기존 휴대폰	새로 구입한 휴대폰
삼성 스마트 스위치	삼성 휴대폰 단말기	삼성 휴대폰 단말기
삼성 스마트 스위치	LG 휴대폰 단말기	삼성 휴대폰 단말기
삼성 스마트 스위치 / LG 스마트 스위치	LG 휴대폰 단말기	LG 휴대폰 단말기
모비고 / 아이튠즈 백업	아이폰	아이폰
모비고	삼성, LG, 기타	아이폰
모비고	아이폰	삼성, LG, 기타

그림1)과 같이 구글 플레이스토어에서 삼성 스마트 스위치 어플리케

이션을 기존휴대폰과 새로 구입한 휴대폰 양쪽에 다운로드한 후 어플리
케이션을 실행시켜 기존휴대폰에서 보내기, 새로운 휴대폰에서 받기를
하면 기존휴대폰에 있던 모든 정보가 옮겨진다.

그림1) 삼성 스마트 스위치(무료)

그림2)과 같이 모비고에서 기존휴대폰의 정보를 백업시킨 후 새로 구
입한 휴대폰에 받기를 하면 기존휴대폰에 있던 정보(전화번호, 문자, 사
진, 동영상 등)가 옮겨진다.

그림2) 모비고 스위치(월결제 필요)

그림3, 4) 과 같이 아이튠즈 및 아이클라우드에서 기존휴대폰의 정보를 백업시킨 후 새로 구입한 휴대폰에 받기를 하면 기존휴대폰에 있던 정보(전화번호, 문자, 사진, 동영상 등)가 옮겨진다.

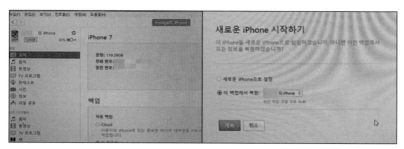

그림3) 아이튠즈 백업(무료)

그림4) 아이클라우드 백업

카카오톡 정보를 옮기는 경우에는 그림5)과 같이 기존에 사용하던 휴대폰에서 카카오 계정에 접속하여 설정 → 채팅 → 대화백업 → 대화 백업하기 순으로 클릭하고 백업을 한다. 백업이 완료되면 새로 구입한 휴대폰에서 카카오톡을 실행하여 계정 아이디 → 비번 → 백업 비밀번호 순으로 입력하고 복원하기를 진행하여 백업정보를 불러오면 된다. 복원하기 진행이 완료되면 기존휴대폰에서 사용하던 카카오톡의 채팅창 대화목록(사진은 제외)이 모두 옮겨진다.

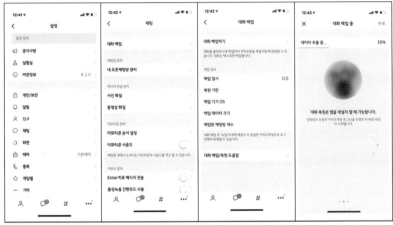

그림5) 카카오톡 백업

그 밖에 페이스북, 네이버밴드, 카카오스토리 등은 아이디와 비번 연동이기 때문에 새로 구입한 휴대폰에서 계정 아이디 / 비번을 입력하면 기존의 사용한 정보가 그대로 복원된다.

② 개통된 휴대폰 불량 시 교품 방법

삼성과 LG휴대폰은 개통되고 14일 이내에 불량이 있으면 고객이 직접 해당제품의 서비스센터에 방문하여 불량부분을 확인한 불량증을 받아야 한다. 그 후 구매한 매장에 불량판정 받은 기기의 모든 구성품과 불량증을 제출하면 동일모델의 새기기로 교환하거나 개통 취소가 가능하다. 개통이 취소되면 명의자가 직접 기존 사용하던 통신사 대리점에 방문(신분증 지참)하여 원상복구를 신청하여야 기존 사용하던 단말기로 돌아갈 수 있기 때문에 번거롭더라도 직접방문을 해야 되는 점을 사전에 고객에게 안내하여야 한다.

단, 개통되고 14일 이후에 불량이 발생하면 매장에서 새기기로 교환하거나 개통취소는 되지 않고 서비스센터에서 수리만 가능하다.

③ 알뜰폰

알뜰폰은 기간망인 SKT, LGT, KT보다 기기값과 요금이 싸고 판매지원금도 상당히 높다. 단, 구매층이 다소 한정되어 있어서 판매가 활발한 편은 아니나 요금에 민감하고 통화량이 적은 고객들에게는 판매하기가 쉽다. KT M모바일 경우 일반 피쳐폰을 판매하면 최저요금이 5,390원에 판매가 가능하기 때문에 고3 수험생을 둔 학부모 고객이나 스마트폰을 하면 게임 등에 중독이 우려되는 고객 연령대가 높아서 전화를 받기만 하면 되는 고객들에게 적극 추천한다. SKT, LGT, KT대리점을 제외하고 판매점과 유통점인 하이마트, 전자랜드 등에서 각 통신사의 알뜰폰인 SK텔링크(7모바일), KT M모바일, CJ SKT 헬로우비전, CJ KT 헬로우비전, 삼성전자 에스원, LGT유모비, 다단계인 ACN모바일과 플래쉬 모바일 등에서 판매가 된다. 알뜰폰의 가장 큰 단점은 요금수납을 할 때 로드샵 매장이 거의 없기 때문에 개통한 판매점에 방문해서 요금수납을 하거나 고객센터로 고객이 전화하여 요금수납을 해야 한다. 판매하면서 고객님께 반드시 안내가 나가야 한다. 현장에서 가장 많이 유치가 되는 요금제는 스마트폰 요금제이고 통화 + 문자가 무제한인 요금제의 가입률이 현장에서는 90%가 주를 이룬다.

부록#1 _ 요금제 구간표

패밀리 구간	라지 구간	미디엄 구간	레귤러 구간	스몰 구간	기타 구간
Data 인피니티	에센 라지	에센 미디엄	에센 레귤러	에센 스몰	표기 외 요금제
벨 리	band YT 퍼펙트	band YT 1G	band YT 1G	band YT 1G	
band 데이터 퍼펙트S	band 데이터 퍼펙트	band YT 7G	band 데이터 1.2G	band YT 세이브	
LTE 100 요금제	band 어드신 3.2G	band 데이터 2.2G	T기리 55	band 데이터 1.2G	
T급상부 퍼펙트 S	band 밀 3.0G	band 데이터 3.5G	뉴 T기리 맞춤형(100분+6GB)	band 어드신 세이브	
band 어드신 2.2G	LTE 85 요금제	band 데이터 6.5G	뉴 T기리 맞춤형(200분+1.5GB)	band 밀 세이브	
T시그니처 Classic(구)	LTE 17기리필 55	band 어드신 1.2G	T기리맞춤형 55*54	LTE 42 요금제	
band 밀 3.0G	LTE데이터무제한 엔세	band 밀 2.0G		LTE 52 요금제	
T시그니처 Master(구)	LTE필 52	LTE 62 요금제		LTE 17기리필 35	
LTE 85 요금제	T급상부 퍼펙트	LTE 42 요금제		LTE 맞춤형 42*51	
T기리 100	T 월정액 스프리미엄	LTE 17기리필45		LTE 맞춤형 52*61	
LTE 17기리필 55	T기리 85	LTE 맞춤형 62*71		LTE팅 세이브 49	
T시그니처 Classic	쿨데이터이지52	LTE팅 42		LTE데이터전용 5G	
LTE데이터무제한 엔세	전국민 무한 85	T급상부 밀 2.5G		LTE팅 24	
T시그니처 Master	주앵밀 밀 5.0G	T급상부 3.8G		LTE팅 34	
LTE필 52	팅울수앤으드	T급상부 5.0G		T급상부 세이브	
전국민 무한 100	팅울마리잍드	T급상부 스마드		T급상부 1.5G	
		T기리 65		T기리 35	
		T기리 75		T기리 45	
		T기리맞춤형65*68		T기리 이지	
		T기리맞춤형69*74		T기리맞춤형32*44	
		T기리맞춤형75*84		T기리맞춤형45*54	
		쿨데이터이지42		쿨데이터이지35	
		뉴 T기리 맞춤형(100분+6GB)		쿨데이터이지34	
		뉴 T기리 맞춤형(200분+3GB)		뉴 T기리 맞춤형(200분+1.5GB)	
		뉴 T기리 맞춤형(200분+6GB)		뉴 T기리 맞춤형(100분+3GB)	
		전국민 무한 69		뉴 T기리 맞춤형(100분+700MB)	
		전국민 무한 75		뉴 T기리 맞춤형(150분+1.5GB)	
		주앵밀 밀 3.0G		뉴 T기리 맞춤형(150분+700MB)	
		루키 조 미디엄		뉴 T기리 맞춤형(100분+250MB)	
				뉴 T기리 맞춤형(150분+250MB)	
				뉴 T기리 맞춤형(150분+3GB)	
				뉴 T기리 맞춤형(200분+700MB)	
				뉴 T기리 맞춤형(200분+250MB)	
				LTE팅 청소년 49	
				청소년 안심 데이터 팅	

부록#2 _ 개통형태/ 약정/ 대상자별 서류 종류

구분 (통신사)	개통형태	약정	대상자		비고
① SK ② KT ③ LG ④ 알뜰폰	① 신규 ②번호이동 (통신사이동)	① 공시 ※프리미엄패스(SKT) ※ 심플코스(KT) ※식스플랜(LG)	① 성인/어르신	내국인/외국인/법인	보험장 가족결합 카드결합
			②청소년 (미성년자) ※법정대리인 필요	내국인/외국인	보험장 가족결합 카드결합
		② 선택	① 성인/어르신	내국인/외국인/법인	보험장 가족결합 카드결합
			②청소년 (미성년자) ※법정대리인 필요	내국인/외국인	보험장 가족결합 카드결합
	③ 기기변경	① 공시 ※프리미엄패스(SKT) ※ 심플코스(KT) ※식스플랜(LG)	① 성인/어르신	내국인/외국인/법인	보험장 가족결합 카드결합
			②청소년 (미성년자) ※법정대리인 필요	내국인/외국인	보험장 가족결합 카드결합
		② 선택	① 성인/어르신	내국인/외국인/법인	보험장 가족결합 카드결합
			②청소년 (미성년자) ※법정대리인 필요	내국인/외국인	보험장 가족결합 카드결합
선불폰	유심만 구매	-	-	-	-

10

세일즈 스킬 심화

1. 다양한 스토리텔링 사례

① 휴대폰 단말기 특장점을 통한 스토리텔링

단말기는 자동차처럼 크게 3개의 군으로 분류가 된다.

프리미엄폰 / 중고가폰 / 저가폰이다. 고객들에게는 "프리미엄폰입니다. 중고가폰입니다"라고 하면 "외형이 다 비슷한데"라면서 잘 이해를 못 하시기 때문에 저자의 경우에는 현장에서 차로 비유를 해드린다. 고객들에게 휴대폰 관련 용어를 사용하게 되면 이해가 잘 안 되기 때문에 머릿속에서 상상할 수 있도록 이해하기 쉬운 비유를 들어주는 것이 가장 현명한 방법이다.

현장에서 고객님들이 휴대폰 구매를 할 때 어떤 폰을 구매해야 하지? 라고 고민하실 때 노트는 현대자동차의 제네시스로, a720폰은 소나타로, 갤럭시온7은 아반떼나 모닝으로 비유를 한다.

구분	휴대폰 단말기 모델		자동차 등급으로 비유
프리미엄폰	노트9	→	제네시스
중고가폰	a720		소나타
중고가폰 저가폰(보급형폰)	갤럭시온7		아반떼

예를 들어 40대 주부 고객이 요금은 3만 원대 사용하는데 노트9과 비슷한 요금제로 사용하고 싶다고 하면 이것은 현재까지 아반떼를 타시다가 한 번에 제네시스로 차량을 바꾸려고 하는 것과 같다고 먼저 설명하고 아반떼를 탈 때는 연비가 좋았지만 제네시스를 타게 되면 연비가 좋지 않아서 유지비용이 많이 드는 것처럼 현재 사용하는 요금제를 유지하면서 노트9을 사용하게 되면 기존에 사용하던 비용보다 추가비용이 발생하는 것을 안내하면 대부분 수긍을 하신다.

반대로 50대의 남자 고객님께서 퇴직하고 휴대폰을 업무용으로 사용하지 않기 때문에 이제 통신비를 낮추고 싶다고 하시면 절약을 하려면 제네시스 같은 차는 아무리 조금 타고 단거리를 운행해도 유지비용이 발생하기 때문에 차량의 배기량을 낮추고 유지비가 저렴한 차인 아반떼를 가는 것처럼 노트 급의 단말기에서 갤럭시온7의 단말기 사양으로 낮추시면 매달 최대 4만 원 이상의 통신비가 할인될 수 있음을 비유를 통해 설명하면, 고객도 말을 참 귀에 쏙쏙 잘 들어오게 한다면서 바로 구매한 사례가 많다.

고객님의 사용 중인 요금제의 수준과 희망하는 단말기 등급을 잘 파악하여 고객의 요금제 수준과 사용패턴에 맞추어서 단말기를 제공해야 하는 스킬이 필요하다. 당장의 눈앞에 판매지원금이 많이 나온다고 부진재고를 판매해야 한다는 압박감으로 아반떼 급의 단말기에 최고가요금제를 유치하여 고객님의 요금제 사용량과 패턴에 맞지 않는 단말기를 판매한다면 단기적인 수익은 발생할 수 있으나 만족도가 떨어지게 되어 단골이 떨어져나갈 수 있다. 마치 헤어숍에서 머리를 잘못 잘라서 다시는 가기 싫어지는 것과 같다.

고객이 단말기를 구매할 때 가장 많이 물어보는 점은 각 단말기별로 출시는 언제가 되었는지, 방수는 되는지, 기본 메모리 용량과 확장이 가능한지, 카메라의 전면과 후면화소가 얼마인지, 배터리는 일체형인지를 물어보게 된다. 예전에는 숙지를 했지만 지금은 판매사들이 많이 활용하는 각 통신사의 스마트 플래너와 판매점전용 몽키 어플리케이션 등에다 반영이 되어있으므로 고객님이 물어보면 화면을 켜서 알려드리면 된다. 저자가 통신업을 처음 접했을 때에는 숙지를 했어야 하고 숙지 못하면 아메바 취급을 받았는데 지금은 얼마나 편리해졌는가?

저가가 가장 매력적으로 생각하는 폰 중에 하나는 아이폰이다. 한 번 구매한 사람이 지속적으로 재구매율도 좋고 반납하면 현금가치도 높아서 기기를 반납하고 다시 신형아이폰을 구매할 때 거의 부담 없이 다시 바꿀 수 있는 폰이어서 참 매력적인 단말기이다. 그리고 고객님과 스토리텔링 통해서 공감대를 형성하고 판매를 극대화할 수 있으며, 매년 가을쯤 되면 신제품 출시를 통해 꾸준히 일 년 농사를 성공적으로 해주는 효자상품이다. 여기서 저자가 아이폰 스토리텔링을 통해서 판매하는 스킬이 궁금하지 않은가?

저자는 고객님이 휴대폰을 상당하면서 온통 머릿속에 가격! 가격~가격~으로만 가득 찬 뇌를 옆구리 찌르기 멘트로 적절한 환기를 시켜준다. 아이폰의 화소, 메모리, 어플리케이션 활용법은 이미 기존폰도 사용하면서 다 알고 있다. 저자는 다른 매장에서는 잘 느껴보지 못한 아이폰의 스토리텔링을 통해서 고객님께 환심을 유도한다.

그 멘트는 바로? 이 예쁜 사과의 로고 혹시 알고 계시나요? 라고 고객님께 묻는다.

저자는 카메라 화소, 단말기 스펙, 이런 점은 부각시키지 않는다. 이미 여러 번의 재구매를 통해 많이 알고, 사용하지 않았어도 주변에서 많이 사용하는 것을 접할 수 있기 때문에 매장에서는 잘 들어보지 못한 멘트로 고객님의 가격으로만 가득 찬 머릿속을 환기시킨다. 마치 아라비안

나이트에서 왕에게 천일야화를 하듯이 흥미와 재미를 느낄 수 있도록 알려준다.

"고객님, 이 사과를 한 입 베어 물면 아담과 이브처럼 못 보던 신세계를 경험할 수 있습니다"라고 알려드린다.

이외에도 애플의 로고는 밑의 그림처럼 정말 다양한 스토리를 가지고 있다. 동화에 나오는 백설공주가 마녀가 준 사과를 한 입 베어 먹고 죽은 것처럼 애플을 적으로 두면 사과를 한 입 베어 먹고 죽을 수 있다는 의미를 담고 있다. 또 다른 하나는 위인전에 많이 접했던 천재 아이작 뉴튼하면 떠오르는 것이 하나 있다. 바로 휴식을 취하며 떨어진 사과를 손에 쥐고 발견한 만유인력의 법칙이다 사람들이 아이작 뉴튼하면 천재라고 하는 것처럼 사과를 로고로 만든 스티브 잡스를 천재라도 한다, 애플은 손에 쥐고 사용하는 고객님 또한 천재가 될 수 있다는 의미를 포함하고 있다.

'사과=아이작 뉴튼=스티브 잡스=고객 : 천재'라는 공식이 성립한다고 하며 재미있는 스토리텔링을 전달할 수 있다. 전 세계 사람들에게 공통적으로 가장 먼저 떠오르는 언어의 단어 하나를 얘기하라고 하면 영어의 알파벳 A를 꺼낼 것이다. 누구나 알고 있고 전 세계가 알고 있다, 그리고 가장 먼저 떠오르는 명사를 얘기하면 개미의 ANT도 있고, 코끼리인 ELEPHANT도 있지만, 누구나 쉽고 빨리 떠오르는 단어는 역시 애플 APPLE일 것이다, 스티브 잡스가 아르바이트로 사과밭에서 일하며 이와 같은 생각으로 브랜드명을 지었을 것이다. 마지막으로 실제로 애플사의 직원 중 한 명이 사과에 청산가리를 넣고 한 입 베어 물고 죽은 사례도 있다.

②숫자를 통한 세일즈 스토리텔링 기법

저자가 현장에서 정말 10명의 여성고객님을 만나면 10명을 모두 웃게 만들었던 현장세일즈 사례가 있다. 독자 여러분들도 저자의 멘트를 응용하여 현장에서 활용한다면 가격만 얘기하며 삭막한 판매 간에 서로 웃으며 분위기를 반전시킬 수 있는 스토리텔링 기법이다. 저자와 함께 현장 속으로 들어가 보도록 하자. 특히 젊은 여성고객님들에게 애플은 성경과 같은 스토리도 담고 있다고 말씀드린다. 성경에서 예수님이 우리의 죄를 대신하여 13일의 금요일에 십자가에 못 박히시며 돌아가시고 로마군 병사가 예수님의 생사를 확인하기 위해 롱기누스 창으로 예수님의 오른쪽 옆구리를 찔러서 피를 흘리는지 확인한 것처럼 예수님처럼 아름다운 아이폰도 박스 안에 있는 창으로 아이폰의 오른쪽 옆구리를 찌르면 유심을 넣을 수 있는 트레이가 나온다, 라고 하면 모두 함박웃음을 터뜨린다. 이 책을 읽고 있는 여러분도 적극 활용하기 바란다. 여러분만의 스토리텔링기법을 만들어보세요.

③보험판매사례를 응용한 세일즈 스토리텔링 기법

이렇게 좋은 세일즈 tool인 카드를 잘 판매하려면 고객님이 거절을 하지 못하게 하는 화법이 필요하다. 저자가 2009년에 세일즈에 심취해서 다독을 하던 시절, 보험 세일즈의 대가인 최현 대표님의 보험세일즈의 비밀에서 화법편을 읽는데 소름끼치도록 멋진 내용 중에 한 부분을 반영해보도록 하고 이 부분을 다시 우리가 접하는 현장에 접목하도록 응용해서 50배 이상을 성장시켰던 사례를 반영해보도록 하겠다.

고개님께 닫힌 화법으로 "고객님, 신용카드를 사용하시죠?"를 통해 네, 또는 아니요를 확인하고, 카드를 사용하시면 최대 -20,000원까지 할인받을 수 있는데 00카드 사용하시죠? 라고 해서 판매사가 원하는 답을 빠른 시간 내 이끌어낼 수 있지만 너무 카드에 집중하면 안 된다. 고객님은 매장에 방문한 목적 또는 방문판매사원을 만난 목적이 스마트폰을 저렴하게 구매하기 위해서 만난 것인데 이게 카드를 신청하려고 상담을 하는 건지 오해할 수 있고, 카드 할인혜택만 구구절절 설명하게 되면 고객님은 부담감을 느끼고 카드를 거절하거나, 단말기까지 취소하는 사례가 발생할 수 있게 된다.

이때, 가장 중요한 것은 고객님이 카드를 당연히 써야하게 되면, 거절하지 못하게 해야 된다는 것이다.

보험에서 세일즈로 유명한 명장들의 공통점이 하나 있다면, 그들은 보이지 않는 보험이라는 상품을 판매할 때 절대 돈과 금액으로 먼저 다가가지 않는다는 것이다. 보통의 보험세일즈하는 분들은 매달 가격과 보장혜택을 강조하지만, 진짜 고수는 넛지를 통해 고객들이 접하지 못했던 화법을 통해 머릿속으로 상상하게 하여 반드시 거절하지 못하는 상황을 연출하여 판매를 하게 된다.

저자가 소름끼치게 좋아했던 보험세일즈사례를 보도록 하고 이 부분을 휴대폰세일즈에 어떻게 접목했는지 알아보도록 하자.

결혼을 한 고객님을 만나면 반드시 물어본다. 배우자를 사랑하시나요? 라고 그러면 여기서 아니요, 라고 거절할 수 있는 사람이 몇 분이나 있겠는가? 99%는 모두 네, 사랑합니다, 라고 할 것이다. 그러면 이제부터 거절할 수 없도록 상황을 만들어보도록 하겠다. 고객님과 고객님의 부서의 사장님이 함께 배를 타고, 제주도를 출발했는데 갑자기 배가 기울어져서 사장님이 배 아래로 빠졌다, 그럴 때 고객님은 부서의 사장님을 구출하러 가실 것인지, 아니면 그대로 죽도록 내버려둘 것인지 물어본다. 가정이 있고 직장을 지키려면 고객님은 분명히 "네."라고 사장님을 구출하러 가실 것이라고 할 것이다. 그 어려운 상황을 잘 극복하고 사장님을 구했는데 고객님이 불의의 사고로 돌아가시게 되었다. 이때 사람들이 사모님을 어떻게 호칭하는지 여쭤본다. 지금 상담하는 고객님의 돌아가셨을 때의 상황에 따라 어떤 사람들은 사모님을 미망인 또는 과부라고도 부를 것이다. 그렇다면 미망인과 과부의 공통점은 무엇인가? 공통점은 둘 다 남편을 잃은 아내라는 것이다, 그렇다면 미망인과 과부의 차이는 무엇인가? 독자 여러분들도 생각하기 바란다.

미망인은 남편을 잃었지만, 남편 덕분에 경제적으로 부유한 생활을 하는 분들을 미망인이라고 부르며, 과부는 남편도 잃었는데, 경제적 능력까지 없어서 힘든 생활을 하는 분들을 일컫는다.

그리고 다시 고객님께 묻는다, 아내를 사랑하십니까? 라고 그러면 고객님들은 99%가 모두 "네."라고 얘기한다.

다시 고객님께 묻는다. 지금 고객님의 재정 상태와 현재 여건으로 갑자기 배를 타고 불의의 사고를 겪는다면 지금의 사모님 경제적 상태를 미망인으로 남게 해둘 것인지, 과부로 남게 해둘 것인지 묻는다. 그러면 고객님들은 99%가 미망인으로 만들고 싶다고 한다. 하지만 지금의 고객님 상태로는 절대 사랑하는 배우자를 미망인으로 만들기에는 부족한 부분이 있다고 안내하고 아내 분들을 가장이 불의의 사고를 당했을 때 미망인을 만들고 싶냐고 묻는다. 그리고 미망인으로 만들고 싶다고 얘기하면 지금 상담 받고 이 보험에 가입하면 미망인으로 만들 수 있다고 얘기한다.

매달 보험금 얼마에, 몇 년을 불입하라고 얘기하지 않고, 상품을 판매했다. 왜냐하면 99%의 가장은 아내를 사랑하냐고 물었을 때 사랑하지 않는다고 거절할 수 없을 것이고, 또한 가장이 불의의 사고를 당했을 때 미망인으로 만들지, 과부로 만들지 않도록 해주기 때문일 것이다.

핵심은 사랑을 강조하며 거절하지 못하도록 한 것이고 자연스럽게 상품을 판매한 것이다.

사랑하는 만큼 보험금을 납부하실 것이고, 사랑하는 만큼 그 보험을 유지할 것이기 때문이다.

이 소름끼치도록 감명 받은 부분들 현장에서 신용카드 판매에 접목했다.

자녀분이 아이폰을 사고 싶은데 부모님이 가격이 비싸다고 안 된다고 하실 때 고객님께 넛지 있게 여쭙는다.

고객님, 자녀분을 사랑하시나요? 라고. 그러면 고객님의 99%는 모두 사랑한다고 말씀하실 것이다. 저자는 수능을 마친 다음 날 방문하신 고객님 한 분이 자녀를 사랑하지 않는다, 라고 우스갯소리를 들은 것 외에는 단 한 번도 아니요, 라는 대답을 들어본 적이 없다.

그리고 다시 고객님께 묻는다. 카드를 얼마를 사용하고 얼마를 할인받으라고 얘기하는 것이 아니라, 고객님께 자녀를 사랑하는 만큼 카드를 사용하면 매달 20,000원을 할인받는다고 얘기한다.

그러면 고객님들은 자녀를 사랑하는 만큼 카드를 사용해줄 것이고, 자녀를 사랑하는 만큼 카드 사용기간을 유지해줄 것이다.

　이 화법을 통해 매장에서 100장 이상의 신용카드를 유지하고 판매했다. 그리고 회전율을 높여서 재판매율도 높여서 매장의 두 배 이상 성장을 시킨 노하우가 지금도 유지 중이다.

　여러분도 적극 활용하기 바란다.

　카드를 판매하면서 가장 중요한 것은 유효기간과 카드번호를 매장에 알려주고 나면 고객님께 반드시 알려드려야 할 부분이 있다.

　첫 번째는, 변경신청서와 계약서와 할부매매장을 접수하고 나면, 고객님께서 할인을 받기 위해 설정한 금액만큼 카드사용금액으로 결제가 되고, 문자로 고객님께 청구가 된다.

　고객님께 진행되는 절차를 말씀드리지 않으면, 고객님은 신용카드가 결제되었다고 바로 매장 또는 방문판매사원에게 민원을 넣기 때문이다.

　先할인카드를 반영하면 고객님의 할인금액만큼 카드로 결제가 되고, 다음 달부터 카드값에 단말기 할부금이 결제가 되어 청구되는데 신용카드로 휴대폰요금을 자동이체하면 카드에 청구된 만큼 휴대폰요금으로 할인을 받는 구조임을 반드시 고객님께 안내해야 한다.

　그리고 고객은 제휴된 카드를 7일 이내에 카드사 배송직원으로부터 실물을 수령하게 되면 반드시 휴대폰요금을 해당카드로 자동이체 하도록 안내해야 한다.

　자동이체가 되지 않아도 되는 카드들이 있지만, 매번 변경이 되기 때문에 저자는 휴대폰요금을 반드시 자동이체 하도록 안내한다.

2. 휴대폰 판매에 업무시 필요한 세일즈 스킬

처음 휴대폰을 시작할 때에는 눈앞의 이익만 쫓거나, 아니면 실적에 쫓겨서 가족과 친구들에게 부담 아닌 부담을 주었다. 당장의 이익과 실적을 가져올 수 있었지만, 가까운 사이일수록 작은 것 하나 위약금이나 할부금 지원금에 차이가 생긴다거나, 약속이행을 다 해도 사소한 케이스나 필름 등의 문제로 한번 삐끗하면 관계회복이 상당히 어려움을 느꼈다.

아마 처음 입문하는 사람들도 저자와 비슷한 경험이 많을 것이다. 지인이고 가족이고, 친구면 더 쉽게 나에게 구매를 하겠지, 라는 생각을 하게 될 것이다.

하지만 지금 와서 예전을 돌이켜보면 저자가 가장 후회되는 부분이기도 하다. 왜냐하면 가족과 친구들, 지인들은 저자가 전문가가 되어있다면 언제든 알아서 구매를 해주는 소중한 고객층이기 때문이다. 그런데 그렇게 좋은 시장을 단순히 눈앞의 단기적인이익과 실적에 쫓겨서 조금이라도 서운한 감정이 들게 하면 알아서 사게 되는 오아시스 같은 시장이 메마른 사막이 될 수 있기 때문이다.

저자는 지금도 휴대폰을 배우러 오는 방문판매사원과 초보매장점주들에게 가족, 지인, 친구시장은 완벽히 준비가 되면 그때 가서 DM을 발송하고 판매를 하라고 강조한다. 가족과 친구와 지인이 가장 판매하시쉽다고 생각하고 상담을 들어가면 할인을 많이 넣어줘도 내심 마음에는 나에게 뭔가 이득을 취하려고 하거나 내가 원하지 않는 부분도 가입될 수 있겠구나, 라는 오해를 할 수도 있기 때문이다. 또한 일반 고객님들보다 더 꼼꼼하고 상담도 까다롭고 깎아주고 판매를 해도 요구사항이 정말 많은 분들도 계시기 때문이고 조금이라도 기분을 상하게 하게 된다면 재구매가 멈추게 된다.

오히려 방문판매를 해서 만난 고객님들이나, 매장에 방문하셔서 개통을 하는 고객님들이 판매하기가 어려울 것 같아도 대화를 통해 진심을 전달하다보면 오해가 생기는 부분도 풀기가 쉽고, 노력을 한 만큼 알아봐 주시고 대가 없이도 소개를 해주신다. 지금도 저자는 매월 100명 가까이 소개를 받아서 개통을 하고 있는데 이분들은 모두 저자가 판매한 단골고객님들이 지속적으로 소개를 해주기 때문에 구매를 하고 계신 분들이다.

특히 키맨 고객님들과 친분을 유지해서 지속적인 연락을 드리면 가족, 친구들을 끊임없이 소개를 해주신다.

저자는 이런 키맨 고객님들의 연락처를 따로 저장해서 관리를 하고 있으며, 신상품이 나올 때마다, 가격이 좋은 단말기가 나올 때마다 꾸준히 연락을 드린다. 그렇게 점점 자리를 잡고, 전문가가 되면 가족과 친구들과 지인들은 휴대폰을 구매해달라고 구걸하지 않아도 때가 되면 알아서 구매를 해주신다.

가족들과 친구들과 지인들의 뇌리에 여러분이 휴대폰의 전문가라고 각인되어야 하고 저처럼 이길재 하면 휴대폰 이렇게 떠오르게 만들면 때가 되면 알아서 구매하러 오게 된다.

처음 시작하는 사람일수록 전문가가 되기 위해서는 가족들, 친구들, 지인들에게 안내는 할 수 있지만, 재촉하게 되면 멀어지니 유의해서 영업을 하기 바라고, 경쟁력을 갖추고 전문가가 되어서 그들의 뇌리에 휴대폰에 올인해서 정말 성실하게 살아가는구나, 라고 느끼게 한다면 지속적으로 휴대폰을 구매하게 해줄 것이다.

세일즈의 달인이 되고 싶다면? 실적에 압박을 느끼지 않고 즐겁게 세일즈를 하고 싶다면? 어렵고 힘들어도 고객님들에게 정성을 다해서 당신만의 키맨을 만들어라.

3. 인터넷 및 IPTV 이해

- 인터넷 상품

상품명	광랜 Wifi 100M (100M 속도)	Giga 인터넷라이트플러스 500M (500M 속도)
비용 (VAT포함)	23,100원	34,100원
상품명	스마트광랜 다이렉트 100M (100M 속도)	band Giga 라이트 500M (500M 속도)
비용 (VAT포함)	22,000원	33,000원
세일즈 tip 현장판매 시 가장 중요한 것은 판매하는 상품의 월요금 가격입니다!	3년 약정으로 판매 온가족 프리 1명 결합 19,800원 2명결합 18,700원 3명 결합 17,600원 온가족플랜 온가족플랜은 2명 이상 시 판매가능 2명 결합 17,490원 3명 결합 17,940원 구성원이 추가되어도 가격은 동일적용 온가족 할인 20년 이상 16170원 30년 이상 11,550원	3년 약정으로 판매 온가족프리 1명 결합 26,400원 2명 결합 25,300원 3명 결합 24,200원 온가족플랜으로 판매 온가족플랜은 2명 이상 시판매가능 22,900원 3명 이상 결합해도 가격은 동일 22,900원 온가족 할인20년 이상 23,870원 30년이상 17,050원현장에서 가장 많이 유치되는 상품임

Giga 인터넷플러스 Wifi 1GB (1G 속도)	Giga 인터넷프리미엄 플러스 Wifi (2.5G 속도)	Giga 인터넷프리미엄 플러스 Wifi 1.7 (2.5G 속도, Wifi 1.7G 속도)
39,600원	45,100원	47,300원
band Giga 1G (1G 속도)	band Giga 프리미엄 (최대 2.5G 속도)	-
38,500원	44,000원	-
3년 약정으로 판매 온가족프리 1명 결합 31900원 2명 결합 30800원 3명 결합 29700원 온가족플랜으로 판매 온가족플랜은 2명 이상 시 판매가능 26,290원 3명 이상 결합해도 가격은 동일 26,290원 온가족 할인 20년 이상 27,720원30년 이상 19,800원	현장에 월요금 부담으로 유치하기 어려움	현장에서 월요금 부담으로 유치하기 어려움

- 인터넷 + IPTV 결합하는 휴대폰 상품

구분	SKT 온가족무료	SKT 온가족플랜	SKT 온가족프리	SKT 온가족할인
세일즈 tip	2016년 8월 이전 고객만 상품유지가 가능하며, 신규접수는 불가 인터넷을 무료 사용 휴대폰을 구매할 때 통신사 변경 시 인터넷 대표가 가족구성원 중 누구인지 반드시 확인하고 가족대표가 휴대폰통신사를 바꾼다고 하면 휴대폰 개통 전에 반드시 인터넷과 IPTV 명의를 다른 가족으로 변경해야 인터넷 무료 상품이 유지됨을 안내	대리점과 판매점등 대면영업을 통해서 유치가 많이 되며 온가족할인을 받지 않고, 휴대폰요금을 3명 이상 결합 시 1명 휴대폰요금을 지정할인 적용하여 상품유치	주로 전화로 판매되며, 고객님께서 전화나, 인터넷을 통해서 가입수수료가 온가족플랜보다 많이 나오기 때문에 대다수의 고객은 현금사은품이나, 인터넷요금할인이 많이 들어가서 할인받는 것으로 인지하여 접수가 많음	휴대폰 사용가족 5명 +인터넷회선 2회선까지 묶어서 가입년수에 따라서 최대 50%까지 할인받을 수 있다. 10년↓ / 10%(BAND 계열 0%) 10년↑ / 20%(BAND 계열 0%) 20년↑ / 30%(BAND 계열 10%) 30년↑ / 50%(BAND 계열 30%) 인터넷도 가입년수에 반영되므로 변경하지 않고 지속 사용하도록 안내하여 가입년수 설계
현장 사례	현재 사용 중인 인터넷이 3명의 가족결합을 통해 월요금이 0원인 고객님들이 많은 상품이며, 0원의 고객님은 현재 광랜을 사용 중임	가족관계증명서를 지참하여 2명까지는 매달 -5,500원의 휴대폰요금을 1명에게만 해주나 3명의 가족구성원 결합 시 매달 -17,000원을 할 수 있는 현장에서 가장 판매가 많은 상품임	가족구성원결합이 없고 혼자 사용하는 경우, 또는 어디서 얼마 주더라도 현금에 대해 민감한 고객님께 판매가 활발한 상품임	가족구성원이 최대 5명까지 30년 이상 사용 시에 적용되는 상품으로 인터넷도 광랜, 기가슬림, 기가플러스의 월요금에서 최대 50%까지 할인해주는 상품임

인터넷의 상품은 크게 3가지의 상품으로 구분해서 판매가 된다. 첫 번째 상품은 100메가의 광랜상품 두 번째 상품은 500메가의 기가라이트, 슬림 상품 세 번째 상품은 1기가의 기가플러스 상품이다. 100메가의 상품은 월요금이 2만 원대 이하의 상품으로 가격에 부담감을 호소하거나 인터넷을 단순히 검색만 원하시는 고객님께 현장에서 판매를 권유한다.

단, 가격이 저렴하나 검색 외에 다운로드나 실시간방송 등을 시청할 때 느린 점이 있어서 고객님의 클레임이 발생할 수 있는 상품이다.

두 번째 500메가의 기가라이트, 슬림 상품은 25,000원 이하의 상품으로 현장에서 가장 판매가 활발한 상품이다. 100메가 광랜은 느리고, 1기가플러스 상품은 가격이 비싸다고 부담되는 고객님들께 가장 판매량이 많은 상품이다.

실시간, 다운로드도 만족할 만큼 상품의 서비스를 제공하는 상품이다.

세 번째, 1기가 상품은 가정에서는 사용하기보다는 사업장(카페, 사무실) 등에 많이 판매하는 상품으로 가격이 3만 원 이상대로 가격부담감이 있으나 접속속도, 다운로드가 눈 깜빡할 사이에 이루어져서 감탄할 정도의 속도와 서비스를 제공하는 상품이다. 인터넷의 가격은 통신사별로 가격이 비슷하며, 판매간 가장 중요한 사항은 KT는 전국 어떤 장소에도 설치가 가능하다. 에스케이와 엘지는 설치할 집 주소, 또는 사업장의 주소를 인터넷상품을 판매하며 반드시 해당지역의 주소가 설치가 가능한지 가용조회를 필수로 해야 한다. 가용조회를 하지 않고 판매를 하면 고객님께서 설치가 되는 줄 알고 계시다가 설치가 제한되는 지역이라고 다시 말을 번복하게 되면 신뢰감을 잃게 되기 때문이다.SKT의 인터넷을 판매간 상품을 나누어보자면 첫 번째 고객님께 'B'브로드밴드 인터넷을 판매할 것인지 아니면 'T'인터넷을 판매할 것인지도 구분해야 한다.

'B'인터넷은 실제 대면영업보다는 네이버 등 검색을 통해서 지급되는 현금과 상품권에 민감한 고객님께 주로 판매가 되고 'T'는 대면영업을 통한 매장에서 판매가 많이 된다.같은 회사의 상품인데도 차이가 나는 부분은 지급되는 수수료와 월요금에 대한 차이가 있다.

B상품은 가족결합에 대한 구체적인 가격과 상품에 대한 이해보다는 고객님이 어디서 얼마 준다더라. 현금이 40~50만 원 이상 주더라, 라고

했을 때, 그리고 휴대폰은 새 휴대폰을 사용 중이거나 현재 사용 중인 휴대폰의 통신사를 변경하거나 기기를 변경할 의사가 없이 단독으로 인터넷과 티비상품을 판매할 때 판매되는 상품이며 인터넷만 단독으로 설치되거나, 인터넷과 티비만 설치될 때, 그리고 다른 가족구성원과의 결합 없이 혼자만 설치할 때 지급되는 수수료가 'T'상품보다 평균 15만 원 이상 지급되므로 현금과 상품권에 민감한 고객님께 판매를 한다. 'T'상품은 인터넷만 단독으로 설치하거나 인터넷과 티비만 설치할 경우에는 지급되는 수수료가 약해서 판매가 활발하지 않으나, 통신사를 SKT로 이동하여 새기기로 변경하거나 현재 사용 중인 통신사를 유지하면서 새기기로 변경할 때 휴대폰을 개통한 해당 월에 인터넷과 티비를 결합하여 판매하면 'B'상품보다 지급되는 수수료가 2배 가까이 지급되어 '동시판매', '번들판매', '연계판매' 등의 용어로 판매가 되는 상품이다. 고객님이 3명 이상 가족이 결합을 하고 인터넷과 티비, 그리고 휴대폰의 월요금에 대해 민감한 고객님이라면 'T'상품, 그리고 '동시판매'를 통해 판매를 한다면 수익성도 높고 타 매장에서 지급되는 현금에 대한 경쟁력도 갖출 수 있는 상품이다.

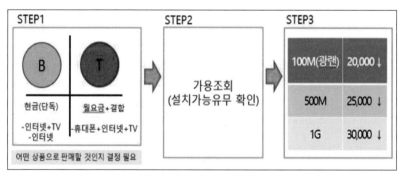

그림) B,T 인터넷 결합을 통한 할인금액

- IPTV 상품

　IPTV는 기본 9,000원대 요금제부터 시작하여 최대 28,600원까지의 상품이 판매되고 있으며, 가격이 올라갈수록 채널수가 올라가는 구조이다.

구분	IPTV 상품명 / 가격					
SKT	12,100원 (B tv 베이직)	14,300원 (B tv New 스마트)	15,400원 (B tv 스마트 Plus)	17,600원 (B tv 프라임)	24,200원 (B tv 프라임 캐치온)	-
KT	13,200원 (OTV 슬림)	15,840원 (OTV 라이트)	20,240원 (OTV 에센스)	24,816원 (OTV 엔터)	24,816원 (OTV 키즈)	-
	31,680원 (OTV 무비)	31,680원 (OTV 세이브 25)	44,000원 (OTV무비플러스)	-	-	-
	13,200원 OTS 슬림	15,840원 OTS 라이트	20,240원 OTS 에센스	24,816원 OTS 엔터	24,816원 OTS 키즈	-
LGT	9,900원 보급형	13,090원 일반형	14,300원 베이직	17,600원 고급형	18,700원 프리미엄	28,600원 VOD 고급형
비 고	다세탑 : 한 가정에 2대의 IPTV를 설치하는 것을 이르는 현장용어 다세탑 판매 시 추가 설치되는 1회선의 IPTV는 사용요금이 50% 할인된다. 그리고 SKT는 다셋탑 판매 시 판매지원금 추가로 지급해 준다.					

　현장에서 판매량이 가장 많은 상품은 14,300원대의 상품이 가장 판매가 활발히 이루어지고 있다. 12,100원 상품은 판매 시 볼만한 채널이 적다고 민원이 있고 수수료도 낮다. 28,600원짜리 상품은 유치 시 가격이 비싸서 기존 티비요금과 비교 시 가격이 올라가서 계약 마무리단계에서 깨지는 경우가 비번이 발생한다. 현장에서 인터넷과 IPTV 상담 시 고객님께서 가정에서 티비를 몇 대 놓고 시청하시는지 반드시 확인하여 상품판매 시 고객님께서 현재 가정에서 몇 대를 시청 중이신지 확인이 필요하다.

　인터넷과 티비계약서를 마치고 개통을 요청하면 해당 통신사에서 고객님과 스케줄을 잡고 기사님께서 방문하시는데, 만약 판매처에서 고객님께서 집에서 티비를 2대 시청 중이신데 판매처에서 티비회선 수를 확인하지 않고 1대만 유치하게 되면 나머지 1대는 기사님께서 판매하신 걸로 바뀌기 때문이다.

인터넷과 티비를 판매할 때에는 고객님께서 몇 대를 시청하시는지 확인을 하고 추가 1대 설치 시 한 대는 반값으로 사용할 수 있음을 안내해야 한다. 간혹 상담하다보면, 인터넷을 사용하지 않고 티비를 시청하는 고객님들이 계신데, 이런 분들은 지역케이블로 티비만 시청하시는 고객님이다.

SKT, KT, LGT IPTV는 인터넷이 반드시 설치돼야만 IPTV가 설치되기 때문에 IPTV만 단독설치는 불가능하다. 케이블티비만 보고 계시는 고객님들 중에서도 가족구성원이 총 3명 이상이 설계되면 인터넷비용만큼 휴대폰에서 할인이 가능한 점을 안내하여 판매를 성공시킨 사례도 있다.

4. 약정과 할부 개월수의 이해

고객과 상담을 하다보면 기존에 구매한 휴대폰이 24개월 할부인 것으로 알고 있지만 위약금 할부금 조회를 해보면 간혹 36개월로 구매되어 있는 분들이 있다. 휴대폰 구매 시 약정과 할부에 대한 이해도가 낮아서 약정이 24개월이라고 안내받으면 할부도 24개월인 것으로 알고 구매한 경우이다. 스마트폰 이전에 피쳐폰이 판매될 때는 5만 원 이하 요금제가 가장 많이 유치되었고, 할부원금도 50만 원 이하의 휴대폰들이 상당히 많았다. 아이폰 3GS가 출시되며 스마트폰 보급이 활성화되고 데이터무제한을 사용하기 위해 요금제가 6만 원 이상으로 상향되고, 할부원금 100만 원 이상의 스마트폰이 출시되면서 할부금이 상향되어 스마트폰은 비싸다는 인식과 함께 구매에 부담이 많았다. 이에 대응하기 위해 각 통신사에서 기존에 24개월 할부로 개통하던 휴대폰을 30개월, 36개월까지 진행할 수 있도록 제도를 만들었다. 30개월, 36개월로 휴대폰을 판매하면 월 납부하는 비용이 저렴하게 되기 때문에 약정과 할부에 대해서 이해가 부족한 고객들을 대상으로 많은 매장들에서는 저렴하게 판매하는 것처럼 보이게 하기 위해 많이 활용하였다. 할부가 길어지면 월 납부하는 할부금은 줄어들지만 할부이자를 내는 기간이 늘어나기 때문에 총 휴대폰 구매비용 측면에서는 고객이 휴대폰을 비싸게 구매하는 것이다. 때문에 휴대폰 구매 전에 고객은 약정과 할부 개월수를 꼼꼼하게 확인하고 휴대폰을 구매하여야 한다.

5. 선택약정과 공시지원금의 이해

2014년 역사에 남을 단통법(단말기통신유통법)이 생기기 전까지는 '프리할부'라는 제도를 통해서 대리점과 판매점에서 출고가에서 리베이트를 자율적으로 할인해서 판매를 할 수 있었다.

그리고 2014년 봄부터 단통법전까지는 26만 원까지만 할인할 수 있는 제도를 만들어서 리베이트에서 0원부터 최대 26만 원까지 자율적으로 할 수 있도록 판매를 했다. 이때는 프리할부를 통해서 구매한고객님은 출고가에서 할인을 받고 구매한 것이기 때문에 할인받은 만큼 할부원금이 줄어들어서 줄어든 할부원금에서 5.9%의 유이자만 발생하고 구매를 하였다.

하지만 단통법이 생기고 단말기 할인을 정부에서 통제하면서 공시지원금과 선택약정할인 20%제도를 도입했다. 공시지원금은 정부에서 일

괄적으로 통신사에 할인금액을 공시해줘서 소비자들도 알고 살 수 있도록 반영해준 제도이고, 선택약정은 기기할인을 받지 않는 대신 요금을 20%, 박근혜 정부에서 문재인 정부로 변경되면서 25%까지 할인율을 올려주었다.

구분	공시지원금	선택약정
기기 할인	적용(O)	미적용(X)
요금 할인	미적용(X)	적용(O), (기존20% / 현재 25%)
장점	- 주판매 1년 이상 지난단말기에 공시지원금이 높을 때 판매활용 예) 노트5 등 시간이 지난 단말기 할부원금 17만~중고폰 반납판매로 0원으로 판매 - 중저가폰, 저가폰 등 공시지원 활용하여 할부원금 최저가로 설계하여 중고폰 등 반납 받고 판매 - 할부원금을 물어보며 기기값을 물어보시는 고객님께 공시지원금이 할인받은 금액으로 현장판매 시 활용	- 최신폰 판매할 때 공시지원금이 선택약정할인금액보다 작기 때문에 아이폰8, x, 노트8 등 최신폰은 선택약정 적용 예) 밴드퍼펙트요금제 사용 시 공시지원 -60,000원/ 선택약정 396,000원(매월요금할인 16,500*24개월 반영) - 최신폰은 출고가가 통신사별로도 같은 가격이기 때문에 요금제 구간이 같으면 결합할인을 제외 시 통신사별 기기값도 같고, 요금제도 동일하기 때문에 통신사별 가격설명하기가 편함
판매 시 주의 사항	- 최신폰 비교 시 공시지원금으로 구매하면 할부원금은 공시지원금이 작으나 요금할인이 없기 때문에 공시지원금으로 구매 시 요금이 비싸게 나옴	- 할부원금을 물어보면 출고가랑 동일하기 때문에 고객님이 선택약정을 이해하지 못하면 기기값을 한 푼도 할인 안 해준 것처럼 오해할 수 있음
판매 대상	- 1년 이상 지난 프리미엄폰 - 중저가, 저가폰	- 최신폰 판매 - 3사 모두 가격이 같기 때문에, 인터넷결합과 가족결합을 통해서 통신요금할인설계

6. 오프라인 판매, 방문판매, 온라인 판매 이해

2014년에 저자도 SKT 소매매장(대리점)을 위탁하여 잠시 운영하였으나 소매매장은 맞추어야 할 지표도 상당히 많고 매달목표도 올라가며,

본점 대리점만 수익이 나는 구조 같아서 잠시 운영하고 4개월 만에 접었던 아픔이 있다.

그 후 저자는 어떻게 하면 휴대폰 코칭 강사에서 매장전문가로 거듭날 수 있을까 고민을 하고 여러 판매점과 유플러스 대리점도 코칭을 1년 넘게 하며 3사 판매 운영방식과 통신사별 요금제, 결합, 카드, 통신사별 장단점을 파악 후, 다시 한 번 매장전문가로 거듭나기 위해 2016년 5월에 10평 가까이 되는 매장을 오픈했다. 그리고 최소 월 매출 4,500만 원부터 최대 1억 2천까지 매출을 성장시키며 2017년에는 백마장 송기택 회장님의 덕분으로 회장님과 함께 성장시키고 성공시켰던 40평대 신월매장까지 인수하며 월매출 1억 가까이 달성했다.

소매대리점은 공식인증대리점이라는 타이틀로 단골과 신뢰를 주고, 전산시스템이 있어서 바로 개통이 되고, 위약금과 할부금도 바로 조회가 되는 장점이 있지만 명의변경, 가족결합, 기타 현장상황에서 판매 외에 개통에 대한 이해도가 낮으면 안 되며, Only 1으로 승부해야 하는 아쉬움이 있다

P코드 판매점은 3사를 한 번에 운영할 수 있고, 알뜰폰까지 취급하여 내방하시는 고객님들께 고객님 혼자만이 아니라 가족들까지 모두 통신사와 위약금, 할부금을 확인하여 통신사변경이 활발하게 이루어져서 매장순익도 좋고 고객님께도 좋은 통신사를 추천할 수 있지만, 19시 정도부터는 위약금/할부금조회가 거래처별로 번호이동 개통시간이 활발한 시즌에는 조회도 잘 되지 않고, 기기변경은 번호이동시간 20시를 마쳐야 개통을 해야 할 때도 있는 서로 일장일단이 있다. D코드 대리점은 기기를 현금과 담보로 사야하는 상당한 자본금이 드는 구조이며, 단말기를 구입하기 때문에 매입도자동적으로 발생하는 사업에 최적화된 모델이다. 또한 개통한 고객님들의 유지기간 동안 요금제를 6~8%를 매달 꾸

준히 받는 좋은 장점도 있고, 정기적으로 각 통신사에서 상품교육과 컨설팅, 코칭을 제공하는 솔루션을 제공하는 장점이 있다. 자본금이 있는 예비창업자라면 상당히 추천하는 사업모델이다.

단, 개통실무가 중요하기 때문에 반드시 판매 외에도 개통과 재고관리에 대한 현장실무능력이 필요하다.

P코드 판매점은 거래하는 대리점과 보증보험금액만 설정(1,000만 원~3,000만 원 이상)을 통해 판매하는 단말기를 공급받고 KAIT에 등록하여 사전승낙제를 등록하고 거래하는 대리점을 통해 사전승낙제를 받으면 개통과 관련된 서류작성을 통해 개통실에 신분증스캐너와 서류스캔을 통해 개통이 되고, 거래하는 대리점에서 판매한 다음 달 15일 또는 대다수의 매장이 말일 날 정산을 받아 운영하는 사업모델이다.

기기를 구매하지 않기 때문에, 부동산을 통해 보유한 자산상태에 맞추어 보증금과 권리금, 월세를 잘 판단하여 운영하면서 단골고객을 확보하면 꾸준한 수입을 낼 수 있는 사업모델이다. 운영을 해보며 느낀 단점은 혼자 있거나, 소규모로 운영되는 판매점이 많기 때문에 매달 변동되는 정책의 흐름과 세일즈기업에 대해 커뮤니티, 스터디그룹을 통해서 지속적인 교육을 받고 스스로 나태해지지 않도록 학습이 필요하다.

매출에 따른 부가세는 높은데 비해, 매장운영에 들어가는 매입이 액세서리 구매, 매장월세, 관리비, 인터넷+전화비용, 정수기비, 프린터비, 매장보안비용, 비품비와 식대 등외에는 매입항목이 작으므로 세금관리와 절세에 대한 교육이 많이 필요한 사업이고 현재 저자도 이 부분에 대한 코칭과 교육을 지속적으로 받고 있다.

온라인판매는 도메인명을 만들고 구매하여, 홈페이지업체를 통해 사이트를 개설하고 사전승낙제를 받아 운영하는 사업모델이다.

공시지원금과 선택약정이 생기면서 요금계산이 많이 들어가고 공시지원금이 수시로 변동되기 때문에 단순히 홈페이지를 잘 만드는 것이 중요한 게 아니라, 구매하는 단말기가 공시지원과 선택약정 중 선택한 사항으로 요금계산이 되고 복지할인, 결합할인 등에 대해서 정확한 계산이 필요하기 때문에 휴대폰전문 쇼핑몰 제작자에게 주문제작을 해야 한다. 또한 온라인판매는 거래하는 대리점을 통해서 온라인 단가표와 판매방식에 대해 승인을 받아야 하며, 불법보조금지급이나 3만 원 이상의 과다사은품 지급 시 여러 채널을 통해서 가이드 위반 시 적발이 되므로, 철저한 관리가 필요하다. 저자도 SKT에 설립된 다단계 공식인증대리점 개설은 휴월드라는 우수한 판매방식으로 성공시켰으나, 유통버전으로 재도전했다가 3사 요금제에 대한 이해도가 낮은 회사와 협조하여 실패한 사례가 있으므로 신중한 판단이 필요한 모델이다. 블로그나 밴드로 불완전판매, 약식판매 등을 잘못하다가 수천만 원 벌금을 지불한 대리점과 폐업한 대리점도 보았기 때문에 온라인판매는 운영방식에 있어서 상당한 노하우가 필요하다.

방문판매는 SKT블루골드 안에 DSM이라는 조직에 가입하고 해당지역의 국장과 팀장을 통해 가입이 가능하며, 개인신용에 문제가 없고 P코드를 가지고 있지 않는다면 가입이 가능한 채널이다.

세금부분도 판매점처럼 10%의 부가세로 정산되는 것이 아니라, 사업소득 3.3%로 지급되기 때문에 강점이 많지만, 서류작성과 직무지식이 부족하여 중도에 그만두시는 분들이 많다

법인대리점 판매는 해당기업의 사업자번호와 사원증을 첨부하여 한 회사에서 일정수량 이상을 판매할 때만 개통이 가능하며, 중소, 중견기업 등을 잘 관리하면 꾸준히 매출이 나오는 장점이 있는 채널이지만 기업에서 구매하는 임직원 중에는 가격을 엄청 많이 비교하는 빠꼼이 고객님들이 많아서 사은품을 많이 지급해야 하는 채널의 특수성이 있다.

구분	소매D코드	도매P코드	온라인판매	방문판매	법인판매
필요 사항	자본금 최 5억 이상 필요 개통전담직원 필수 매장보증금 매장월세	매장보증금 인수매장 시 권리금 매장월세 거래처와 보증보험 가입 사전승낙제 발급	거래처와 보증보험 사전승낙제 발급 도메인 제작 및 구입 사이트 개설	사전승낙제 발급 보증보험가입 3.3% 원천징수	사전승낙제 발급 중고, 중견기업 관리로 꾸준한 매출 사은품 제공비용↑
비용	상상~상중	중상~중중	중하	중하	하 대리점 개설은 상중
		추천	강추천	추천	

7. 보증보험

　　보증보험이란 각종 거래에서 발생하는 신용위험을 감소시키기 위해 보험의 형식으로 하는 보증 제도로써 보증보험회사가 일정한 대가를 받고 계약상의 채무이행 또는 법령상의 의무 이행을 보증하는 특수한 형태의 보험을 말한다. 보험사고가 발생한 경우 보증보험회사는 보험 가입액의 한도 내에서 피보험자에게 보험계약자의 불법행위나 채무불이행에 따른 보험금을 지급하고 지급한 보험금을 한도로 보험계약자에게 구상권을 행사하게 된다.

　　휴대폰 유통에서 보증보험은 매장에 공급되는 기기가 분실되거나 개통 후 요금제 유지기간 미 유지 환수, 민원발생, 명의도용 등 분쟁의 요소가 발생되었을 경우의 피해에 대비하여 가입한다. 평균적으로 1,000만 원 이상을 설정하고 보험료는 1년에 약 13만 원 정도 발생한다. 보증보험에 가입하면 분쟁요소 발생 시 보증보험사에서 1차적으로 해결해준다. 아무리 믿는 거래처나 사람이어도 우발적인 상황이 발생할 수 있으므로 계약서를 작성하고 반드시 보증보험을 가입해야 한다.

　　상호계약서 2부 작성 → 보증보험대리점 발송 → 비용납부 → 보증보

험 효력발생(계약 후 1년간 효력발생, 1년 후 지속거래 시 재계약 작성 필요)

8. 명의도용

　최근에 도입된 신분증스캐너로 인해서 명의도용이 사고가 줄어들기는 했지만 아직도 가족구성원간의 명의도용 사고는 빈번하게 발생한다. 주로 자녀가 부모의 신분증을 가지고 와서 허락을 다 받은 것이라며 개통을 한 후 기기값과 요금이 연체되고 소액결제 등의 비용이 발생하는 시점에서 명의자인 부모가 뒤늦게 알게 되어 문제가 발생한다. 휴대폰을 개통하려는 사람이 성인(미성년자 : 법정대리인)이라면 부모, 형제, 자매 등 가족일지라도 반드시 명의자와 통화를 하거나 방문을 요청하여 확인하고 개통하여야 한다.

　저자는 명의도용 사고가 한 번도 없었지만 친분이 있었던 방문판매 사원의 경우 자녀가 아버지 신분증을 가지고 와서 휴대폰을 개통하였는데 아버지가 휴대폰 개통에 대해서 모르는 상태에서 판매가 되어 명의도용 사고가 발생한 것을 본 적이 있다. 부모가 자녀의 휴대폰을 개통하는 것은 자녀가 법적으로 미성년자이기 때문에 법정대리인이 책임을 지게 되어 상관이 없지만, 성인일 경우에는 가족이어도 문제가 되기 때문에 반드시 확인이 필요하다. 명의도용을 한 자녀는 부모가 사문서 위조로 신고해도 가족이기 때문에 신고 성립이 어렵기 때문에 반드시 주의해야 한다. 늘 아는 사람이 제일 상처를 많이 주고, 아는 사람이니 괜찮겠지, 라는 방심이 큰 화를 불러일으킨다.

9. 요금제 유지기간을 활용한 판매지원금 업셀링 스킬

　현장에서는 판매지원금을 많이 받고 고객에게 사은품도 많이 제공하기 위해 초고가요금제 또는 고가요금제를 선택약정 판매 시에는 4개월 유지조건, 공시지원금 개통에는 6개월 사용조건으로 판매를 많이 한다. 선택약정과 공시지원금에 대해서는 다음 챕터에서 보다 깊이 있게 배우겠지만 선택약정은 기기할인이 없기 때문에 요금제를 변경해도 위약금이 없다. 4개월을 유지하라고 하는 이유는 4개월을 유지해주어야만 해당상품의 판매지원금을 지급하기 때문에 4개월의 유지기간이 필수다. 요금제를 유치하고 고객님이 임의대로 변경하게 되면 정산 후에 환수가 나오기 때문에 고객님께 사은품을 지급했다면 매장운영자와 방문판매 사원은 '-' 판매가 될 수 있기 때문이다.

　공시지원금은 서류를 작성할 때 할부매매장에 부가서비스란에 반드시 SKT프리미엄패스 / LGT 식스플랜 / KT 심플코스를 체크해야 한다.

SKT		LGT	KT
할부매매장 프리미엄패스	현금완납장 프리미엄패스	식스플랜	심플코스

　공시지원금은 사용하는 요금제에 따라서 지원금이 다르고, 요금제가 높을수록 공시지원금도 크기 때문에 고객이 높은 요금제를 사용하기로

하면 출고가에서 공시지원금 할인을 높게 해드리는데 만약 고객이 프리미엄패스체크를 하지 않고 6개월을 사용하지 않는다면 요금제변경(하향)에 따른 공시지원금 차액이 발생하게 된다.

요금제를 고가요금제가 아닌 저가요금제에서 저가요금제 변경 시에는 프리미엄패스를 가입하고 6개월을 유지해도 위약금이 발생한다.

공시지원금의 프리미엄패스가 적용되는 요금제는 고가요금제 이상만 가입이 가능하고, 공시지원금의 차액을 지불하지 않으려면 반드시 6개월(180일) 이상을 유지해야 한다.

구분	선택약정	공시지원금
의무유지기간 (m+3 / 120일)	120일	180일
적용요금제	전 요금제 유지기간 유지 후 위약금 없이 변경가능	고가요금제 이상만 가입가능 /고가요금제 미만은 적용불가

메모

10. (예시) 휴대폰 판매 진행시 단계별 사례 및 스킬

1. 휴대폰을 구매하는 방식 3가지 신규 번호이동 / 기기변경 중에 고객에게 가장 적합한 판매방법 설정

☞ 안녕하세요? 고객님, 휴대폰을 구매하러 오셨는데, 현재 SKT를 사용 중이신가요? 통신사를 그대로 유지해서 휴대폰 단말기 가격과 사용요금을 안내해드릴까요? (기기변경 판매) 아니면 통신사를 변경해서 휴대폰 단말기 가격과 사용요금을 안내해드릴까요? (통신사변경 판매)

2. 고객의 신용조회를 통해 위약금, 잔여할부금, 사용 중인 요금제, 결합, 미납, 할부가능여부 확인

☞ 고객님이 전에 사용하시던 휴대폰의 약정기간과 잔여할부금을 조회하여 고객이 원하는 최신폰으로 변경할 때 부담이 되지 않도록 상담해드리겠습니다. 신분증을 주시면 제가 빠르게 조회해드리겠습니다. 각 통신사 조회 요청서에 고객의 이름과 연락처, 주민번호 앞자리를 작성하고, 신분증 스캔본과 함께 해당 대리점 도매사무실로 전송하여 위약금, 잔여할부금, 사용 중인 요금제, 결합, 미납, 할부가능여부 확인, 판매전 반드시 표)를 작성하여 기존위약금과 잔여할부금 인지시키고 새 기기는 어떻게 구매하게 되는지 고객에게 안내하여야 한다.

	기존기기	새기기
위약금	130,000원 (다음 달 일시불청구)	중고기기 현금화로 위약금지원
할부금	잔여할부 200,000원/ 8개월 월 납부금액 : 25,000원	새기기 先할인카드로 0원 판매 기존할부금이 새기기에 따라와도 새기기에 할부금이 없어서 요금제가 전하고 같은 구간이라면 8개월 동안은 기존요금하고 똑같이 청구되고, 8개월 뒤에는 할부가 없으니 요금하고 부가세만 청구됨 ☞ 라이트카드를 잘 설계해서 판매하면 할부금부담이 적어서 고객 만족도↑
사용요금	밴드 퍼펙트 65,890원 +할부금25,000원=90,890원	밴드퍼펙트 동일하게 사용 8개월만 90,890원 9개월~24개월 : 65,890원

표) 기존위약금과 잔여할부금이 새 휴대폰 구매 후 어떻게 되는지 안내방법

3. 고객이 현재 사용하는 중고폰의 현금가 시세 확인, 중고폰을 현금화하여 위약금과 할부금납부에 활용

☞ 고객님, 현재 고객님의 휴대폰 중고가 노트5로 시세가 17만 원 정도 되어서 위약금 납부하는데 사용하면 약정위약금에 대한 문제는 없으니 걱정 안 하셔도 좋습니다.

4. 고객이 기존에 납부하던 월 휴대폰 비용(휴대폰 단말기 월 할부 + 월요금)과 비교하여 합리적인 휴대폰 단말기 및 요금제 추천

기존에 사용하던 휴대폰이 보급형이면 새기기도 보급형으로 상담을 해야 요금수준이 비슷해진다. 기존에 사용하던 폰이 보급형인데, 새기기를 프리미엄폰으로 구매하게 되면 월 납부금액이 올라가게 되므로 고객이 잘 인지할 수 있도록 설명하여야 한다. (차량 등급으로 비유)

구분	단말기	차량비유
프리미엄폰	노트9(N960), 아이폰XR, 아이폰XS, V40	제네시스
중고가폰	A750, A530, A885	소나타
저가폰(보급형폰)	갤갤럭시온7(G610), 갤럭시와이드 3	아반떼

☞ 고객님, 아반떼를 타시다가 한 번에 제네시스로 차량을 업그레이드 시키시면 유지하는 연비나 가입하는 보험비가 올라가는 것처럼 스마트폰도 보급형폰에서 한 번에 프리미엄폰으로 올라가게 되시면 요금은 그대로이나 휴대폰 단말기 할부금이 상향되어 매월 휴대폰 납부비용이 더 나오시게 됩니다.

여기서 가장 중요한 것은 先할인 라이트카드를 유치하여 제휴카드 할인을 통해 할부원금을 줄여서 고객의 월 휴대폰 납부비용을 줄여주는 것이다. 월 납부비용이 저렴해지면 휴대폰 구매율이 올라간다.

5. 저가요금제 사용 시 안심옵션 또는 포켓파이 필요유무, 초고가 요금제 사용 시 기어s나 탭 등 번들 판매+데이터 가족선물 고객이 가장 낮은 요금제로 개통할 때에는 제공하는 데이터가 적기 때문에 반드시 +5000원(성인) 안심옵션 또는 +3,500원(청소년)의 팅안심옵션의 부가서비스를 유치하여 데이터가 초과했을 때 추가비용이 발생하지 않도록 안내해야 한다.

고객이 데이터를 더 많이 사용하고 싶은데 밴드퍼펙트 요금제가 부담이 된다면 세컨디바이스인 포켓파이(SKT기준)를 추가로 판매하여 월 16,500원을 납부하지만 LTE데이터를 10기가를 사용할 수 있도록 설계해야 한다. 레저 활동 등을 좋아하시는 고객님이라면 번들 판매로 기어S등을 판매하면 매장도 수익이 늘어서 좋고 구매하는 고객도 만족도가 높아진다.

기어S등은 월요금제가 11,000원만 더 납부하면(단, 기기값 별도) 스마트폰을 집에 두고 외출해도 시계만 착용하면 통화와 문자, 카카오톡 확인이 가능하기 때문이다(카카오톡 문자발송은 현재 불가, 내용 확인만 가능). 요금제를 최고가 요금제구간으로 사용한다면 각 통신사별로 기어S요금 11,000원을 납부하지 않아도 사용이 가능하다.

6. 선택한 단말기가 최신폰이면 선택약정25% 판매 / 보급형폰이나 중고가폰 이라면 공시지원금과 선택약정 비교한 후 출시된 지 1년 이상 지난단말기는 공시지원으로 개통 판매

고객이 프리미엄군 단말기를 선택하면 동일 요금제를 선택했을 때, 공시지원보다 선택약정 25% 할인으로 설계하는 것이 평균 1만 원 이상 저렴하다.

갤럭시8 등 1년 이상 된 철 지난 프리미엄폰들을 구매할 때에 공시지원금을 크게 반영되어 있으므로 고객이 공시지원금을 많이 실린 재고를 선택하도록 안내하여 할부원금도 낮추고 할부이자(5.9%) 낮추어 개통하면 고객의 만족도가 높아진다.

7. 고객이 추가로 할인받을 수 있는 혜택안내 : 복지혜택 및 결합할인

고객이 장애 또는 기존 국가 유공자인지도 확인하여 해당사항이 있으시면 매달 복지할인카드, 유공자증명서를 체크하여 요금에서 35%를 할인받을 수 있도록 안내하고, 차상위계층이나 기초생활수급자인 경우 가까운 동사무소에서 발급받으셔서 개통할 때 또는 개통 후 꼭 관련서류를 첨부하여 할인받도록 안내해야 한다. 기기변경으로 구매 시 기존에 등록되어 있으면 자동으로 가입되나, 통신사변경 시에는 할인금액이 누락되지 않도록 반드시 첨부해야 한다.

8. 카드 사용을 통해 할부원금 최대 900,000↓, 요금도 최대 매달 20,000원 까지 할인 라이트 할인카드를 판매할 때에는 닫힌 화법을 통해 고객님의 상태를 빠르게 파악, 신용카드 사용하시죠? 를 통해 "네."를 유도하기.

만약, 고객님이 "아니요."라고 하면 당황하지 말고 가족 중에 카드 사용하는 사람 찾아서 카드를 사용하도록 권매.

고객님의 카드 사용패턴을 확인하여 최대 70만 원 이상 사용 시 700,000~900,000원(아이폰 프로모션)을 先할인 받을 수 있도록 안내.

(중고가 휴대폰은 카드 70만 원 이하 사용조건을 통해 0원폰 설계/ 저가 스마트폰은 카드 30만 원 이하 사용조건을 통해 0원폰 설계)

카드를 통해 할부원금이 할인되고, 매달요금이 할인되는 것을 통해 카드를 발급한다고 하시면 제휴 카드 진행방법을 안내한 후, 고객님의 발급하는 카드콜센터에 직접 전화하여 카드번호 유효기간을 받아서 판매원에게 개통하고 7일 이내에 전달하기. (규정은 SKT와 KT 14일, LGT는 1개월 이내이나 고객님이 늦게 가져다주시거나, 매장에서 깜빡하고 제휴카드할인을 놓치는 경우가 발생하기 때문에 무조건 7일 이내에 직접 방문하여 알려주도록 안내)

기간이 지났을 때에는 예외승인이라고 하여 카드사가 다시 할인을 받을 수 있도록 해줄 수 있으나, 계속 유지되는 서비스가 아니기 때문에 예외승인에 의지하지 말 것.

先할인카드가 접수되고 나면 카드명의자에게 할인받는 금액만큼 결제가 되므로, 할인을 받기 위해 결제문자가 간다고 안내하기, 일련의 과정을 설명해주지 않으면 고객님은 할부결제가 됐다는 문자를 보고 놀라셔서 민원으로 발생됨.

카드할인을 접수하고 변경된 카드가 도착하면 반드시 카드로 휴대폰 요금 자동이체 하라고 안내 필수. (자동이체 하지 않아도 할인이 되는 카드도 있으나, 저자는 무조건 자동이체를 추천하여 민원이 발생되지 않도록 안내함)

9. 개통된 후에는 모비고(유료)프로그램, 안드로이드 폰이라면 삼성스위치(무료), 아이폰이라면 아이클라우드를 통해 저장된 연락처와 사진 등 옮겨드리기 카카오톡은 계정설정과 비밀번호 설정을 통해 대화내용백업 후 그동안의 대화내용 다 옮겨지도록 관리.

10. 고객님께 14일 이내 기기불량사항이 발생 시 대리점에서 새 기기를 교체해줄 수 있으나, 반드시 해당 제조사의 서비스센터를 통해 불량확인증을 발급받고 와야만 새 기기로 교품이 가능함을 안내, 14일이 지나고 나면 모든 A/S는 판매한 판매처가 아니라 구매한 제조사의 서비스센터에서 관리함을 안내.

11. 기기를 온라인 구매를 통한 택배배송으로 구매 시 KT와 LGT는 기존폰이 통화문자가 사용이 불가능되면 새 스마트폰에 유심을 꼽고, 전원을 껐다 켜면 새 기기로 사용가능.

단, SKT는 나밍이라는 방법을 통해 기존에 사용하던 LGT나 KT휴대폰의 통화문자가 사용이 불가능하면 새기기에 유심을 꼽고 유심을 꼽고, 통화를 할 수 있는 다이얼버튼이 나오는 화면까지 넘어가서 #758353266#646#을 누르면 유심을 다운로드하시겠습니까? 라는 화면이 뜸.

"예"를 클릭하면 자동으로 휴대폰이 껐다 켜지면서 사용이 가능함.

새기기가 아이폰일 경우 유심을 넣고 전원을 껐다 켠 후, 해당지역에서 사용가능한 WI-FI를 설정하고, 통화버튼이 나오는 화면까지 넘어가면 사용이 가능함.단. 기기변경의 경우 기존 스마트폰이 엄지손톱만한 일반유심이었는데, 구매한 최신스마트폰이 나노유심이라면 비용을 7,700원 추가하여 유심을 새로 구매하지 말고, 가까운 직영점과 친절한 판매점에 방문하여 유심을 커팅하여 비용을 절감하고 사용하도록 추천.

하지만 현장에서 대리점이나 판매점등 일부매장에서는 유심커팅을 잘 해주지 않음. 유심커팅을 해드릴 때에 커팅을 했는데 만약 사용이 되지 않는다면 재 구매할 수 있도록 안내.

KT · LG
통신사편

정창우 강사

Contents

정창우

내가 휴대폰 판매에 처음 발을 들인 것은 14년 전쯤이다. ──
휴대폰에 관심이 많았고 "내가 휴대폰 매장을 운영하면 최신형 휴대폰을 싼 가격으로 자주 바꿀 수 있지 않을까?"하는 마음이 나의 통신업의 시작이었다.

막상 휴대폰 매장을 운영하다보니 통신업의 성패는 실력도 뭣도 아닌 오로지 '단가'와의 싸움이었다. 단지 누가 더 좋은 단가를 받고 고객에게 많은 금액을 돌려줄 수 있느냐, 하는 것뿐이었다. 결국 많은 마진을 남기기 위해 판매점들은 '고객에게 많은 금액을 돌려주자'가 아닌 '어떻게 하면 많이 주는 것처럼 보이면서 적게 줄 수 있을까?'를 고민하고, 눈속임을 시작했다. 덕분에 휴대폰 판매는 고객 불만 1등, 민원 1등이란 오명을 벗지 못하고 2014년 10월 단통법 시행되기에 이르렀다.

직접 현장을 다녀보고 여러 판매사들을 접해보며 느낀 것은 직무지식을 습득해 실무에 제대로 적용하고 있는 판매사들도 있지만, 휴대폰을 판매하는 대부분의 실무 직원들은 그렇지 못하다는 것이었다. 단통법이 시행된 후, 단가만을 가지고 금액으로 경쟁하던 판매사들이 줄줄이 통신업계를 떠난 이유가 바로 이것이다.

단통법 시행 후 3년이 훌쩍 지난 지금, 휴대폰 판매로 살아남는 유일한 방법은 직무지식을 쌓고 한 분야의 전문가로서 고객에게 신뢰를 줄 수 있는 판매사가 되는 것뿐이다. 통신업은 결코 멈추지 않는 무궁무진한 시장이다. 네 살배기 어린아이부터 여든이 넘은 어르신까지 사용하는 것이 바로 휴대폰이기 때문이다.

통신업을 시작한 많은 사람들 중 누군가는 멈출 것이고, 누군가는 끊임없이 나아갈 것이다. 여러분은 중간에 멈출 것인가, 아니면 끊임없이 나아갈 것인가?

1

휴대폰 판매에서 가장 중요한 것!

휴대폰 판매에서 가장 중요한 것이 무엇이라고 생각하는가? 바로 마진이다. 휴대폰 판매를 통해 우리가 얻고자 하는 최종적인 목표는 고객에게 최대한의 만족을 주면서 나 또한 최대한 많은 마진을 남기는 것이다.

노트9을 구매하러 온 손님이 있다! 고객이 원하는 대로 판매를 해서 고객은 만족을 하고 돌아갔으나 나에게 남는 마진이 없다면 판매를 잘못한 것이다.

기기변경 시 마진	기기변경 시 마진	번호이동 시 마진
노트9	100,000	250,000

위와 같다면 여러분이라면 기기변경을 판매하겠는가, 번호이동을 판매하겠는가? 당연히 번호이동을 판매해야 한다고 생각할 것이다. 그렇다고 판매자의 마진을 위해 고객은 원치도 않는 번호이동을 하는 것이 과연 맞을까? 그 또한 그렇지 않다. 마진을 많이 남기기 위해 무조건 고객에게 번호이동을 하라고 하는 것도 잘못된 것이다. 그래서 최대한 마진이 많이 남는 방향과 고객에게 유리한 부분의 적정점을 찾아 최대한 고객을 설득하는 것이 우리가 할 일이다. 당연히 이러한 설득을 하기 위해서 우리에게는 직무지식이 필요한 것이다.

예를 들어 SK를 사용하고 있는 고객이 있는데 결합 등이 되어있지 않고 통신사 이동도 상관없는 고객이 방문했다고 하자. "고객님, 어차피 통신사는 상관없으시다니까 KT로 가세요."라고 한다면 고객은 반드시 되물을 것이다 "왜요? KT로 가는 게 더 싼가요? 아니면 뭐 좋은 점이 있나요?" 이 질문에 여러분은 뭐라고 답할 것인가? "그냥 KT로 가셔야 저한테 마진이 더 많이 남아요~" 이렇게 황당한 답변을 할 수는 없지 않은가. 대다수의 고객들은 통신사를 변경하는 데에 대해서 거부감을 가지고 있는 경우가 많다. 통신사를 이동하는 것이 고객에게 반드시 유리하다는 것을 어필하지 못한다면 고객은 단순히 기기변경만을 원하게 될 것이다.

그래서 우리는 원활하게 번호이동을 이끌어가기 위해서 해당 통신사로 이동했을 때 직무지식을 활용하여 고객에게 유리한 점을 강조할 필요성이 있다.

다음과 같은 경우도 있을 수 있다.

	기기변경		번호이동	
	저가	고가	저가	고가
노트9	100,000	200,000	100,000	180,000

저가요금제를 사용 중인 고객이 방문했는데 판매마진이 만약 위와 같다면 어떻게 해야겠는가? 저가요금제 그대로 번호이동을 한다면 기기변경과 마진이 같으므로 고객에게 굳이 번호이동을 권할 필요는 없다. 오히려 고가요금제의 경우는 번호이동 시 마진이 더 작으므로 더더욱 번호이동을 할 이유가 없게 된다.

이럴 때는 우선 통신사는 그대로 유지하면서 최대한 요금제를 고가요금제를 사용할 수 있도록 권하는 것이 정답이다. 하지만 고객이 이렇게 물을 수도 있다. "통신사를 바꾸는 게 더 싸지 않나요? 저는 통신사는 바꿔도 상관없는데..." 실제로 이렇게 얘기하는 고객들도 심심찮게 볼 수 있다.

이럴 때는 "고객님, 요즘은 통신사를 바꾸는 것이 무조건 싸거나 조건이 더 좋은 것만은 아닙니다. 고객님이 지금 구입하는 모델은 번호이동이나 기기변경의 금액의 차이가 없으므로 통신사를 유지하면서 장기고객혜택을 조금이라도 받는 것이 더 유리하다고 보여집니다." 이렇게 응대할 수 있어야 한다. 아울러 고가요금제로 기기변경을 하는 것이 마진이 더 많이 남게 되므로 고객정보를 꼼꼼하게 체크해서 고가요금제로 유도할 수 있는 방향을 모색해야 할 것이다.

다음 사례를 보도록 하자.

	기기변경	KT번호이동	LG번호이동
노트9	100,000	200,000	180,000

고객은 현재 SK를 사용 중인데 번호이동을 해도 관계가 없다고 한다. 하지만 번호이동을 해야 한다면 LG로 가고 싶다고 한다. KT는 전에 사용했을 때 많은 점이 불편했던 기억이 있어 가고 싶지 않다고 한다. 이럴 때는 어떻게 해야 할까? 판매자 입장에서 당연히 KT로 이동하는 것이 마진이 많으므로 KT로 번호이동을 권해야 하지만 고객이 KT를 싫다고 하니 LG로 번호이동 판매를 해야 고객의 만족도를 높일 수 있다. 하지만 무조건 LG로 이동을 권하기보다는 우선적으로 KT를 사용했을 때 불편했던 점은 무엇이었는지, 해결할 수 있는 방법이 없는 것인지 고객의 이야기를 들어보고 KT로의 이동도 나쁘지 않다는 것을 어필하도록 하자. 그래도 고객이 KT는 싫다고 하면 그때 LG로 이동하는 쪽으로 상담해도 늦지 않기 때문이다. 혹여나 조금의 마진을 더 가져가기 위해 무조건 KT로만 가야한다는 식의 상담은 반드시 피해야 한다. 고객은 한 명으로 끝나는 것이 아니라 두 명, 세 명으로 소개를 통한 새로운 고객으로 이어질 수 있기 때문에 1~2만 원의 마진을 포기하더라도 고객의 만족도를 높이

는 쪽으로 상담을 이어갈 수 있도록 하자.

이렇게 한 건 한 건 마진을 높이고 고객만족도도 높여가면서 판매를 한다고 하면 월말이 되었을 때 판매대수가 예상보다 적게 나왔다고 하더라도 총수익금액이 높아져 매장운영이 한결 수월해지는 것을 볼 수 있을 것이다.

A라는 판매점은 중심가에 위치하고 있어 월평균 100대를 개통하는데 개통에 사용된 비용을 제외한 평균마진이 대당 15만 원 정도이고 B라는 판매점은 중심가에서 좀 떨어져있어 내방고객이 상대적으로 적어 월 50대를 판매하나 평균마진이 30만 원이라고 해보자.

	A판매점	B판매점
월개통수량	100대	50대
대당 평균마진	150,000원	300,000원
일반관리비(임대료 등)	7,000,000원	5,000,000원
영업이익	8,000,000원	10,000,000원

어느 판매점이 휴대폰을 더 잘 판매했다고 생각하는가?

필자는 B판매점이 더 판매를 잘했다고 본다. 이유는 표에서 보는바와 같이 A판매점은 800만 원의 영업이익을 발생시켰으나 B판매점은 1,000만 원의 영업이익을 가져왔기 때문이다.

물론 단순히 이 수치만을 가지고 정말 누가 판매를 더 잘했냐를 논하기는 어렵지만 필자가 이야기하고 싶은 것은 개통수량에 연연하기보다 대당마진에 더 중심을 두어야 한다는 것이다.

휴대폰을 잘 판매한다는 것은 첫 번째로 고객을 놓치지 않고 판매를 성사시키는 것이고, 두 번째는 판매하는 고객에게 충분한 만족을 주면서 높은 수익을 내는 것이다.

필자가 매장 컨설팅을 다니다 보면 판매가 적게 나오지는 않는데 남는 건 없다고 하는 사장님들을 많이 봐왔다. 이런 경우 대부분이 그냥 매장에 오는 손님이 원하는 대로 판매하는 경우가 많거나, 고객을 놓치지 않기 위해 무리하게 지원을 해서 번호이동을 했는데도 불구하고 오히려 기변을 했을 때보다 마진이 적은 경우도 있었다.

휴대폰 판매는 슈퍼마켓에서 음료수 하나 판매하는 것과는 다르다!

"코카콜라 하나 주세요." "네, 1,500원입니다."

휴대폰 판매는 절대 이렇게 되어서는 안 된다.

"노트9 기기변경하러 왔는데요." "네, 개통해드리겠습니다." 고객이 원하는 대로 무작정 판매하기보다 고객에게 의문을 던져야 한다.

왜 기기변경을 해야 하는가에 대한 반문을 하고, 타 통신사와 비교해보면서 더 유리한 구매조건이 있는지 들여다봐야 하지 않겠는가?

고객을 놓치지 않는 것도 중요하지만 한 명 한 명에게 마진 없이 판매하게 되면 매장운영이 어려워질 수도 있다는 사실을 명심하자.

2

KT판매스킬

1. KT판매스킬 첫 번째
[해지 후 재가입]을 활용하자!

휴대폰을 가입하는 유형은 크게 4가지이다.

신규	번호이동 (MNP)	기기변경	해지 후 재가입
휴대폰을 가지고 있지 않거나 기존 휴대폰과 관계없이 새로 가입 하는 것	이미 통신사에 가입되어 있는 고객이 기존 통신사가 아닌 다른 통신사로 기존 사용번호 그대로 다른 통신사로 이동하는 것	이미 통신사에 가입되어 있는 고객이 기존 통신사를 그대로 유지하면서 사용 중인 기기만 변경하는 것	이미 통신사에 가입되어 있는 고객이 사용 중인 회선을 해지하고 동일번호 그대로 혹은 번호만 변경하여 같은 통신사에 다시 신규가입 하는 것

1) 신규가입

휴대폰이 없는 사람이 거의 없기 때문에 신규가입의 비중이 많이 높지는 않은 편이다

하지만 세컨디바이스(기어, 탭 등) 가입이 늘고 있는 시점이므로 이 경우 신규가입이 이루어지게 되고, 휴대폰을 처음 개통하는 미성년자의 경우도 신규가입 대상이다.

2) 번호이동 (MNP = Mobile Number Portability)

번호이동이라고 하면 휴대폰 번호가 변경된다고 이해하는 고객들이 있기 때문에 실무에서는 '통신사 이동'이라는 말로 고객을 이해시키자. 휴대폰 판매 시 통상 가장 많은 리베이트를 지급받을 수 있으므로 판매 자에게 매우 중요하게 인식되어야 하는 가입유형이다.

통신사 이동시 기존 통신사의 인증정보 뒤 4자리(단말기일련번호, 자동이체 또는 신용카드 정보 등)가 필요하므로 번호이동 서류작성 시 미리 확인하여 개통이 지연되지 않도록 하자.

3) 기기변경

일반적으로 고객이 제일 많이 요구하는 가입유형으로 볼 수 있다. 기존 의 결합상품 등으로 통신사 이동 시 결합이 해지되어 혜택을 받지 못하므로 고객은 통신사 이동 없이 단순히 기기변경만을 요구하는 경우를 많이 볼 수 있다. 이 고객을 통신사 이동으로 전환하는 능력을 키우는 것이 핵심 포인트이다!

4) 해지 후 재가입

그냥 기기변경을 하면 되는데 왜 굳이 해지한 후에 다시 가입을 하는 경우가 생기는 것일까?

이는 바로 가입유형에 따라 '판매자에게 지급되는 수수료(이하, 리베이트)'가 다르기 때문이다.

일반적으로 리베이트 수준은 번호이동 〉 신규가입 〉 기기변경 순이다.

물론 요즘은 기기변경의 리베이트 수준이 높아져 '기변시장'이라고 부르기도 하나 대부분의 통신사가 일부 모델에 대해서만 기기변경 리베이트를 올려놓았기 때문에 아직까지는 기변리베이트보다 신규가입의 리베이트가 높은 경우가 있다.

때문에 일부 판매점에서는 기기변경을 요청하는 고객에게 더 많은 리베이트를 받기 위해 기기변경으로 개통하는 것이 아닌 기존회선을 해지하고 같은 번호로 신규가입을 하게끔 하여 판매자가 이득을 취하게 되는 경우가 생겨나게 된 것이다.

해지 후 재가입을 이해하기 위해서 원배정국번을 먼저 알아야한다. 우리가 사용하고 있는 휴대폰 번호는 태생이 정해져 있는데 해지 후 같은 번호를 사용하기 위해서는 해지하고 가입하는 통신사와 개통하는 번호의 원배정통신사가 일치해야 한다.

통신사 원배정 국번안내

20xx	21xx	22xx	23xx	24xx	25xx	26xx	27xx	28xx	29xx
SKT	LGT	LGT	LGT	LGT	KT	KT	KT	KT	KT
30xx	31xx	32xx	33xx	34xx	35xx	36xx	37xx	38xx	39xx
KT	SKT	KT	KT	KT	SKT	SKT	SKT	SKT	LGT
40xx	41xx	42xx	43xx	44xx	45xx	46xx	47xx	48xx	49xx
SKT	SKT	KT	KT	KT	SKT	SKT	SKT	SKT	SKT
50xx	51xx	52xx	53xx	54xx	55xx	56xx	57xx	58xx	
SKT	KT	SKT	SKT	SKT	LGT	LGT	LGT	LGT	
		62xx	63xx	64xx	65xx	66xx	67xx	68xx	69xx
		SKT	SKT	SKT	KT	KT	KT	KT	KT
70xx	71xx	72xx	73xx	74xx	75xx	76xx	77xx	78xx	79xx
SKT	SKT	KT	KT	KT	LGT	LGT	LGT	LGT	LGT
80xx	81xx	82xx	83xx	84xx	85xx	86xx	87xx	88xx	89xx
LGT	LGT	LGT	LGT	LGT	SKT	SKT	SKT	SKT	SKT
90xx	91xx	92xx	93xx	94xx	95xx	96xx	97xx	98xx	99xx
SKT	SKT	SKT	SKT	SKT	KT	KT	KT	KT	KT

<표 - 통신사별 원배정국번>

필자의 경우 가운데 국번이 6444이므로 표에서 보면 원배정통신사가 SK임을 알 수 있다. 필자는 현재 LG유플러스를 이용하고 있으나 이 번호는 SK에서 처음 만들어서 LG로 통신사를 이동하여 사용하고 있는 것으로 보면 된다.

다만 SK에서는 번호재사용을 금지하고 있어서 사실상 번호 그대로 해지 후 재가입이 불가능하며, 번호를 변경한다 하더라도 가입기간제한(통상 D-4에서 D+180)에 걸리므로 좀 더 많은 리베이트를 받기 위해 해지 후 재가입을 했다가는 리베이트 일부 환수 등의 불이익을 받을 수 있으므로 주의하도록 하자.

하지만 KT에서만큼은 해지 후 재가입이 가능하므로 KT판매를 위해서는 해지 후 재가입을 활용할 줄 알아야 한다!

해지 후 재가입 실무사례 1

사례) 매장에 고객이 방문하였는데 현재 KT를 사용 중이다. 고객은 KT인터넷이 결합되어 있고 통신사변경 없이 기기변경만을 원하고 있다. (반드시 기기변경만을 해야 하는 경우라고 가정한다.)

대응) 우선적으로 기기변경을 해야 하는 경우라 하더라도 기변리베이트가 높은 모델이 있기 때문에 이 모델들 위주로 상담을 이끌어가도록 한다. 그러나 고객이 원한 모델이 부득이하게 기변리베이트는 10만 원이고 신규가입을 했을 때는 30만 원이라고 하면 고객의 원배정번호를 확인하도록 한다. 마침 확인을 해보니 고객의 원배정번호가 KT라고 하면 꼭 기기변경을 하지 않아도 해지서류와 신규서류를 함께 첨부하여 개통하도록 하자. 고객은 번호를 변경하지 않고 같은 통신사를 유지할 수 있게 된다.
고객이 단순히 기기변경을 하면 되지, 왜 꼭 그렇게 해야 하냐고 따지게 되면 무선충전기나 넥밴드블루 투스 등 비교적 고가의 사은품을 지급할 수 있다고 하고 고객을 설득한다면 필자의 경험상 싫다고 하는 경우는 거의 볼 수 없었다.

해지 후 재가입 실무사례 2

사례) 해지 후 재가입을 하려고 하는데 고객이 원배정국번이 KT가 아닌 경우 대응) 고객에게 번호변경을 유도한다. 번호를 변경하더라도 기존에 사용했던 번호로 걸려오는 전화나 문자를 '번호연결서비스'를 통하여 연결 받을 수 있다.

고객에게 "이번 기회를 통하여 불필요한 사람과의 관계를 정리하세요." "요즘에는 일부러 주기적으로 번호를 변경하는 고객님도 있습니다." 등의 멘트를 통해 적극적으로 번호변경을 권해보자. 죽어도 번호를 변경할 수 없다고 하는 고객이라면 어쩔 수 없겠지만 시도조차 해보지 않고 포기하는 일이 없도록 자신감을 가져보자.

해지 후 재가입 - 유의사항

해지 후 재가입을 진행하는 경우 대부분 KT결합이 되어서 기기변경을 요구하는 경우이다. 기존번호 해지 시 대표자라면 결합전체가 깨지게 되고, 구성원이라면 결합에서 빠지게 된다. 반드시 신규개통을 하고 나서 결합을 다시 해줘야 하나, KT의 경우 결합 시 가족관계증명서는 물론, 각 구성원의 신분증이 모두 필요하므로 구비서류를 정확하게 확인하여 고객에게 한 번에 준비할 수 있도록 해야 차후에 문제가 발생하지 않는다.

또한 결합상품이 오래전 결합한 상품이라 지금은 가입되지 않는 상품일 수 있다. 이 경우 현재 가입 가능한 '총액결합할인'으로 새로 결합해야 하는 경우가 생기게 되는데, 할인방식이나 금액이 차이가 날 수 있으므로 현재 가입 가능한 상품과 기존 결합상품을 비교하여 고객에게 안내하도록 하자.

요금의 경우도 주의해야 한다. 기기변경을 한다면 기기변경전요금과 기기변경 후 요금이 일할계산되어 자연스럽게 이어져 한 번에 청구되지만, 해지 후 재가입을 한다면 해지하는 날까지의 요금과 신규 개통한 요금 두 가지의 요금이 따로 나오게 되므로 고객이 혼동하지 않도록 두 번의 요금이 청구된다는 부분에 대한 충분한 설명이 필요하다.

해지 후 재가입 - SK에서 활용해보기

SK의 경우 해지 후 재가입이 현재는 사실상 불가능하다고 보이지만 전혀 불가능한 것은 아니다. 필자의 경우 지금도 SK에서 해지 후 재가입을 종종 활용하곤 한다.

얼마 전에 초등학생이 사용 중이던 휴대폰이 파손되어 부모님과 매장을 방문하였는데 어쩔 수 없이 SK를 계속해서 사용해야 하는 경우였다. 하지만 조회를 해보니 10만 원 정도 위약 금이 남아있는 상태였고, 초등학생의 부모님은 이 위약금을 고객이 부담하지 않고 휴대폰을 변경하고 개통해줄 수는 없는 상황이라 필자는 아이의 부모님에게 한 가지 제안을 하였다. 오늘은 사용 중인 휴대폰을 해지만 하고 가시고, 5일 후에 방문하시면 위약금은 고객님이 부담하지 않게 해서 SK로 새로 휴대폰을 만들어 드리겠다고 했다. 다만 휴대폰 번호는 변경해야 한다고 이야기했다. 아이의 부모님은 며칠간 휴대폰을 사용할 수 없는 거 아니냐고 물었지만 "전화나 문자를 제외하면 와이파이가 연결되는 곳이라면 카카오톡 등 다른 것은 모두 사용 가능하다고 설명해주고 번호변경에 대해서도 필요하다면 '번호연결서비스'를 통해 기존에 걸려오는 전화도 모두 새 전화번호로 연결 받을 수 있다."고 안내하였더니 아이의 부모님도 OK를 하였다. 초등학생의 경우 성인과 다르게 연락처에 많은 사람이 저장되어 있지 않으며 실제로 전화, 문자의 비중보다는 유튜브, 게임, 카카오톡의 비중이 높아 집에서는 휴대폰이 해지된 기간 동안이라 하더라도 초등학생들은 크게 불편하지 않아 가능한 일이다.

SK의 경우 초등학생이 '쿠키즈 스마트'의 요금제로 가입하는 경우 기본리베이트가 '밴드데이터6.5' 구간의 리베이트로 적용받을 수 있어 높은 편이며, 별도의 추가 리베이트를 받을 수 있으며 '밴드데이터6.5' 구간의 리베이트로 적용받을 수 있어 일반 신규가입보다 더 많은 리베이트를 받을 수 있으므로 10만 원 정도의 위약금은 충분히 지원이 가능하다.

〈해지후재가입〉

KT mobile 가입신청서

2018.03 Ver 1.0

고객님의 소중한 고객정보 유출 방지를 위해 신청서류 원본과 구비서류를 필히 받아가시기 바랍니다.

대리점발 / 코드	상담자	연락처

핸드폰모델명 | SM-G960K_64G

일련번호 |

업무구분 □ 신규가입 □ 번호이동 □ 명의변경 □ 정책가입
고객구분 □ 개인사업자 □ 법인
개인보호안심결 □ 요금제안내 이용 안됨 □ 대리인게통 이용 안됨

* 부분은 고객님 필수 기재사항입니다.

지원금 방식별 혜택 및 단말매매 확인 안내

단말기 모델명	SM-G960K_64G	출고가	957,000 원		지원금 상응 요금할인 선택시		단말기 지원금 선택시	
요금제 월 평균 사용량	데이터 무제한 GB, 음성 무제한 분, 문자 무제한 건			총 요금할인 (24개월)	396,000 원	단말기 지원금	150,000 원
선택 요금제명	LTE 데이터 선택 65.8						

* 지원금에 상응하는 요금할인은 12개월 또는 24개월 약정 가능하며, 월 할인금액으로 적용됩니다.
본인은 지원금에 상응하는 요금할인 또는 단말기 지원금 중 하나를 선택 하시 혜택에 대해 충분히 설명듣고, 지원금 상응 요금할인, 단말기 지원금을 선택하여, 일시 납부의 조건으로 단말기 매매계약 체결을 확인합니다.

핸드폰 대금 및 대금 상환방식 선택에 따른 안내 [대금지급방식 : ○일시상환 | ○부분분할상환]

* 본 분할상환 수수료(분할상환원금 잔액 기준 5.9%)

출고가(a)	공시지원금(b)	추가지원금(c)	(24)개월 분할상환원금	A. 핸드폰 월 납부액 분할상환원금+분할상환수수료(5.9%)포함
957,000 원	0 원	0 원	39,880	42,380
포인트할인(d)	고객수납금(현금/카드)e	분할상환원금(a-b-c-d-e)	24 개월시	분할상환 수수료 59,930 원, 일시 납부 구매도 가능합니다.
0 원	0 원	957,000 원		

* 고객님이 받으신 지원금은 (단말할인) 0 원, 요금약정지원 396,000 원, 위약금대납 0 원, 페이백 0 원, 기타 0 원입니다.

일시불 신용 단말매매 계약에 대하여 대금을 일시상환 상환하여야 하는 원금 및 본 부분분할상환을 선택할 수 있고, (부분분할상환 선택 시 (부분분할상환 단말매매 대금 재의와 잔도 및 그에 따라 발생하는 수수료를 부담할 것에 동의합니다.

신청/가입자(대리인) | | 서명인

이동통신 요금(VAT포함)

선택상품	월정액 요금		월 요금할인액		B. 통신요금 월 납부액
LTE 데이터 선택 65.8	65,890 원	−	16,500 원	=	49,390 원

* 월 요금제와 화요제에 대한 안내는 별지를 통해 받음

A+B=C	월 기본 납부액	91,760 원

고객정보

* 고객명(법인명)	
* 주소	
* 생년월일(법인/사업자번호)	* 성별 ○남 ○여
* 연락처	
□ 나라사랑카드	○나라사랑카드번호 ( )
* 명세서 종류	○모바일 ○이메일 @ ○스마트(앱)
□ 통합청구/납부	전화번호/서비스 ID 명의자
* 요금납부방법	예금주(카드수) (관계:) 생년월일(사업자등록번호)
○ 은행에 신청	은행/계좌번호(카드사/카드번호) 카드유효일자 년 월
○ 카드에 신청	
○ 자동충전(선불)	○충전잔여액 (원) 도달시 (원) 충전 ○자동충전일 매월 (일)에 (원) 충전
□ 단말기 명세서 분리	카드사/카드번호 카드유효일자 년 월

본인 예금주 또는 가입고객은 납부하여야 할 요금에 대해 위 계좌(카드번호)에서 지정된 출금(결제)일에 인출(결제)되는 것에 동의합니다.

통합/타인 납부 동의 | ○동의인 서명/인

가입신청내역

* 데이터/부가상품	부가상품 (데이터로밍 19,800원 ○러시제9,800원, ○사용내역9,800원, 피쳐폰 데이터500원) (합계) 원	* KT멤버십	○가입 (○사용내역(SMS수신)
무선데이터	○이용 ○차단	보험 멤버십차감	○동의 ○이동의 * 78,8원이상 요금에 한함
* 선택한 단말보험 상품		번호연결서비스	01 − −
가입희망번호			
USIM 모델명		USIM 일련번호	
USIM 비용	○선납 ○다음달 요금합산 납부 (원)	기타/특약사항	
* 통신과금서비스	○동의 ○이동의 (○ 휴대폰 소액결제 비밀번호 이용)		

번호이동

이동할 전화번호		변경 전 통신사	○SKT ○LG U+ ○MVNO( )
번호이동 인증	(○핸드폰 일련번호 4자리 ○요금납부 계좌 뒷 4자리 ○요금납부 신용카드 뒷 4자리)		○지로납부
이달 사용요금	○즉시납부 ○다음달 요금합산 납부 *변경후 요금: 600원(VAT포함)	미환급액 요금상계	○동의 ○이동의
핸드폰 분할상환금	○완납 ○지속(이동 통신사에 납부)		

명의변경

	(명의 주는 분)	변경대상 전화번호	
생년월일(법인/법인명)	성별 ○남 ○여	핸드폰 분할상환금 ○완납 ○명의받는 고객에게 승계	

요금 상환에 대한 회사의 상환방식 무단 가입 및 요약가입을 신청하며 ○동의 신청서에 명시된 회사의 가입조건을 잘 주지하여 가입함에 동의합니다.

신청일	201 8 . .
판매자	서명(인) 신청/가입자(대리인)	서명(인)

주식회사 케이티

* 해당신청서는 친환경 용지로 제작 되었습니다.

KT mobile 해지신청서 2017.02 Ver 1.0

대리점명 / 코드	상담사	연락처

□ olleh mobile   □ olleh WiFi Call   □ olleh Wibro 4G

고객정보

* 고객명(법인명)		* 생년월일(법인/사업자번호)		* 성별	○남 / ○여
* 해지신청 번호/Wibro ID		연락받을 e-mail			
* 연락받을 전화번호		※ 해지업무 처리에 필요한 통지, 미납금 등의 안내를 위하여 실제로 연락받을 수 있는 연락처를 기재해 주시기 바랍니다.			
* 연락받을 주소					

해지신청내역

해지신청내용	olleh mobile	○kt재사용(예정)	○SKT사용(예정)	○LGT사용(예정)	○사용안함
	olleh WiFi Call	○유지	○정지	○해지	○해당없음
	olleh Wibro 4G	○사용안함	○해지 후 재가입	○기타( )	

해지정산내용

❶ 사용요금/위약금: 미납요금 ___원 친월사용(당월청구) ___원 추후 납부 회망 □ 당월사용(익월청구) ___원 추후 납부 회망 □ 위약금 ___원 추후 납부 회망 □

❷ 핸드폰할부금/단말기: 남은 할부기간 (개월) 남은 할부금 (원) ○완납 / ○분납 지속
잔여할부내역 통보용 010 - _ _ -

○동의 남위할부금은 할부매약약관에 의해 계속 남부할 것을 약속합니다. 할부잔치 기간 동안에는 핸드폰/단말기 사용이 제한됩니다. 본인은 잔여 단말기 할부금에 대해 청구시가 발송되지 않고 문자로 통보되는 것에 동의합니다. 본인이 잔여 단말기 할부금에 대해 내역을 수신할 이동전화번호가 변경되는 경우 즉시 KT에 통보하고 이를 이행하지 않아 청구내역을 받지 못하는 등의 불이익이 발생시 이의를 제기하지 않을 것에 동의합니다.

❶+❷ 총납부금액: (❶: 원 + ❷: 원) = 총 ___ 원

* 정산잔여금환불및 자동이체계좌: 예금주 ___ 은행명 ___ 계좌번호 ___
잔여월부 내역 고지 및 할부금 관련은 문자메시지로 통보됩니다. 통보받으실 이동전화번호가 변경될 경우 부디 고객센터로 연락 바랍니다.

기부금 신청: ○동의 정산잔여금액이 1,000원 이하인 경우 기부금 처리에 동의합니다. (기부처 : 사회복지공동모금회(사랑열매), (사)용복아원봉사연대)

혜택소멸안내

혜택소멸: ○동의 본인은 아래의 혜택에 대한 설명을 듣고, 또 restricted 이 혜택 소멸되는 사항에 대해 동의합니다.
1. 고객님께 부여된 olleh merbership의 포인트(또는 포인트가 전환된 BC카드 오포인트), (구)멤버십 포인트, 마일리지 및 olleh 그린폰 보상포인트, 등이 모두 소멸되어 다양한 혜택을 제공받을 수 없게 됩니다.
2. 해지시 좋은기변, 기변포인트, 임대폰 무료료금, 무료 방문서비스 등 KT만의 차별화된 서비스가 제공되지 않습니다.

고객안내내용

해지고객 정보삭제

· kt는 서비스 계약 유지, 이용요금 청산, 요금 관련 분쟁발생시 입증 등을 위하여 가입정보 보유기간 및 이용기간을 해지 후 6 개월 이내로 합니다. 단, 아래와 같이 그 기간 도래되거나 조건이 성취되는 대까지 필요한 범위내에서 가입정보를 보관할 수 있습니다.
  - 국세기본법 제 85 조 3 규정에 의하여 보관하는 성명, 고객식별번호(주민등록번호,어권번호 등), 전화번호, 청구서 주소, 요금납부내역(청구액, 수납액, 수납일시, 요금납부 방법) 등의 경우 5 년
  - 요금관련 분쟁이 발생한 경우 보유기간 내에 해당 분쟁이 해결되지 않은 경우
  - 해지고객이 이용요금을 납부하지 않은 경우
  - 불법스팸 전송으로 계약 해지된 고객의 재가입을 제한하기 위하여 필요한 성명, 주민번호, 전화번호, 해지 사유의 경우 12 개월
  - 기타 다른 법령 (전자거래에서의 소비자보호에 관한 법률/신용정보의 이용 및 보호에 관한 법률/통신비밀법) 의 규정에 의해 보관 필요시 그 법령에 따름

기타안내

· 해지에서는 해지를 신청한 날로부터 3일 이내에 가능합니다. (올해really지 또는 (주)해피스테이지, 우셔머니까지) 해배도 그대로 유지됩니다.)
· 다른 회사로 이용하신 후 이동하신 회사의 통화불통에 불만이 있으신 경우 14일 안에 다시 olleh mobile 서비스를 이용하실 수 있습니다.
· 단말 할부금 연체 시 휴대폰/단말기 대금이 일괄청구 되오며, kait 동재, 보증보험 청구, 채권의 신용정보사 이관 등이 될 수 있습니다.
· 해지 시 납부하시는 미청구요금은 이번달 1일부터 사용하신 요금입니다.
· 다음 달에 최종요금을 정산하여 수신자부담 등 현재 시점 확인이 불가능한 요금 연체 이용 차액이 발생하면 추가 청구되거나 자동 납부됩니다.
· 납부하신 금액이 사용액을 초과한 경우 환불계좌로 돌려드립니다.

· 통화내역은 해지 후 6개월 경과시 고객에게는 제공되지 않습니다.
· 해지 후 단말기 일부 유지될 경우 청구관련 주소등 정보 변경시 반드시 변경처리하셔야 체납과 은금 불이익이 발생하지 않습니다.
· olleh Wibro 4G 결합요금제(롬비요금제, Right now 30G 등) 사용 고객님의 경우 와이브로 기본 요금이 표준요금제에 변경 됩니다.
· 해지말이란?
  - 고객님의 요청으로 전산 처리되고 이용요금이 납부 완료된 날
  - 해지후에 미납을금이 있는 경우 미납요금이 전액 납부 완료된 날
  - 직권해지 고객님의 채납을금이 전액 납부 완료된 날
· 국제전화 등의 사용으로 청구/수납이 지연된 고객님도 미납 고객님에 기준하여 해지일을 기산합니다.

위임장

본인은 olleh mobile서비스 해지 신청에 대한 일체의 권리를 아래와 같이 위임합니다.

위임하는 고객	성 명 :	(인/서명)		
위임받는 대리인	성 명 :	(인/서명)	관 계 :	
	생년월일 :		성별 : 남 / 여	연락처 : - -

본인은 상기 사항에 동의하며, 이용약관에서 정하는 바에 따라 서비스 해지를 신청합니다.

신청일 | 20 . . .   해지신청고객(대리인) | (인 또는 서명)

주식회사 케이티

※ 해지신청서는 원본관 종이로 제작 되었습니다.

해지 후 재가입은 위와 같이 신규신청서 상단에 '해지 후 재가입'이라고 기재하여 해지신청서와 함께 접수하면 된다.

2. KT판매스킬 두 번째
KT만의 요금제를 활용하자!

 현재 가장 많이 사용하고 있는 요금제는 '통화무제한' 요금제이다. 이 요금제는 월정액 부가세 포함 32,890원부터 통화, 문자는 무제한으로 제공하면서 데이터사용량에 따라 요금을 차등 적용하는 요금제이다.
 3사의 통화무제한 요금제 중 가장 저렴한 요금제를 표를 통해서 보도록 하자.

통신사	SK	KT	LG
요금제명	데이터 세이브	데이터선택 32.8	데이터일반
월요금(VAT포함)	32,890	32,890	32,890
통화, 문자 제공량	무제한	무제한	무제한
데이터 제공량	300M	300M	300M
부가음성 제공량	50분	30분	50분
특이사항		데이터 밀당 가능	

 현장에서 고객님들의 사용패턴을 보면 요금제의 선택은 크게 두 부류로 나뉘게 된다.
 저렴한 통화무제한 요금제에 추가로 안심옵션(월 5,500원으로 요금제 기본 제공 데이터를 모두 사용했을 경우, 이메일, 웹서핑 등이 가능한 400kbps의 속도로 데이터를 무제한으로 이용)을 가입하여 사용하거나, 데이터까지 무제한 요금제(월정액 65,890원)를 사용하는 경우의 두 가지이다. 중간단계의 요금제를 사용하는 고객들도 종종 있기는 하나 필자가 현장에서 접해본 고객들의 경우 이 두 가지의 사용패턴이 가장 많은 것 같았다.

그렇다면 KT를 판매할 때 유리한 점은 무엇일까?

최저요금제 기준으로 보았을 때 '데이터 밀당'을 사용할 수 있다는 것이다.

데이터 밀당이란, 데이터가 부족한 달에는 다음 달의 데이터를 미리 당겨서 사용하고, 남은 데이터는 반대로 다음 달로 이월해서 사용하는 것을 말한다(익월 사용가능 데이터 사용량 중 최대 2G까지 당겨쓰기 가능). 다음 사례를 통해 왜 KT가 유리한지 살펴보도록 하자.

<이미지출처 – KT공식홈페이지 www.kt.com>

데이터밀당 실무사례

사례) SK를 사용 중인 고객이 방문하였다. 현재 SK에서 데이터세이브요금제에 안심옵션을 추가해서 사용하고 있고, 평균 3개월 데이터사용량을 확인해보았더니 250M, 450M, 350M를 사용한 것으로 확인되었다. 고객은 통신사 변경은 상관없지만 요금을 조금 줄이고 싶어 한다.

대응) 고객이 단말기 할부금을 제외하고 현재 SK에서 납부하고 있는 요금은 데이터일반(32,890원) + 안심옵션(5,500원)으로 총 38,390원이다. 이 고객이 만약 LG유플러스로 이동한다 하더라도 기본데이터 제공량 300M를 넘게 사용하는 달이 있기 때문에 안심옵션을 추가하여 사용해야 한다. 물론 안심옵션 없이 초과 요금을 내고 사용하는 방법도 있겠지만 KT의 경우 초과요금이나 안심옵션 없이도 32,890원에 사용이 가능하다. 예를 들어 첫 달에 250M를 사용한다면, 50M가 다음 달(두 번째 달)로 이월되므로, 두 번째 달에 450M를 사용할 때는 100M만 다음 달(세 번째 달)에서 당겨 사용하면 되고, 세 번째 달에 부족한 150M도 또 네 번째 달에서 당겨서 사용하면 되기 때문이다. 표를 통해서 확인해보자.

	첫째 달	두 번째 달	세 번째 달
기본 제공량	300M	300M	300M
전월에서 이월된 데이터	0M	50M	-100M
이달 사용가능 데이터	300M	350M	200M
당겨쓴 데이터	0M	100M	150M
이달 실제 사용 데이터	250M	450M	300M
이월되는 데이터 (당겨쓴 데이터는 차감)	50M	-100M	-150M

이처럼 추가비용 없이 KT에서는 데이터 밀당을 통해 데이터를 조절하여 사용이 가능하다. 요금차이도 표를 통하여 보도록 하자.

	SK	KT	LG
기본료	32,890	32,890	32,890
안심옵션	5,500	0	5,500
합계	38,390	32,890	38,390

위에서 보는 것처럼 KT를 사용할 때 타사 대비 약 5,500원을 절약할 수 있다.

다만 KT가 불리한 점도 있다. 바로 부가통화를 30분밖에 제공하지 않는다는 점이다. SK나 LG를 사용하면 50분을 제공하는데 비해 20분이 적다. 물론 부가통화의 비중이 그렇게 높지 않아 아직까지 KT부가통화 제공량이 적다고 하여 클레임이 발생된 경우는 보지 못했다. 하지만 KT가 타 통신사에 비해 부가통화가 적게 제공된다는 점은 반드시 기억하도록 하자.

사례) SK를 사용 중인 고객이 방문하였다. 현재 SK에서 데이터세이브요금제에 안심옵션을 추가해서 사용하고 있는 고객인데 평균 3개월 데이터 사용량을 확인해보았더니 850M, 730M, 920M로 사용하고 있었다. 고객은 통신사는 변경하여도 상관없는데 요금을 조금 줄이고 싶다고 한다.

대응) 사례1과의 차이는 데이터사용량이 조금 늘었다는 것이다. 당겨쓸 수 있는 데이터선택 32.8의 경우 당겨쓸 수 있는 데이터량이 최대 300M이기 때문에 당겨쓰기로 해결이 되지 않는다. 그렇다면 KT를 써도 요금이 똑같은 거 아닐까? 그렇지 않다. KT에는 안심데이터 38.5라는 요금제가 있기 때문이다.

	SK	KT	LG
요금제	데이터세이브	안심데이터 38.5	데이터일반
부가서비스	안심옵션	무	안심옵션
요금합계	38,390	38,500	38,390
기본데이터 제공량	300M	450M	300M
추가데이터	400kbps 무제한	400kbps 무제한	400kbps 무제한
요금할인선택 시	-8,250	-9,625	-8,223

안심데이터38.5요금제는 데이터세이브(데이터일반) 요금제에 안심옵션이 추가되어 있는 요금제라고 보면 된다. 타사의 부가서비스 추가비용과 비교했을 때 110원이 비싸지만 기본데이터 제공량이 타사 300M에 비해 150M가 많은 450M를 제공하고 있으며, 안심옵션이 요금제에 포함되어 있기 때문에 25% 요금할인을 선택한다면 타사 이용 시보다 약 1,400원의 할인을 더 받을 수 있게 된다. 공시지원금을 선택하여 개통하는 경우에도 데이터선택32.8에 비해 더 많은 공시지원금을 받을 수 있어서 분명 유리하다고 할 수 있다.

QoS로 데이터를
안심하고 이용할 수 있는 요금제

안심하게 데이터 450MB+무제한(속도제어)으로 이용할 수 있는 요금제입니다

카카오톡, 웹서핑 위주로 쓰신다면

데이터 많이 쓰진 않는데, 카카오톡이나 웹서핑은
마음껏 하길 원하세요?
안심 데이터는 카톡 메시지 교환이 가능한 속도
(최대 400kbps)로 지속 이용 가능합니다.
조금 더 빠른 속도로 제어되는 무제한 요금제를
원하면 데이터 선택 요금제를 추천합니다.

데이터
450MB

TALK

<이미지출처 – KT공식홈페이지 www.kt.com>

3. KT판매스킬 세 번째
타사보다 유리한 청소년 요금제

이번에는 KT판매 시 청소년 요금제를 활용하는 방법이다.
먼저 표를 통해 3사의 청소년 요금제를 살펴보도록 하자.

	SK		KT	LG
요금제명	BAND팅세이브	주말엔 팅 세이브	Y틴32(61,440알)	청소년스페셜
월정액	31,790	31,000	32,890	32,890
기본데이터	750M	750M	750M	750M
특이사항	없음	토/일 매일1G+400kbps	데이터 매일 10시간, (2배 쓰기, 바꿔 쓰기 가능) 문자 일200건 무료	데이터 매일 10시간 (2배 쓰기, 바꿔 쓰기 가능) 문자 일200건 무료
공통사항	만 18이하 가입가능, 만 20세 생일인 달까지 사용 후 익월 1일 자동변경			

이 표만 봐서는 KT가 어떤 점이 유리한지 잘 알 수 없다. 지금부터 하
나하나 짚어보도록 하자.
일단 KT의 Y틴32요금제는 좀 복잡하다. 필자가 판매점을 다녀본 경험
상 이 Y틴요금제에 대하여 정확하게 이해하지 못하고 있는 판매자가 제
법 있었다. 이 요금제를 잘못 이해하고 있는 판매자의 유형은 "음성 매

일 10시간에 데이터는 800M가 제공되고 바꿔 쓰기가 가능하다. 300M 바꿔 쓰기로 지니팩을 이용할 수 있다." 이 정도로 이해하고 있는 경우이다. 왜냐하면 타사 요금제와 비교해야 하기 때문에 이런 상황이 나오지 않는가 싶다. Y틴 요금제는 예전 알요금제와 동일한 구성으로 되어있다. 표에서 보는 바와 같이 'Y틴32' 요금제의 경우 총 61,440알(데이터만 사용 시 3,000M 사용)을 제공하고 이 알을 가지고 통화, 데이터를 나눠서 사용하는데 일정 알로 특정서비스를 선택하여 사용할 수 있는 요금제이다. 다만 계산하기 쉽도록 알 차감량을 데이터로 환산해서 표기한다고 이해하면 조금 쉬울 듯하다.

이를 기본단위로 환산하면 다음과 같다.

항목	단위	데이터 차감	알 차감
음성	초당	0.125M	2.5알
데이터	1M	1M	20,48알
SNS / LMS	1건당	750KB	15알
MMS	1건당	10M	200알

만약 어떤 것도 설정하지 않고 그냥 사용한다면 위의 표 대로 차감되겠지만, 그렇게 사용하지 않고 일정항목을 정해서 바꿔서 사용할 수도 있다.

Y틴32	음성매일10시간	지니팩	EBS데일리팩	마이타임플랜
61,440알	45,056알	6,144알	12,288알	10,240알
3,000M	2,200M	300M	600M	500M
공통사항	만 18이하 가입가능, 만 20세 생일인 달까지 사용 후 익월 1일 자동변경			

위의 표에서 보는 바와 같이 알로 계산하게 되면 수치가 계산하기 힘

들기 때문에 데이터로 환산해서 계산하는 것이다.

Y틴32요금제의 총 제공량이 3,000M(61,440알)인데 '음성매일10시간'을 바꿔 쓰기 하면 2,200M(45,056알) 가 소진되고 800M(16,384알)이 남게 되는 것이다.

이 조합이 Y틴32요금제로 가장 많이 사용하는 패턴이다(타사와 비교가 가장 쉬움).

음성매일10시간	2,200M
데이터 사용	800M
합계	3,000M

하지만 Y틴32요금제는 선택하기에 따라서 다양하게 이용할 수 있다.

음성매일10이시간	2,200M
지니팩	500M
데이터 사용	300M

이렇게 사용한다면 음성 매일 10시간에 지니뮤직을 마음껏 듣고 500M의 데이터를 사용할 수 있게 된다. 특정시간에 데이터를 많이 사용한다면 다음처럼 설계할 수도 있다.

음성매일10이시간	2,200M
지니팩	500M
데이터 사용	300M

이렇게 셋팅해놓으면 지정한 3시간 동안 일 2G(초과 시 속도저하)의 데이터를 사용하고 그 이외에 시간에는 300M의 데이터를 사용하게 할 수도 있다.

그러나 필자가 경험한 바로 청소년들의 경우 사실 통화가 많이 필요하지는 않았다. 그래서 필자는 굳이 음성 10시간을 바꿔 쓰기 하지 않고 지니팩과 마이타임플랜을 적극 활용한다.

학생들이 하교해서 집에 가기까지 데이터를 가장 많이 사용하는 특정 시간을 마이타임플랜으로 지정하고, 음악 듣는 것을 좋아하는 학생들은 지니팩을 추가한다면 다음과 같이 계산된다.

마이타임플랜	500M
지니팩	300M
통화 + 데이터	2,200M(45,056일)

이렇게 지정해놓으면 하루에 지정한 3시간을 데이터 무제한으로 사용하고 음악 감상을 데이터 걱정 없이 즐기며 남은 알로 통화와 지정시간이외에 데이터 사용이 가능하게 된다.

상품명	가격	제공혜택
EBS데일리팩	6,600원	EBS 초, 중, 고 전 학년/전 과목 콘텐츠(EBS교재 강의 포함) 및 200만 원 상당 EBS 유료 영어 / 인문 / 교양 프로그램
지니팩 (청소년)	4,800원	지니모바일+PC스트리밍 서비스 및 전용데이터 무료제공
마이타임플랜	5,500원	원하는 시간을 직접 선택하면 매일 3시간 데이터 무제한(일 3시간 동안 기본 2GB + 최대 3Mbps 무제한) 제공 시작시간 0~21시까지 22개 중 택 1

<표 – 지니팩, 마이타임플랜, EBS데일리팩 상세내역>

다음으로는 타사에는 없는 KT만의 청소년 요금제라고 할 수 있는 'Y24' 요금제를 보도록 하자. 이 요금제는 만 24세까지 가입 가능한 요금제로 SK, LG에서는 만 20세 생일이 지나면 성인요금제로 변경되어 사

용해야 하지만 KT에서는 24세까지 준청소년요금제로 Y24요금제를 이용할 수 있다. 그렇다면 Y24요금제는 성인요금제와 어떤 점이 다를까?

데이터선택32.8 요금제를 기준으로 비교하면 Y24요금제의 경우 통화, 문자 무제한이용에 데이터 300M는 동일하게 이용하나 마이타임플랜이 무료제공(월 5,500원 상당) 된다고 보면 된다.

	음성/문자	데이터	부가음성	특이사항
데이터선택32.8	무제한	300M	30분	밀당
Y24 32.8	무제한	300M	30분	마이타임플랜제공+밀당

사례를 통해 Y24요금제를 어떻게 활용하는지 보도록 하자.

Y24요금제 실무사례

사례) 만 19세인 청소년이 방문하였다. 현재 SK에서 청소년요금제를 이용 중이었다. 사용량을 조회해보니 통화200분에 데이터는 700M정도를 사용하고 있다.

대응) 우선적으로 통신사 이동을 권하도록 하자. 저가요금제의 경우 SK의 기기변경 리베이트가 많지 않기 때문에 KT나 LG로 이동을 권하는 편이 유리하다.

현재 만 19세이기 때문에 청소년요금제 가입은 불가하여 성인요금제로 사용해야 하는 상황이다.

데이터가 300M를 넘게 사용하므로 SK의 데이터일세이브 요금제를 사용하면 데이터요금이 추가 과금된다는 점을 강조하도록 하자. 하지만, KT로 이동한다면 Y24 32.8 요금제를 이용하고 만 25세가 될 때까지 사용할 수 있는데 하루에 3시간은 데이터를 무제한으로 사용 가능하니 제일 많이 데이터를 사용하는 시간을 지정하도록 하고, 만약 그래도 데이터가 부족하다면 다음 달 데이터를 당겨쓸 수 있으니 추가 과금 없이 평균사용량인 700M를 사용할 수 있게 된다. 이와 함께 KT 전용모델인 J730을 권해보자. 보급형모델이지만 전용모델이어서 내장32G에 지문인식, 삼성페이 등이 지원된다고 고객에게 판매한다면, 저가요금제에서도 많이 리베이트를 받을 수 있어 고객과 판매가 모두 만족할 수 있게 된다.

4. KT판매스킬 네 번째
타사보다 유리한 초등학생 전용 요금제

　만 12세 이하의 초등학생이라면 초등학생 전용요금제를 이용할 수 있다. LG유플러스에는 아직까지 초등학생 전용요금제가 별도로 없기 때문에 SK, KT의 초등학생 요금제를 비교해보도록 하자.

	SK	KT
요금제명	쿠키즈 스마트	Y주니어
가입가능나이	만 12세 이하 가입가능	
월정액(VAT포함)	19,800	19,800(18,432알)
문자	일 200건	일200건
통화	SK 지정 2회선 무제한 + 그 외 60분	KT 지정 2회선 무제한 + 알 소진(최대 120분)
데이터	500MB	알 소진(최대900M) + 안심데이터
특화혜택	청소년안심팩 / 쿠키즈앱내 데이터 무료 클라우드 36GB 제공	스마트지킴이/자녀폰안심 무료제공

　SK와 KT의 초등학생 요금제의 가장 큰 차이는 SK는 사용량이 통화 지정 2회선 이외 60분, 데이터 500M로 정해져 있지만 KT는 주어진 알 사용량 내에서 자유롭게 나누어 쓸 수 있다는 점이다. 또한 KT의 경우 제공된 알을 모두 소진해도 안심데이터를 무료로 제공하고 있어 기본통화나 데이터를 모두 소진한 후에도 데이터 이용이 가능한 것 또한 장점이라고 할 수 있다. 필자가 봐온 초등학생 아이들의 경우 통화는 부모님을 제외하고는 많지 않고 데이터 사용이 더 많기 때문에 KT Y주니어 요금제를 사용한다면 최대 900M 데이터 이용뿐만 아니라 안심데이터까

지 사용할 수 있어 SK의 쿠키즈 스마트 요금제의 데이터 500M에 비해 훨씬 많은 양의 데이터를 이용할 수 있다.

뿐만 아니라 통화를 많이 하는 학생이라고 할지라도 기본제공알을 모두 통화로 이용도 할 수 있으므로 지정 2회선 무제한 통화 이외에도 최대 120분까지 통화를 사용할 수 있으므로 SK의 쿠키즈스마트 요금제의 60분 무료통화의 약 2배까지도 이용이 가능하다.

특화혜택을 비교해보아도 사용량 확인, 앱 시간차단, 자녀위치확인 등은 SK, KT의 공통제공부분이라고 보고 KT의 경우 추가적인 서비스를 무료로 제공받을 수 있다.

구체적인 부분은 다음을 통해 보도록 하자.

1) 스마트 지킴이(월 2,200) 무료제공

[스마트 지킴이] 서비스의 경우 Y주니어 요금제에 무료로 제공되는 서비스이나 월정액을 지불하고 일반인도 사용가능 하다는 점을 꼭 기억하도록 하자. 반드시 활용할 수 있는 기회가 있다. 스마트지킴이는 위험에 취약한 자녀뿐만 아니라 부모님, 여자친구도 가입할 수 있다!

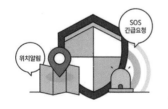

<이미지출처 - KT공식홈페이지 www.kt.com>

현 위치 찾기	보호대상자가 설정한 보호자가 보호대상자의 현재위치를 바로 찾을 수 있는 기능
내 위치 내보내기	사용자의 현재 위치를 최대 10명에게 전송할 수 있다.
발자취 보기	보호대상자 및 위치 보기를 허용한 보호자는 최대 72시간 동안의 보호대상자의 이동 경로를 볼 수 있다.
안심귀가	귀가 시 지정한 보호자에게 귀가 시작과 종료를 알린다.
SOS요청	위급상황 시 전문 보안업체의 출동서비스를 요청할 수 있다.

2) 자녀폰안심(월 2,200원) 무료제공

자녀폰안심 서비스는 자녀에게 올바른 스마트폰 사용습관을 길러주기 위해서 반드시 필요한 서비스이다. 자녀 스스로 스마트폰 사용시간 목표를 정하여 올바른 사용습관을 기를 수 있으며 스마트폰 중독을 방지하기 위하여 부모가 자녀폰에 설치된 앱의 사용시간을 설정할 수 있다.

<이미지출처 – KT공식홈페이지 www.kt.com>

안심/위험존 알림	보호대상자가 설정한 안심 / 위험존 진입 이탈 시 보호자에게 통보한다.
자동위치 알림	설정된 주기에 따라 보호대상자의 위치를 등록한 보호자에게 자동으로 전송한다.
재난정보안내	소방 방재청으로부터 재난정보를 제공 받아 사용자에게 알려준다.

Y주니어 요금제 활용실무사례

사례) 초등학생 휴대폰을 가입하기 위해 엄마, 아빠가 방문하였다. 엄마는 KT, 아빠는 SK
를 이용 중인데 스마트폰을 만들어주면 통제가 힘들 것 같아 폴더폰을 해줘야 하나 고민하
고 있다.

대응) 자신 있게 KT 스마트폰을 권하자! 부모가 가장 걱정하는 첫 번째는 아이가 밖에 나가
있을 때 아이의 위치 정보이다. 하지만 부모가 쉬지 않고 아이가 어디 있는지 들여다 볼 수
만은 없는 법, 안심존 이탈, 위험존 진입 시 부모에게 자동으로 위치정보가 통보되고, 아이
의 현재 위치뿐만 아니라 최대 72시간의 이동경로 또한 파악이 가능하다는 점을 어필하자.
혹여나 부모가 아이의 스마트폰 중독이 걱정된다 하여도 아이가 스마트폰에 설치된 앱리스
트를 확인하고 시간을 설정할 수 있는 점과 유해사이트 자동차단 등을 강조하자! 물론 SK에
서도 일부서비스는 가능하지만 KT의 서비스가 더 많다는 점을 강조하여 아이를 KT로 가입
하도록 하고, 지정 2회선 무제한 번호중 하나의 번호를 엄마로 등록하고 아빠도 KT로 이동
할 수 있도록 권해보도록 하자. 이렇게 3명이 KT를 이용한다면 인터넷도 KT를 가입하여 인
터넷 결합할인까지 받을 수 있도록 한다면 고객도 매우 만족할 것이며, 휴대폰 2대와 인터
넷동판까지 판매자도 많은 마진을 남길 수 있게 된다.

5. KT판매스킬 다섯 번째
무제한요금제 고객이라면 기가지니LTE를 같이 판매하자!

기가지니LTE는 LTE 네트워크를 기반으로 WIFI가 연결되지 않는 야외나 이동 중에도 사용이 가능한 인공지능 스피커이다. 하만카돈 스피커로 고음질 음악 감상이 가능하고 LTE라우터로도 활용이 가능하여 스마트폰, 노트북, 태블릿PC 등 최대 10개의 단말에서 전국망LTE를 어디서든 자유롭게 이용할 수 있다.

<이미지출처 – KT공식홈페이지 www.kt.com>

<이미지출처 – KT공식홈페이지 www.kt.com>

KT휴대폰을 개통하는 고객이라면 기가지니LTE와 번들로 판매하여 마진을 높일 수 있다. 이때 가장 추천하는 요금제는 데이터선택 87.8요금제이다. 일부 대리점이 87.8요금제 이용 시 추가리베이트를 지급하는 경우도 있으니 반드시 확인하도록 하자.

그렇다면 무제한 요금제 3종의 내용을 표를 통해 비교해보도록 하자.

	데이터선택 65.8	데이터선택 76.8	데이터선택 87.8
통화, 문자	무제한		
영상/부가음성	200분		
기본데이터	10GB	15GB	20GB
단말보험	단말보험(포인트차감)		
멤버십 혜택	멤버쉽VIP		
스마트기기요금		50%할인	무료제공
미디어팩			무료제공
25% 요금할인금액	16,500	19,250	22,000

일반적으로 무제한 요금제라 하면 데이터선택 65.8을 생각하지만 그 상위 요금제도 실무에서 많이 활용하고 있다. 그렇다면 데이터선택 65.8만 이용해도 되는데 왜 굳이 상위요금제를 선택할까? 이유는 상위요금제에서는 기본데이터량을 추가로 제공하고, 유료부가서비스 혜택을 무료로 이용할 수 있으며, 기본료 자체가 높아지기 때문에 25% 요금할인을 선택 시 더 많은 금액을 할인받을 수 있게 된다. 더욱이 스마트기기요금제 할인 또는 무료이용이 가능하니 스마트기기까지 추가로 이용하는 고객이라면 데이터선택 65.8을 이용하는 것보다 데이터선택 87.8을 이용하는 것이 사용요금을 더 줄일 수 있게 된다.

예를 들어 아이폰과 기가지니LTE를 이용하는 고객이 데이터선택 65.8
과 단말보험, 미디어팩을 추가로 이용하고자 한다고 가정해보자.

	데이터65.8	데이터선택 87.8
기본료	65,890	87,890
단말보험	5,500	0
미디어팩	9,900	0
스마트기기요금 (데이터라지)	11,000	0
25% 요금할인	-16,500	-22,000
합계	75,790	65,890
추가혜택		멤버쉽VIP 기본데이터 10GB추가

보는 바와 같이 데이터선택 87.8을 이용하는 쪽이 9,900원 요금이 더
적게 나오게 된다.

보험이야 많은 사람들이 이용하고 있지만 미디어팩의 경우는 고객이
먼저 원해서 사용하는 경우는 많지 않다. 그렇기 때문에 미디어팩의 내
용을 숙지하고 고객에게 권할 필요가 있다.

<이미지출처 – KT공식홈페이지 www.kt.com>

서비스항목	요금환산액	내용
지니팩	9,600원 상당	음악 스트리밍 무제한, LTE 무제한 전용데이터 제공
링투유	2,420원 상당	통화연결음 설정, 매월 링투유 음원1건 무료제공
캐치콜/통화기능 알리미	11,000원 상당	미수신전화확인, 상대방 통화가능 문자알림
TV포인트	11,000원 상당	매월 극장동시 개봉영화 감상가능
올레TV모바일 데일리팩	6,600원 상당	전용데이터 일 2G 제공, CJ E&M채널 포함 80여 개 실시간 채널
케이툰	11,000원 상당	200여 편의 대세 웹툰/웹소설 무제한

표에서 보는 바와 같이 음악, 영화, 실시간 TV채널, 웹툰, 웹소설 등을 자유롭게 이용할 수 있고, 기본서비스인 링투유, 캐치콜 등의 서비스 또한 포함하고 있는 부가서비스이므로 잘 활용하면 고객의 만족도를 매우 높일 수 있으므로 반드시 숙지하고 활용할 수 있도록 하자

.멤버십VIP 혜택도 놓치지 말고 살펴보아야 한다. 데이터선택 76.8 이상이라면 멤버십 등급이 VIP로 조정된다. 조건은 요금제 가입월의 다음 달 말까지 요금제를 유지 시 그다음 달 1일부터 VIP등급을 부여받는다. (ex) 1월 15일 가입 또는 요금제 변경 시 2월말까지 요금제 유지하면 3월 1일부터 VIP등급 부여

그렇다면 KT의 VIP혜택을 SK와 비교해보자. 가장 눈에 띄는 혜택은 영화 관람이다.

SK의 경우 VIP등급이라 하더라도 무료 영화 예매 혜택이 최대 연6회 제공이지만 KT의 경우 연 12회를 제공받을 수 있다. 또한 SK의 경우 영화 관람을 제외한 대부분의 혜택은 할인이지만 KT의 경우 영화혜택 대신 스타벅스 커피 무료, 베스킨라빈스 더블주니어 무료, GS도시락 무료 이용, 이마트 5천 원 할인쿠폰 등 다양한 혜택을 선택적으로 이용할 수 있다.

스타벅스 — VIP고객 아메리카노 커피 무료 (Short 사이즈, 포인트 차감)

CGV — VIP고객 무료영화 예매 (포인트 차감)

롯데시네마 — VIP고객 무료영화 예매 (포인트 차감)

메가박스 — VIP고객 무료영화 예매 (포인트 차감)

GS25 — VIP고객 도시락 무료 증정(음료포함) (포인트 차감 1사이즈/1인분)

이마트 — 방문 할인 증정

대림미술관 — VIP고객 본인 포함 2인 티켓 무료 제공 (동반자 포인트 차감, 동반1인 까지임)

디뮤지엄 — VIP고객 본인 포함 2인 티켓 무료 제공 (동반자 포인트 차감, 동반1인 까지임)

<이미지출처 – KT공식홈페이지 www.kt.com>

지금까지 무제한요금제를 활용할 수 있는 방법을 살펴보았다. 마지막으로 사례를 통해 점검해보도록 하자.

기가지니LTE, 데이터선택87.8 활용 실무사례

사례) 현재 SK를 이용하고 있는 고객이 방문하였다. 데이터는 무제한 이용하기를 원하여 이유를 물어보니 음악 감상을 좋아하고 외부에 있는 시간이 많아 휴대폰으로 TV, 동영상 시청을 많이 한다고 한다. 휴대폰 사용시간이 많고 활용을 많이 하기 때문에 단말기는 노트8 등 프리미엄 단말기를 원하고 있다.

대응) 우선적으로 번호이동 판매를 하여야 마진을 높일 수 있으므로 KT이동을 권해보자. (프리미엄 모델 고가요금제의 경우 SK기기변경 리베이트가 번호이동에 근접하게 나오는 경우도 있으니 잘 확인하여 통신사 이동이 여의치 않을 경우 무리하게 이동을 권하기보다 기기변경으로 판매하는 쪽도 고려해보아야 한다.)

고객을 KT로 이동시키기 위해 KT의 장점을 어필하는 것이 중요하다. 고객이 음악 감상과 TV, 동영상 시청을 많이 한다고 했으므로 '미디어팩' 서비스를 권해보자. 지니팩을 통해 무제한 음악 감상을 하고 올레TV 모바일 데이리팩을 무료로 이용할 수 있기 때문에 전용데이터 2G와 함께 80여 개 실시간 채널을 감상할 수 있다는 것을 강조하자. 고객이 긍정적으로 받아들인다면 미디어팩이 포함되어 있는 데이터선택 87.8요금제를 안내해보자. 65,890원이면 이용할 수 있는 데이터무제한을 이용할 수 있는데 87.890원으로 요금이 갑자기 올라간다면 고객이 거부감을 느낄 수도 있다. 미디어팩 9,900원과 보험 4.500원에 25% 요금할인 선택 시 5,500원의 할인을 더 받을 수 있다는 점을 안내하면 실질적인 요금차이가 거의 없다는 것을 이해할 수 있다. 뿐만 아니라 기본데이터제공량이 10GB에서 20GB로 늘어나기 때문에 데이터무제한을 더욱 효과적으로 이용할 수 있게 된다. 그래도 고객이 요금이 비싸다고 생각한다면 멤버십VIP를 강조해보자. 매월 영화 1편을 무료로 볼 수 있다면 데이터선택 65.8을 이용할 때보다 매월 약 1만 원가량을 절약할 수 있다는 것, 결국 데이터선택 65.8을 이용하는 것보다 고객은 결과적으로 더 저렴하게 데이터무제한을 이용할 수 있게 되는 것이다.

여기서 끝낼 것이 아니라 기가지니LTE를 함께 권해보도록 하자. 음악 감상을 좋아하는 고객에게 블루투스 스피커는 매우 매력적인 아이템이다. 지니팩을 활용하여 음악 감상을 더욱 자유롭게 할 수 있으며, 기가지니LTE는 라우터로도 활용 가능하니 활용도 또한 매우 높다. 그렇다면 요금이 또 부담되지 않을까하는 걱정을 고객입장에서는 할 수밖에 없다. 하지만 데이터선택 87.8 이용 시 기가지니LTE 요금(데이터투게더 LARGE)을 무료로 이용이 가능하고 2년 약정 시 10만 원 미만, 월 4천 원대로 기가지니LTE를 이용할 수 있게 된다. 기가지니LTE의 경우 번들판매 시 추가 리베이트도 지급받을 수 있으므로 동시판매를 통한 마진을 높이거나 기가지니LTE 리베이트로 단말기대금을 지원하여 서비스 개념으로 기가지니LTE를 제공하는 방법도 있다.

	데이터 65.8	데이터선택 87.8
기본료	65,890	87,890
단말보험	4,500	0
미디어팩	9,900	0
스마트기기요금(데이터라지)	11,000	0
25% 요금할인	-16,500	-22,000
합계	74,790	65,890
추가혜택		멤버쉽VIP
		기본데이터 10GB추가

또한 KT에서는 아직까지 미디어팩, 단말보험 유치가 사실상 필수인데(미유치 시 차감 또는 유치 시 추가 리베이트 지급) 데이터선택 87.8요금제 선택 시 이런 부가서비스 유치문제도 자연스럽게 해결되므로 최선의 선택이 아닐 수 없다. 여기에 프리미엄 가족결합까지 활용한 다면 더욱 저렴하게 이용할 수 있으나 이는 결합편에서 다시 살펴보기로 한다.

6. KT 판매스킬 여섯 번째
'유무선결합' 이보다 더 쉬울 순 없다 - 총액결합할인

KT의 유무선결합 상품의 대표 상품은 총액결합할인이다.

타사의 결합상품과는 좀 다르게 가족구성원의 총요금합계가 얼마인 지를 가지고 할인해 주는 방식으로 구성원수가 적은데 요금은 높게 쓰 는 경우에 타사 결합상품보다 유리하게 된다.

또한 계산방식도 요금제 합계가 얼마인지만 보면 되기 때문에 비교적 단순하게 고객에게 인지시킬 수 있다.

		22,000이상	64,900이상	108,900이상	141,900이상	174,900이상
기가인터넷 500M 1G	인터넷할인액	-5,500				
	모바일할인액	0	-5,500	-16,610	-22,110	-27,610
	총 할인액	-5,500	-11,000	-22,110	-27,610	-33,110
100M	인터넷할인액	-3,300	-5,500			
	모바일할인액	0	-3,300	-14,300	-18,700	-23,100
	총할인액	-3,300	-8,800	-19,800	-24,200	-28,600

　예를 들어 500M기가인터넷을 사용 중인 3인 가족이 모두 32,890원 요금제를 사용하고 있다면 가족요금총액은 32,890*3 = 98,670원으로 64,900원 이상 구간에 해당하므로 인터넷 할인 5,500원과 모바일 할인 11,000원을 받을 수 있게 된다.

　다만 100M인터넷을 사용 중일 때와 기가인터넷(500M, 1G)을 사용할 때의 할인금액이 다르기 때문에 고객이 KT인터넷을 사용 중이라 하더라도 인터넷상품을 반드시 확인하여야 한다.

총액결합할인 실무사례

사례) SK를 사용 중인 고객이 방문하였다. 상담을 해보니 현재 KT 500M인터넷을 사용 중이고 가족 2명이 이미 KT를 사용 중이고(데이터선택 43.8, 안심데이터 38.5) 총액결합할인으로 결합이 되어있다고 한다. 방문한 고객은 SK의 데이터퍼펙트를 사용 중이고 요금제는 그대로 유지하겠다고 한다.

대응) 당연히 가족2명이 KT유무선 결합이 되어있기 때문에 KT이동을 권하는 것이 맞다. SK의 데이터퍼펙트 요금제는 월정액 65,890원에 데이터무제한 요금제이기 때문에 KT의 데이터선택65.8 요금제로 번호이동을 권하면 된다. 기존 결합에 회선을 추가해서 할인을 받을 수 있기 때문에 총액결합할인 3회선으로 등록하여 할인금액을 계산해주면 된다.

가족 요금제 합계는 43,890+38,500+65,890 = 148,280원으로 141,900원 이상 구간에 해당하므로 인터넷 5,500원에 모바일 22,110원으로 총 27,610원을 할인받게 되는데 이는 2인 결합일 때 43,890+38,500 = 82,390원으로 64,900원 이상 구간의 총 11,000원 할인을 받고 있었기 때문에 마지막 고객이 들어옴으로 인해서 11,110원의 할인이 늘어나게 되는 셈이다. SK에서 기기변경을 하거나 LG로 이동을 해서 더 큰 혜택을 보려면 11,110원 이상의 할인혜택을 받아야 하는데 그럴 수 없으므로 KT이동을 할 수밖에 없게 된다.

7. KT판매스킬 일곱 번째
무제한 요금제 반값이용 '프리미엄 가족결합'

총액결합할인을 받는 방법은 크게 세 가지이다.

기여도 할인	모바일 월정액 비중에 따라 나누어 할인
지정회선 할인	지정한 가족구성원에게 몰아서 할인
프리미엄 가족결합	LTE 데이터 무제한은 월정액 25% 할인 나머지는 모바일 월정액 비중에 따라 나누어 할인

간단히 말해서 나누어서 할인받을 수도 있고 한 명이 몰아서 받을 수도 있으므로 현장에서 필요에 따라 응대하면 되겠다.

그렇다면 '프리미엄 가족결합'은 무엇일까? 이제부터 한번 살펴보도록 하자.

KT결합상품 중 꼭 기억하고 가야할 상품이 바로 '프리미엄 가족결합'이다. 이 상품은 가족 구성원 중 무제한(데이터선택 65.8 이상) 요금제를 사용하는 가족구성원이 2명 이상일 경우 적용할 수 있는 상품으로 65.8 이상 요금제를 사용하는 가족구성원이 많을수록 유리한 상품이다.

프리미엄 가족결합은 베이스회선과 2~5번째 회선으로 구분되는데 가족 중 한 명이 65.8 이상 요금제를 사용하는 경우 이 회선을 베이스로 두고 그 이후부터 65.8요금제 이상을 사용하는 고객에게 25% 결합할인을 제공하는 결합방식이다(베이스회선 제외 최대 4회선까지 할인가능). 만약 이 프리미엄 가족결합을 받는 고객이 25% 선택약정 할인에 가입이 되어 있다면 프리미엄 가족결합으로 25%, 선택약정할인 25%의 총 50% 할인을 받을 수 있어 65,890원 요금제를 반값인 33,000원에 이용할 수 있게 된다. 그렇다면 베이스회선인 고객은 할인을 받지 못하고 추가 구성원만 할인을 받는 것일까? 그렇지 않다. 베이스회선인 고객도 프리미엄 가족결합을 받는 고객을 제외한 총액으로 총액결합할인에 따라 할인을 받을 수 있다.

표를 통하여 보도록 하자.

회선구분	베이스회선	추가회선			
요금계	65.8	68-5.8	65.8	65.8	65.8
월정액	65,890	65,890			
결합할인	-5,500	-16,500			
선택약정할인	-16,500	-16,500			
할인합계	-22,000	-33,000			
실부담금	43,890	32,890			

기가인터넷을 사용 중인 KT 5인 가족이 모두 무제한 요금제를 사용 중이라면, 베이스회선을 제외한 4명의 가족구성원은 데이터선택 65.8 요금제를 반값인 32,890원에 이용할 수 있게 되고 베이스회선은 총액결합할인의 64,900원 이상구간에 해당하게 되므로 인터넷 5,500원과 모바일 5,500원의 할인을 받을 수 있게 된다. 이 할인금액을 합산하면 총 77,000원이고 가족구성원이 더 높은 요금제를 이용한다면 받을 수 있는 할인금액 또한

더 높아지게 되므로 SK, LG의 어떤 가족결합보다도 높은 금액을 할인받을 수 있는 결합상품이다.

프리미엄 가족결합 실무사례

사례) LG유플러스를 사용 중인 고객이 방문하였다. 현재 KT 기가인터넷을 사용 중이고 가족 3명(데이터선택 65.8, 43.8, 38.3)이 KT로 총액결합이 되어있어서 본인도 KT로 이동을 하면 어떨까하고 문의를 하였다. 이동하시는 고객님은 데이터스페셜A의 65,890원 요금제를 이용 중이라고 한다.

대응) 대현재 이 고객의 가족이 할인받고 있는 금액을 먼저 살펴보도록 하자.
65,890+43,890+38,390 = 148,170원으로 141,900원 이상 구간에 해당하므로 인터넷 5,500원과 모바일합계 22,110원으로 총 27,610원의 할인을 받고 있다.
여기서 이 고객이 KT로 이동하여 총액결합할인으로 묶으면 기존 148,170원+65,890원으로 할인최대구간인 174,900원 이상 구간에 해당하여 인터넷 5,500원과 모바일합계 27,610원의 합계인 33,110원의 할인을 받게 된다.
즉, 1명의 고객이 추가됨으로 총 5,500원의 할인이 늘어나게 되는 셈이다.
그렇기 때문에 총액결합할인에 구성원을 추가하는 것이 아니라 프리미엄 가족결합으로 묶어야 한다. 기존 총액결합할인을 받는 구성원 중 한 명이 65.8요금제를 이용 중이므로 베이스로 두고 새로 KT로 들어오는 고객을 프리미엄 가족결합으로 묶게 되면 기존 할인은 그대로 유지하면서 새로 들어오게 되는 고객은 16,500원 할인을 받을 수 있게 되므로 총액결합에 회선을 추가했을 때보다 11,000원의 할인을 더 받을 수 있게 된다.

8. KT판매스킬 여덟 번째
인터넷이 없다면? '우리가족 무선결합'

KT에서 마지막으로 살펴볼 상품은 가족이 인터넷 없이 모바일만 2회선 이상 사용할 경우에 결합혜택을 받을 수 있는 '우리가족 무선결합'이다. 개인적인 사정으로 인터넷을 사용하고 있지 않거나 혹은 어쩔 수 없이 타사 인터넷을 이용하고 있는 고객이 모바일은 KT를 이용하는 경우에 활용하면 된다. 인터넷을 쓰고 있지 않아도 결합혜택을 받을 수 있다는 점은 SK에 비해서 굉장히 유리한 상품이 아닐 수 없다. 결합 대상 고객이 순액 29,700원 이상 고객은 3,300원, 순액 54,890원 이상 고객은 5,500원의 할인을 받을 수 있으므로 할인 금액 또한 적지 않다는 것을 알 수 있다.

순액요금	-29,700원 미만	29,700원 이상	54,890원 이상	73,700원 이상	84,700원 이상
순액요금외	-37,400원 미만	37,400원	73,700원 이상	95,700원 이상	106,700원 이상
할인액	-1,100원	-3,300	-5,500원	-7,700원	-11,000원

우리가족 무선결합 실무사례

사례) SK를 사용 중인 고객이 노트8로 기기변경을 하기 위해 방문하였다. SK를 계속 사용하고자 하는 이유를 물으니 통신사를 변경하는 것이 귀찮다고 그냥 SK를 쓰겠다고 한다. 배우자와 2인 가족인데 집에 있는 시간이 많지 않고 어차피 둘 다 무제한 요금제를 사용 중이라 집에 인터넷은 사용하고 있지 않다고 한다. 다만 배우자는 현재 KT를 쓰고 있다고 한다.

대응) SK와 KT를 이용할 경우의 노트8 월 청구요금을 확인해주도록 하자.

인터넷을 이용하고 있지 않으므로 유무선결합상품 혜택을 받을 수 없으나 배우자가 KT를 이용하고 있으므로 '우리가족 무선결합'으로 할인혜택을 받을 수 있다는 점을 안내하도록 하자.

고객과 배우자 모두 65,890원 요금제를 이용 중이므로 KT로 이동하여 우리가족 무선결합으로 결합 시 두 명 모두 각각 5,500원의 할인을 받을 수 있게 된다.

	SK	KT
출고가	1,094,500	
24개월 월할부금 (이자포함)	48,460	48,460
월정액	65,890	65,890
25% 선택약정 할인	16,500	16,500
결합할인	0	5,500
월 청구예상 금액	97,850	92,350

노트8의 경우 현재 공시지원금으로 개통하는 것보다 선택약정할인을 받는 쪽이 유리하므로 위 표와 같은 금액이 나오게 된다. 고객이 KT이동 시 배우자와 우리가족 무선결합으로 결합이 가능하고 본인의 할인금액 월 5,500원씩 24개월간 총 132,000원에 배우자 또한 5,500원씩 24개월간 총 132,000원을 받을 수 있게 되므로 SK에서 기기변경을 할 때보다 총 264,000원의 구입금액의 차이가 나게 된다는 점을 설명하도록 하자

9. KT판매스킬 아홉 번째
신규요금제의 활용

통신사의 요금제나 상품 등은 시장상황에 맞춰 수시로 변화한다. 기존 통신 3사의 기본요금제 즉 32,890원대의 요금제가 데이터를 300M만 제공하고 있어 소비자의 불만을 많이 야기시켰다. 사실 300M의 데이터는 너무나 부족하기 때문에 앞서 설명한 '안심데이터 38.5' 요금제나 '데이터 밀당', 혹은 '데이터안심옵션' 등을 활용할 수밖에 없어 실제로는 더 높은 요금제를 사용하거나 부가 옵션을 추가해서 더 많은 비용을 내야만 했다. 그래서 SK에서 제일 먼저 2018년 7월 'T플랜' 요금제를 출시하게 되었다. 데이터 구간을 간소화하고 기존보다 높은 데이터를 제공함으로써 고객의 통신비 부담을 낮추겠다는 취지이다,

먼저 'T플랜' 요금제의 경우 스몰/미디엄/라지/패밀리/인피니티의 구간으로 나누어지는데 이에 맞춰 KT에서도 '데이터ON' 요금제를 출시하게 되었다.

비교요금제는 [ON톡 = T플랜 미디엄] / [ON비디오 = T플랜 라지] / [ON프리미엄 = T플랜패밀리 OR 인피니티]이다.

다음 표를 통하여 그 내용을 상세히 알아보도록 하자.

	ON 톡	ON비디오	ON프리미엄
통화, 문자	무제한		
영상 / 부가음성	300GB	100GB	완전무제한
기본데이터 소진시	최대 1Mbps 속도제어	최대 3Mbps 속도제어	
부가옵션	올레TV모바일		
		멤버쉽VIP	
			단말보험
			지니팩
			TV 포인트 (11,000원)
			스마트기기 요금 1회선 무료
월정액(VAT 포함)	49,000	69,000	8,9000

일단 기존 요금제에 비해 달라진 점은 기본데이터를 소진 시 속도제어로 데이터를 무제한 쓸 수 있다는 점이다. 보통 안심옵션이 최대 400bps 속도로 제한인 점을 감안하면 무제한데이터의 속도가 2배 이상 최대 8배까지 빨라져 최소한의 데이터사용에 있어 훨씬 쾌적한 환경으로 이용할 수 있게 되었다.

또한 부가음성의 경우도 기존요금제는 최대가 200분이었지만 신규요금제의 경우 최대 300분을 제공하기 때문에 영상/부가통화가 많은 고객이라면 신규요금제가 더 유리할 수 있다.

신규요금제의 경우 기존요금제와 선택적으로 유치할 수 있기 때문에 고객의 데이터 사용패턴에 맞춰 유리한 쪽으로 상담해 나가면 되겠다.

SK와 비교했을 때 'ON톡', 'ON비디오'의 경우는 거의 차이가 없으나 'ON프리미엄'의 경우는 'T플랜 라지'보다 10,000원 비싸고 'T플랜인피니티'보다는 10,000원 저렴하나 혜택은 'T플랜 인피니티'와 거의 동일하므로 SK에서 'T플랜 라지' 이상 요금제를 이용하는 고객이라면 훨씬 쉽게 상담을 풀어나갈 수 있을 것이다.

신규요금제 활용 실무사례

사례) SK를 사용 중인 고객이 방문하였다. 사용패턴을 확인해보니 최근 출시된 'T플랜인피니티' 요금제로 변경해서 사용 중인데 할부나 약정은 모두 종료된 상태이다. 별도 결합은 없으나 고객은 SK로 이용을 선호하고 있다. 공시지원금은 동일하다고 가정하여 선택약정으로 상담하는 경우로 한다.

대응) 고객에게 KT이동을 권해보자! SK로 'T플랜 인피니티' 요금제를 유지해서 노트9을 사용한다면 월정액 100,000원으로 선택약정 시 월 25,000원의 할인을 받을 수 있으나 기본료 자체가 높기 때문에 단말할부를 포함한 최종금액 123,460원으로 높아지게 된다. 하지만 KT이동 시 'ON프리미엄' 요금제를 이용하게 되면 SK와 동일한 혜택을 월 89,000원으로 이용할 수 있어 선택약정 시 할인은 22,250원으로 SK보다 작으나 기본료 자체가 SK에 비해 월 11,000원이 저렴하므로 최종적인 금액은 115,210원으로 SK보다 월 8,250원 저렴하게 이용할 수 있으며 24개월 이용 시 총 198,000원의 혜택을 더 받을 수 있게 된다.

노트9 구매 시 월 청구 예상금액		
출고가	1,094,500	
할부개월수	24개월	
월청구할부금	48,400	
요금제	T플랜 인피니티	ON 프리미엄
월정액	100,000	89,000

선택약정할인	25,000	22,250
청구예정금액	123,400	115,210

이번에는 기본요금제라고 할 수 있는 SK의 'T플랜 스몰' 요금제와 비교되는 요금제를 살펴보도록 하자. KT에서는 'T플랜 스몰' 요금제에 대응하기 위하여 'LTE 베이직' 요금제를 출시하였다. 이는 U+의 'LTE 데이터33' 요금제와도 동급요금제로 볼 수 있다. 저가요금제이니만큼 3사의 요금제의 차이는 미비하나 번호이동 시 타사에서 동급 요금제를 이용하는 경우 즉각 응대할 수 있는 요금제가 준비되어 있기 때문에 반드시 내용을 숙지하도록 하자.

	SK	KT	LG U+
요금제명	T플랜 스몰	LTE 베이직	LTE데이터3.3
월정액(VAT포함)	33,000원		
통화 / 문자	무제한		
영상 / 부가음성	100분	50분	50분
기본데이터	1.2GB	1GB	1.3GB
월정액(VAT 포함)	49,000	69,000	8,9000

마지막으로 청소년요금제 중 새로 출시된 요금제인 'Y틴 ON' 요금제에 대하여 살펴보도록 하자.

'Y틴 ON' 요금제는 월정액 33,000원으로 통화, 문자는 무제한 이용하면서 기본데이터 2G에 기본데이터 소진 시 최대 400Kbps 속도로 데이터를 무제한 이용할 수 있는 요금제이다. 만 18세 이하인 경우 가입가능하며, 만 20세 생일이 되는 익월 1일에 기본요금제로 자동변경 된다.

앞서 살펴보았던 청소년 대표요금제인 'Y틴 32' 요금제의 경우 판매자나 소비자 모두에게 다소 복잡하고 이해하기 힘든 요금제일 수 있다는 점을 감안하면 이 'Y틴ON' 요금제는 단순하고 간단하며 타사 요금제와 비교하기 쉽도록 새로 출시된 요금제로 이해하면 될 것 같다.

이는 SK가 KT의 Y24요금제를 견제하기 위하여 새로 '0플랜' 요금제를 출시함에 따라 KT에서 대응하여 출시한 요금제로 SK의 '0플랜 스몰', LG U+의 '추가 걱정 없는 데이터 청소년 33' 요금제와 동일 요금제로 보면 된다. 현재 청소년요금제는 앞서 살펴본 'LTE 베이직 3w3'과 마찬가지로 3사 요금제의 내용이 사실상 거의 동일하므로 반드시 숙지해야 하는 요금제 중 하나이다.

	SK	KT	LG U+
요금제명	0플랜 스몰	Y틴 ON	추격데 청소년 3.3
월정액(VAT포함)	33,000원		
통화 / 문자	무제한		
영상 / 부가음성	100분	50분	110분
기본데이터	2GB(소진시 최대 400Kbps 무제한)		

3

LG유플러스 판매스킬

1. 최강 멤버십! 65.8 요금제 한 달만 유지해도 VIP 매달 영화 1편씩 무료혜택

　무제한요금제를 사용하는 고객이라면 가장 유리한 멤버십은 당연히 유플러스이다. SK나 KT의 경우 VIP등급이 되려면 65.8이상 요금제를 1년 이상 사용하거나 65.8보다 높은 요금제를 1달 이상 사용하는 경우에 VIP등급을 부여받게 되지만 LG유플러스는 65.8요금제를 익월말까지만 유지한다 해도 그다음 달에 바로 VIP등급을 부여받을 수 있으므로 VIP 멤버십 혜택을 가장 쉽게 얻을 수 있다

　이렇게 VIP멤버십 등급을 부여받고 나면 '나만의 콕'이라는 옵션을 선택할 수 있게 되는데 쇼핑, 푸드, 영화, 교통의 네 가지 중 한 가지를 선택하여 특정 멤버십 혜택을 누릴 수 있게 된다.

	G마켓	U+패밀리샵	교보문고(오프라인)	핫트랙스(오프라인)
쇼핑콕	4천원 할인	4천원 무료	10%할인 (일 최대 1만원)	10%할인 (일 최대 1만원)

	엔젤리너스	스타벅스	파파이스
푸드콕	아메리카노 무료 (Small)	아메리카노 무료 (Short)	버거세트 무료 (3종 중 택1)

영화 콕	CGV	롯데시네마	메가박스
	영화 무료 예매(월 1회)		
교통 콕	티머니		
	4천원 무료충전		

이 네 가지 혜택 중 본인의 생활패턴에 맞는 1가지를 선택하여 특정혜택을 누릴 수 있는데 일반적으로는 영화 혜택을 권하도록 하자. 다른 혜택을 선택 시 금전적인 가치로 볼 때 약 4~5천 원의 혜택을 받는 셈이지만 영화혜택을 선택한다면 월 1만 원에 상응하는 혜택을 누릴 수 있기 때문에 필자는 영화혜택이 가장 유리하다고 판단한다. 또한 영화 관람은 일반적으로 한 달에 한 번 정도는 하기 때문에 혜택을 누리기도 가장 쉽다. 불과 얼마 전까지만 해도 월 2회 영화 관람이 무료여서 정말 최강 멤버십이었으나 월 1회로 축소되어서 무척 아쉬운 부분이기는 하지만 월 1회라고 해도 혜택은 여전히 최강이다. (SK는 연 6회밖에 되지 않고, KT는 월 1회로 동일하나 VIP멤버십 획득이 엘지유플러스가 가장 쉽다.)

멤버십 VIP 실무사례

사례) SK를 사용 중인 고객이 방문하였다. 고객은 갤럭시 S9를 구입하고자 하는데 통신사는 관계없이 보다 구입금액이 유리한쪽으로 하고 싶어 한다. 사용 중인 요금제를 확인하니 T끼리35요금제를 사용 중이었는데 앞으로는 SK데이터퍼펙트(65,890원) 요금제를 사용할 예정이라고 한다.

대응) 갤럭시S9의 경우 SK에서 기기변경을 하더라도 다른 모델에 비해서 리베이트가 적은 편은 아니지만 그래도 통신사 이동을 하는 경우가 판매마진을 좀 더 가져갈 수 있으므로 우선 통신사 이동을 권해보자! 통신사와 관계없이 3사 모두 25% 선택약정을 택하는 쪽이 유리하므로 월 청구금액에서는 3사 모두 차이가 없게 되지만 LG로 이동시에는 한 달만 요금제를 유지해도 바로 VIP등급을 부여받는다는 점을 강조하도록 하자. 영화혜택을 선택 시 월 1회의 무료영화 혜택이 있으므로 SK에서 기기변경을 할 때보다 약 1만 원가량을 절약하는 셈이 된다. 월 1만 원*24개월 시 약 24만 원의 혜택을 받게 되는 셈이므로 LG유플러스로 통신사를 이동하는 편이 결과적으로는 유리한 셈이 된다. 고객이 망설이는 모습이 보인다면 약 5만 원 상당의 고가사은품으로 판매를 유도해보자. 그 정도 사은품을 지급하더라고 SK 기기변경보다는 판매마진이 높을 것이다. 간혹 5만 원가량을 단말기 대금에서 지원하는 게 어떠냐고 묻는 판매자들도 있으나 5만 원을 24개월 할부로 나누면 월요금이 약 2,000원 정도밖에 줄지 않게 되어 고객체감이 그다지 크지 않다고 느끼는 경우가 많으니 지원 금액이 10만 원 미만이라면 프리할부를 진행하기보다는 고가사은품을 지급하는 방향으로 상담을 하도록 하자.

2. 속도 용량 걱정 없는 데이터 요금제

일반적으로 통신 3사의 데이터무제한 요금제라고 하면 월 65,890원짜리 요금제를 생각하기 마련이다.

SK			KT		
요금제명	월정액	기본데이터	요금제명	월정액	기본데이터
데이터퍼펙트	65,890	11G	데이터선택 65,3	65,890	10G
데어터퍼펙트S	75,900	16G	데이터선택 76.8	76,890	15G
T시그니처CLASSIC	88,000	20G	데이터선택 87.8	87,890	20G
T시그니처 MASTER	110,000	35G	데이터선택 109	109,890	30G

하지만 위 표에서 보는 바와 같이 65,890원이 넘는 무제한요금제도 있다. 상위 요금제로 갈수록 기본제공데이터량의 차이가 있음을 알 수 있다. 기본데이터를 모두 소진하고 나면 일 2G까지만 정상속도로 데이터를 이용할 수 있고 2G 이후에는 속도가 제한되는 형태로 이루어져 있다.

무제한 요금제라고 하지만 기본데이터 소진 후 일 2G를 넘게 사용 시에 속도가 느려지기 때문에 사실상 무제한이라고 보기는 어려운 것이다.

여기서 의문점이 드는 것은 기본 데이터 제공량이라는 것은 왜 정해 놓은 것일까?

이는 데이터 공유를 제한하기 위해서이다. 예를 들어 SK의 '데이터 선물하기'의 경우 같은 SK이용자에 한해 회당 100M~최대 1GB까지 선택하여 월 2회/최대 2G까지 선물이 가능하다. 다만 선물하기 후 남은 데이터 용량이 500M 이상이어야 하며 선물하는 사람의 기본데이터제공량의 최대 50% 이내에서만 선물이 가능하다(가족결합의 경우 월 4회/최대 4G, T가족결합(착한가족)은 횟수제한 없음).

즉 65,890원 요금제를 사용하는 SK고객이 가족결합이 없다면 최대 2G까지만 선물이 가능하고 T가족결합이 되어있는 경우라 하더라도 최대 5.5G까지만 선물이 가능한 것이다.

여기서 또 주의해야 할 점은, 선물하기 후 남은 데이터 용량이 500M 이상이어야 한다는 것과 현재 남은 데이터의 50% 이상은 선물할 수 없다는 것이다.

SK 데이터 선물하기 - 실무사례

사례) SK의 데이터 퍼펙트를 이용하는 고객이 현재 잔여기본데이터량이 1.8G이고 이달에 선물하기를 이용하지 않았다. 이 고객은 데이터를 최대 얼마까지 선물할 수 있을까를 문의하였다.

대응) 데이터 선물하기는 최대 1G씩 2번까지 선물할 수 있으나 잔여데이터량의 50% 한도 내에서 선물이 가능하고 선물 후 남은 데이터량이 500M 이상이어야 한다. 그러므로 이 고객은 첫 번째 선물하기 때 1.8G의 50%인 900M까지 선물이 가능하고, 이후 남은 데이터량은 900M가 된다. 2번까지 선물하기를 할 수 있으므로 한 번 더 데이터 선물하기가 가능한데 남은데이터 900M의 50%인 450M까지 선물이 가능하나 450M를 선물하고 나면 남은 데이터량이 450M가 되므로 500M에 미치지 못한다. 그러므로 두 번째 선물하기 때에는 400M까지만 선물이 가능하고 남은 데이터는 500M가 된다.

이렇듯 데이터 선물하기에 제한이 있기 때문에 SK의 T시그니처MASTER 요금제를 이용하는 고객이 T가족결합이 되어있다 하더라도 최대 선물 가능한 데이터는 35G의 50%인 17.5G까지만 선물이 가능하다.

> **TIP**
> · 가족 간 데이터를 주기적으로 선물하는 경우에는 되도록 월초에 선물하도록 하자. 날짜가 지날수록 기본데이터가 계속해서 소진되기 때문에 무제한 요금제를 이용하고 있다 하더라도 선물할 수 있는 데이터의 양은 점차 줄어들게 되므로 본인이 예상하는 만큼의 데이터를 선물할 수 없는 경우가 생길 수 있다.

또한 기본데이터의 영향을 받게 되는 것이 또 있다. 바로 데이터 공유이다.

SK의 경우 '데이터 함께 쓰기' 또는 탭번들의 모회선데이터 공유의 경우, 기본 제공되는 데이터 내에서만 공유가 가능하다.

실무에서 판매마진을 높이기 위해 탭을 번들로 판매하는 경우가 많다. 특정모델과 함께 탭을 판매 시에 대리점에서 추가 리베이트를 지급하기 때문에, 탭의 공시지원금에 번들리베이트를 지원하여 판매하면 탭을 0원에 제공할 수 있기 때문에 많은 매장들이 '휴대폰 개통 시 갤럭시 탭 무료!'라는 문구를 걸어놓고 소비자에게 광고를 하고 있는 모습을 심심찮게 볼 수 있다.

먼저 SK의 탭 요금제를 살펴보자.

	월정액	통화	믄지	데이터
TAP 9	9,900			500M
TAP 13	19,800	기본제공 없음	기본제공 없음	1G
TAP 24	26,400			2G
TAP 30	33,000			3G

일반적으로 가장 많이 사용하는 요금제는 'TAP 9' 요금제이다. 탭 사용자의 경우 탭만 단독으로 사용하기보다는 기존 스마트폰을 가지고 있고 세컨디바이스로 탭을 이용하는 경우가 대부분이므로 기존 스마트폰의 데이터를 공유하여 사용하면 되기 때문에 굳이 탭을 높은 요금제로 사용할 필요가 없는 것이다. 그렇지만 여기에는 함정이 있다. 바로 모회선 데이터공유의 경우는 모회선의 기본데이터 제공량 내에서만 공유가 가능하다는 것이다. 즉 모회선의 기본제공 데이터를 모두 소진 후 일2G+ 속도제어로 사용하는 시점부터는 자회선(탭)의 데이터 사용 시 모회선 데이터가 공유되지 않고 자회선 단독으로 데이터를 사용하게 되므로 추가 요금이 발생한다는 것이다.

일부 판매자들이 이를 모르고 모회선이 무제한이므로 탭도 모회선 데이터를 공유하면 무제한 사용이 가능하다고 안내하는 판매자를 많이 봐왔다. 허나 이렇게 판매했다가는 큰 낭패를 볼 수 있기 때문에 유의하여야 한다. 즉 SK의 데이터퍼펙트 65,890원의 요금제를 이용 시 탭을 공유하여 사용한다면 최대 11G까지만 탭에서 데이터를 공유해서 사용할 수 있는 것이고 모회선 자체에서도 데이터를 지속적으로 소진하기 때문에 생각보다 훨씬 빠른 시간 안에 공유할 수 있는 데이터가 소진될 수 있는 것이다.

> **TIP**
> · SK에서 탭을 모회선 데이터 공유로 이용한다면 모회선의 기본 데이터 소진 시 탭에서 더 이상 데이터가 사용되지 않도록 안심차단 서비스를 무료로 이용할 수 있으니 탭번들 개통 시 반드시 등록하도록 하자.

기본데이터제공량의 개념을 이해하기 위하여 서론이 길었는데 이제부터 LG유플러스의 '속도 용량 걱정 없는 데이터 요금제'의 내용을 살펴보자.

'속도 용량 걱정 없는 데이터' 요금제 상세내용
1) 속도제한 없이 데이터 무제한 이용
2) 데이터 주고받기/쉐어링/테더링용 데이터 40G 한도 내 이용
3) 태블릿/스마트기기 최대 2회선 무료
4) 프리미엄 콘텐츠 2가지 선택 무료
5) 멤버십VVIP 제공
6) 25% 요금할인 선택 시 22,000원 할인

월정액 88,000원의 '속도 용량 걱정 없는 데이터 요금제'는 일단 기본데이터 소진 후 일 2G+속도제한의 기존 데이터무제한 요금제와는 다르게 사실상 기본제공량이 없는 정말 무제한요금제라고 생각하면 된다. 동영상, 고화질 영화감상 등으로 데이터 사용량이 높은 고객의 경우 통상 65,890원 요금제의 데이터 10~11G는 2-3일이면 소진되는 데이터량이다. 여기에 혹여나 데이터 주고받기 등으로 일부데이터를 차감하게 되면 훨씬 더 짧은 시간 안에 기본데이터를 소진하고 일 2G제한에 걸리게 된다. 이후 2G마저 소진되면 사실상 동영상 시청이 불가한 속도로 제한되기 때문에 이 2G를 최대한 적게 사용하기 위하여 일부러 낮은 화질로 동영상을 시청한다거나, 불필요한 영상 등은 최대한 보지 않거나 하는 등의 다소 불편함을 겪어야 하는 고객들이 있었다. 하지만 이 속도 용량 걱정 없는 데이터 요금제라면 이런 걱정은 전혀 할 필요가 없다. 기본데이터가 모두 소진되었다거나 일일 속도제한에 걸린다거나, 데이터 사용량 때문에 일부러 화질을 낮춰서 동영상을 시청한다던지 하는 일은 할 필요가 없는 것이다.

다만 기본데이터 제공량에 제한을 받는 '데이터 주고받기', '데이터 쉐어링', '데이터 테더링'의 경우에는 별도로 40G의 한도를 제공하고 있어 기존 65,890원 요금제의 약 5배에 해당하는 데이터를 공유하여 사용할 수 있다. 데이터 주고받기의 경우 기존 1G/월 2회가 아닌 1G/4회로 횟수가 2배 증가하였고, 가족결합이 되어있다면 횟수제한 없이 40G 한도 내 무제한 데이터 주고받기가 가능하다

이를 활용한다면 가족 한 명만 이 요금제를 사용하고 다른 가족은 모두 데이터일반(월 32,890원) 요금제를 이용한다 하더라도 4인 가족 기준 최대 약 13G씩 데이터를 나눠 쓸 수 있게 되는 것이다.

속도 용량 걱정 없는 데이터 요금제 / 데이터 주고받기 활용

- 실무사례

사례) 5인 가족이 기가슬림(500M) 인터넷을 이용하고 있어 가족무한사랑(유무선결합)으로 결합이 되어있고 가족구성원의 요금제는 다음과 같다(가족 모두 25% 요금할인을 받고 있다).

[대표자 데이터스페셜A 1명, 데이터 3.6 2명, 데이터 2.3 1명, 데이터 1.3 1명]

이 가족구성원의 총 요금을 '속도 용량 걱정 없는 데이터요금제'를 활용하여 가족의 통신요금을 낮춰자.

대응) 기존 가족 구성원의 요금을 표로 나타내면 다음과 같다.

	요금제	월정액	요금할인	실납부 금액
대표자	데이터 스페셜A	65,890	16,473	49,417
가족1	데이터 3.6	51,590	12,893	38,692
가족2	데이터 3.6	51,590	12,893	38,692
가족3	데이터 2.3	48,090	11,523	34,567
가족4	데이터 1.3	39,490	9,873	29,617
합계				190,985

가족 결합을 통한 할인은 월정액 65,890원 이상 고객이 1명 이상이므로 5인 가족 기준 모바일 33,110원, 인터넷 11,000원의 총 44,110원의 요금할인을 받고 있다.

이 가족의 요금제를 다음과 같이 변경해보자.

	요금제	월정액	요금할인	실납부 금액
대표자	속도 용량걱정없는 데이터 요금제	88,000	22,000	66,000
가족1	데이터일반	32,890	8,223	24,667
가족2	데이터일반	32,890	8,223	24,667
가족3	데이터일반	32,890	8,223	24,667
가족4	데이터일반	32,890	8,223	24,667
합계				16,668

가족결합이 되어있기 때문에 대표자는 월 40G 한도 내에서 가족 간에 무제한 데이터 선물이 가능하다. 그러므로 가족 4명에게 각각 10G씩 데이터를 주게 된다면 가족구성원 모두가 10.3G의 데이터를 매월 이용하면서 요금은 24,667원씩만 내게 된다. 물론 대표자의 요금은 데이터스페셜A를 이용할 때보다 올라갔지만 가족구성원 모두의 요금이 내려가기 때문에 최종적으로 26,300원가량 요금을 절약하면서 데이터는 훨씬 넉넉하게 이용할 수 있게 된다. 또한 가족무한사랑(유무선결합)의 할인금액 또한 월정액 65,890원 이상 1명이 유지되기 때문에 할인금액의 변동이 없게 된다.

이 데이터 주고받기뿐만 아니라 데이터 쉐어링의 경우에도 최대 40G 한도 내에서 데이터를 공유할 수 있기 때문에 탭 번들판매 시에도 월 65,890원의 데이터스페셜A를 사용할 때보다 훨씬 넉넉하게 데이터를 공유하여 사용할 수 있게 된다. 또한 이 속도 용량 걱정 없는 데이터 요금제의 경우 태블릿/스마트기기 요금을 최대 2회선까지 무료로 제공하기 때문에 탭이나 스마트워치를 함께 이용한다면 요금을 더욱 절약할 수 있게 된다.

요금제	요금	요금제	요금
데이터스페셜A	65,890	속도 / 용량 데이터 요금제	88,000
25% 요금할인	-16,473	25% 요금제	-22,000
태블릿 / 스마트기기 500M + 나눠쓰기	11,000	태블릿 / 스마트기기 500M + 나눠쓰기	0
LTE Wearabie	11,000	LTE Wearabie	0
합계	71,417		66,000

쉐어링(요금제 데이터 나눠 쓰기)으로 결합된 본인 명의의 태블릿/스마트워치 요금뿐만 아니라 본인이 법정대리인으로 지정된 자녀의 키즈워치 월정액 요금도 해당되기 때문에 초등학생 자녀가 있는 고객이라면 더 많은 통신비를 절감할 수 있게 된다.

태블릿/스마트기기 요금제(나눠 쓰기) 및 스마트워치 무료 혜택은 쉐어링 결합 시 수혜 가능하므로 반드시 쉐어링 결합을 별도로 신청하도록 하자.

TIP

· SK의 데이터 공유의 경우는 모회선의 기본데이터 소진 후 자회선에서 추가 데이터 사용이 되어 별도 과금되므로 반드시 차단신청을 해야 하지만, 엘지유플러스는 모회선의 기본데이터 소진 후 자회선의 추가데이터 사용이 자동 차단되고 이용 시 별도 신청을 해야 가능하다.

	SK	LG
모회선 기본데이터 소진 시 자회선의 추가 데이터 사용	계속사용, 별도과금	자동 차단
	별도 신청 시 차단 가능	별도 신청 시 추가데이터 이용가능(과금)

'속도 용량 걱정 없는 데이터 요금제'는 다음의 프리미엄 콘텐츠 중 2가지를 선택하여 무료로 제공받을 수 있다(최대 18,700원 혜택).

1) U+비디오포털 (비디오포털(기본)+지식월정액)
2) U+영화월정액
3) 지니뮤직 마음껏 듣기(모바일)

	서비스명	월정액	서비스내용
1	비디오포털 기본	5,500	120여 개의 실시간 채널 및 11만 편의 TV 다시보기, 영화 및 해외시리즈, 키즈, 애니메이션 등을 무료로 시청 TV다시보기 무료 시청기간 - KBS, MBC, 종편(JTBC, TV조선,채널A, MBN) : 방송 3주 후~1년 이내 - CJ E&M(tVN, Mnet 등) : 방송 2개월 후~1년 이내
	지식월정액	5,500	2천여 편의 인문학 특강, 자격증, 다큐멘터리 콘텐츠 무제한 시청
2	U+ 영화월정액	7,700	U+영화월정액 메뉴에 있는 3만여 편의 영화 및 시리즈를 모바일과 PC에서 무제한 시청
3	지니뮤직 마음껏 듣기 (모바일)	7,700	뮤직 모바일 앱 음악 감상 + 음악 감상 데이터 무료

이 프리미엄 콘텐츠 혜택을 통해 진정한 데이터 무제한 요금제를 마음껏 누릴 수 있다.

또한 멤버십 등급이 VVIP(연간한도 120,000점)로 적용되어 VIP(연간한도 100,000점)보다 더 많은 멤버십 혜택을 적용받을 수 있게 된다.

속도 용량 걱정 없는 데이터 요금제 / 탭번들 판매

- 실무사례

사례) '휴대폰 구매 시 갤럭시탭 무료증정' 이라는 POP를 보고 고객이 방문하였다. 갤럭시 S9을 구입하고 싶어 하는 고객인데 현재 SK에서 월 65,890원의 무제한 요금제를 사용 중이다.

대응) 갤럭시탭 무료증정은 엘지유플러스로 이동시에 가능하다고 안내한 후 이동을 권하도록 하자.

모 단말기	번들 모델	모단말기 가입구분	총계	1. 가입수수료	2. 본사 번들 정책	3. 별도 정책
S9	T378 T385	010,MNP	297,000	22,000	165,000	110,000
		기변	242,000	22,000	110,000	110,000
노트8, S8	T378	010,MNP	297,000	22,000	165,000	110,000
		기변	209,000	22,000	77,000	110,000
노트8, S8	T385	010,MNP	297,000	22,000	165,000	110,000
		기변	165,000	22,000	33,000	110,000
노트8, S8, S9	R765	010,MNP	176,000	22,000	154,000	
		기변	99,000	22,000	77,000	
아이폰7, 아이폰8, 아이폰X V30, G6	P530	010,MNP	297,000	22,000	165,000	110,000
		기변	220,000	22,000	88,000	110,000
V30, G6 아이폰8, 아이폰X, H폰	CPN-L09	010,MNP	187,000	22,000	165,000	
		기변	110,000	22,000	88,000	

위 표는 2018년 3월17일 기준 번들단가표이다. 갤럭시S9을 번호이동으로 개통하면서 갤럭시탭A 2017 (T385)를 번들로 개통하면 총 297,000원의 수수료를 받을 수 있다.

① 구입모델	SM-T385L [스펙보기]	② 요금제	태블릿/스마트기기	⑦ 카드결합	미적용
현금 / 할부	할부	③ 할부개월	24개월	⑧ 가족할인	미적용
출고가	308,000 원	④ 약정개월	24개월	⑨ 복지할인	미적용
공시지원금	161,000 원 11/16 변경	⑤ 가입비	미적용	⑩ 단말기보험	미적용
추가지원금	0 원	⑥ USIM	미적용	⑪ 기존단말기	미적용
총 지원금	161,000 원	위약금(12개월)	106,845 원	⑫ 기타할인	0 원
현금가	147,000 원	위약금(18개월)	52,984 원		

갤럭시탭A 2017을 '태블릿/스마트기기 500M+데이터 나눠 쓰기' 요금제로 가입 시 공시 지원금을 제외한 차액이 147,000원이므로 총수수료 297,000원에서 147,000원을 모두 지원하더라도 150,000의 수수료를 받을 수 있게 되어 갤럭시S9만 단독으로 판매할 때보다 더 많은 마진을 남길 수 있게 된다.

이와 함께 '속도 용량 걱정 없는 데이터 요금제'를 권하도록 하자. 월정액 88,000원이지만 25% 요금할인 시 22,000원을 할인받아 66,000원에 사용할 수 있으며, 탭요금 11,000원 도 면제된다는 점을 안내하도록 한다.

요금제	요금	요금제	요금
데이터스페셜A	65,890	속도 / 용량 데이터 요금제	88,000
25% 요금할인	-16,473	25% 요금제	-22,000
태블릿 / 스마트기기 500M + 나눠쓰기	11,000	태블릿 / 스마트기기 500M + 나눠쓰기	0
합계	60,417		66,000

또한 이 요금제를 이용할 경우 프리미엄 콘텐츠 2가지를 선택하여 무료 이용이 가능하여 실시간tv, 무료영화, 무제한음악 감상 등을 통해 월 최대 18,700원의 혜택이 받을 수 있고, 일 속도제한 없는 완전 무제한 요금제임을 강조한다면 충분히 판매에 성공할 수 있을 것이다.

3. U+인터넷을 사용 중이라면?
가족무한사랑 (유무선결합)

이번에는 인터넷 결합 상품을 통한 통신비 절감을 알아볼 차례이다.

엘지 유플러스에서 새롭게 선보인 결합상품은 '가족무한사랑(유무선결합)'이다.

기존의 한방YO, 한방홈과는 다르게 가족 구성원의 수가 몇 명인지만 따져서 할인을 제공하는 상품으로 고가요금제를 많이 사용하여야 유리한 KT의 '총액결합할인'과 크게 비교되는 결합 상품이다.

가족무한사랑(유무선결합)의 경우에는 가족 구성원 중 1명만 월정액 65,890원 요금제 이상을 사용한다면 다른 구성원의 요금제와 관계없이 월최대할인 혜택을 받을 수 있어 기존의 결합상품보다 더 많은 할인혜택을 받을 수 있게 되었다. 또한 100M 인터넷과 500M/1G 인터넷의 결합 할인액이 다르니 표를 통하여 확인해보도록 하자.

<월정액 65,890원 요금제가 1명도 없는 경우 −100M/500M/1G 할인금액 동일>

결합구분		월정액 65,890원 요금제가 1명도 없는 경우		
인터넷	모바일 결합 인원	모바일 할인	인터넷할인	총 할인금액
100M / 500M / 1G	1명	-	5,500	5,500
	2명	5,500		11,000
	3명	16,610		22,110
	4명	22,110		27,610
	5명	27,610		33,110

<월정액 65,890원 요금제, 1명 이상 포함 시 – 100M 인터넷과 500M/1G 인터넷 할인 다름>

결합구분		월정액 65,890원 요금제가 1명도 없는 경우		
인터넷	모바일 결합 인원	모바일 할인	인터넷할인	총 할인금액
100M	1명	5.500	5,500	11,000
	2명	16.610		22,110
	3명	22.110		27,610
	4명	27.610		33,110
	5명	33.110		33,610

결합구분		월정액 65,890원 요금제가 1명 이상 포함시		
인터넷	모바일 결합 인원	모바일 할인	인터넷할인	총 할인금액
50M / 1G	1명	5.500	5,500	11,000
	2명	16.610	11,000	27,610
	3명	22.110		33,110
	4명	27.610		38,610
	5명	33.110		44,110

이번 결합상품에서 가장 달라진 점은 동일명의의 모바일 회선이 여러 개라도 모두 결합이 가능하다는 점이다. 기존에는 동일명의의 모바일을 여러 개 사용하더라도 한 회선에 대해서만 할인을 적용받을 수 있었지만 이제는 한 사람 명의의 휴대폰이 여러 개라도 모두 결합이 가능하기 때문에 결합의 폭이 훨씬 넓어졌다고 볼 수 있다.

이를 타사와 비교해본다면, 우선 SK의 경우 동일명의 1회선에 대해서만 결합이 가능하다. 다만 동일명의로 2대의 모바일과 2대의 인터넷을 이용하는 경우 하나의 인터넷에 'NEW온가족플랜'으로 1회선을 결합하고 다른 인터넷은 '온가족프리' 상품으로 결합 구성이 가능하므로 반드시 기억하도록 하자.

KT의 경우 동일명의 모바일 2회선까지만 결합이 가능하다. SK나 KT 어느 쪽과 비교하더라도 엘지유플러스의 가족무한사랑(유무선할인)이 가장 결합의 폭이 크다고 할 수 있다.

구분	SK	KT	LG 가족 무한 사랑 (유무선결합)
동일명의 모바일 회선 결합	1회선만 가능	2회선 가능	모두결합 가능

다음으로는 할인금액의 차이를 살펴보도록 하자.

우선 100M인터넷을 사용한다고 했을 때, SK의 경우 최대 4회선까지 결합이 가능하며, 월 최대할인 금액은 22,110원이다. KT의 경우에는 최대 5회선까지 결합이 가능하지만 월 최대 28,600원까지만 할인이 가능하다. 이에 반해 가족무한사랑(유무선결합)의 경우에는 최대 5회선 결합에 33,110원, 월정액 65,890원 요금제가 1명 이상 포함되어 있다면 최대 38,610원까지 할인이 가능하여 SK와는 최대 16,500원, KT와는 최대 10,010원의 차액이 생기게 되어 타사에 비해 압도적인 할인금액 차이를 볼 수 있다.

인터넷	결합 최대 할인 금액		
100M	SK	KT	LG
	22,110	28,600	68,610

<100M 인터넷 이용 시 결합 최대 할인금액>

그렇다면 500M 인터넷을 이용하는 경우에는 어떨까?

500M인터넷을 사용한다고 해도, SK의 경우 최대 4회선까지 결합이

가능하며, 월 최대할인 금액은 33,110원이다. KT의 경우에는 최대 5회선까지 결합이 가능하지만 SK와 동일하게 월 최대 33,110원까지만 할인이 가능하다. 이에 반해 가족무한사랑(유무선결합)의 경우에는 최대 5회선 결합에 최대 44,110원까지 할인이 가능하여 SK, KT의 결합할인에 비해 11,000원의 할인을 더 받을 수 있다.

인터넷	결합 최대 할인 금액		
500M	SK	KT	LG
	33,110	33,110	44,110

<500M 인터넷 이용 시 결합 최대 할인금액>

KT와 엘지유플러스는 500M/1G 인터넷을 모두 동일하게 결합할인을 적용하지만, SK의 경우 1G 인터넷을 사용하는 경우에 한해서만 결합 최대 5회선, 최대 할인금액 38,610원까지 할인제공을 받을 수 있으나 어차피 엘지유플러스의 가족무한사랑(유무선결합)에 비하여 5,500원의 할인을 적게 받게 되며, 실질적으로 1G인터넷보다 500M 사용자가 더 많은 점을 고려한다면 사실상 의미 없는 할인금액이라 볼 수 있다.

이 가족무한사랑(유무선결합)과 가장 궁합이 잘 맞는 요금제는 앞에서 살펴본 '속도 용량 걱정 없는 데이터요금제'이다. 가장 중요한 포인트는 가족 중 한 명이 65,890원 이상의 요금제를 사용하고 있느냐 하는 것인데, 가족 중 한 명만 '속도 용량 걱정 없는 데이터요금제'로 변경하여 사용하고 나머지 가족들은 요금제를 '데이터일반' 등 최저 데이터요금제로 변경하여 사용하여도 월 40G 한도 내에서 가족 간에 데이터를 줄수 있고, 월정액 65,890원 요금제 1명 이상의 결합 구성요건도 충족하므로 설계를 잘하면 충분히 가족들의 통신비를 절감할 수 있게 된다.

마지막으로 가족무한사랑(유무선결합)에서 기존 결합상품과 가장 달라진 점이 기존에는 월정액 2만 원 이상 요금제만 결합이 가능하였으나, 가족무한사랑(유무선결합)이 출시되면서는 'LTE표준', 'LTE청소년19', 'LTE시니어15'의 3가지 요금제도 결합구성요금제에 추가되었으므로 반드시 기억하도록 하자. 또한 이 3종의 요금제는 기존 한방YO, 한방홈/홈2 결합구성원의 경우에도 적용되기 때문에 기존 결합상품을 가족무한사랑(유무선결합)으로 변경하여 사용하려는 경우 할인금액을 반드시 확인하여 유리한 쪽으로 결합혜택을 받을 수 있도록 하여야 한다. 특히 한방YO 결합상품으로 이미 결합되어 있는 경우라면 'LTE표준(월 11,990 원)' 요금제라 하더라도 5,500원 할인을 받을 수 있으므로 결합 시 할인금액을 잘 확인하도록 하자.

가족무한사랑(유무선 결합) 실무사례

사례) 엘지 500M 인터넷과 TVG를 이용하고 있는 고객이 한방YO 2회선(대표자 데이터스페셜A, 배우자 데이터일반)으로 결합이 되어있는 상태에서 중학생 자녀를 청소년 요금제로 엘지에 가입하려고 한다. 또한 배우자의 어머님이 알뜰폰을 이용 중이셔서 엘지로 현재 단말기는 그대로 이용하면서 유플러스로 이동하여 결합혜택을 받을 수 있는지 문의하였다. 알뜰폰은 폴더폰으로 통화를 거의 사용하지 않아 월 15,000원 정도만 납부하고 있다고 한다.

대응) 중학생 자녀라면 '청소년스페셜' 요금제로 설계하면 되고, 어머님의 경우는 중고가입으로 'LTE표준' 요금제로 가입하면 될 것이다. 여기서 주의해야 할 사항은 결합상품을 비교해봐야 한다는 것이다. 고객은 이미 한방YO 결합상품으로 결합이 되어 있는 상태이기 때문에 청소년 자녀와 어머님을 한방YO회선으로 추가하는 방법과 기존 한방YO결합을 해지하고 다시 가족무한사랑(유무선 결합)으로 새로 결합하는 방법의 두 가지 선택이 있다.

먼저, 한방YO회선으로 추가하는 경우의 할인금액을 따져보도록 하자.

	요금제	한방YO할인	기가할인	VIP할인	TV결합할인	할인합계
대표자	데이터스페셜A	8,800	4,400	3,300	2,200	18,700
배우자	데이터일반	5,500	-	-	-	5,500
자녀	청소년 스페셜	5,500	-	-	-	5,500
어머님	LTE표준	5,500	-	-	-	5,500
합계						35,200

총 4회선 결합 시 할인합계는 35,200원임을 알 수 있다. 이번에는 가족무한사랑(유무선 결합)의 경우 할인금액 합계를 계산해보자.

결합구분		월정액 65,890원 요금제가 1명도 없는 경우		
인터넷	모바일 결합 인원	모바일 할인	인터넷할인	총 할인금액
100M / 500M / 1G	1명	5,500	5,500	11,000
	2명	16,610	11,000	27,610
	3명	22,110		33,110
	4명	27,610		38,610
	5명	33,110		44,110

500M인터넷을 사용 중이고 결합회선이 4명이므로 할인금액 합계는 38,610원이다

즉, 이 고객은 기존 한방YO결합할인에 회선을 추가하여 할인받는 것보다 기존 결합을 해지하고 새로이 가족무한사랑(유무선 결합) 상품으로 결합하는 것이 최종적으로 3,410원유리하므로 개통 후 결합상품을 변경해주면 된다.

4. U+인터넷을 사용하지 않고 있다면?
가족무한사랑 (무선결합)

가족이 함께 유플러스를 사용하고 있는데 인터넷이 없거나 엘지유플러스 인터넷을 이용하고 있지 않다면 결합혜택을 받을 수 없는 것일까? 아니다! 바로 가족무한사랑(무선 결합)이 있기 때문이다.

가족끼리 모이면 인터넷을 사용하지 않아도 할인해주고, 오랫동안 유플러스를 이용했다면 한 번 더 할인해주는 상품으로, 4인 가족 기준 월정액이 부가세 포함 48,400원 이상이고, 가족들의 유플러스 이용 기간을 모두 더한 기간이 30년 이상일 경우 총 44,000원까지 할인을 받을 수 있는 유플러스의 막강한 가족결합 상품이다.

이를 SK, KT의 결합 상품과 비교해보도록 하자.

먼저 SK의 경우 인터넷이 없이 가족결합할인을 받을 수 있는 상품은 '온가족할인'이다. 결합구성원의 가입년수를 합산하여 할인해주는 상품으로 밴드요금제 기준 가족가입년수 합산 20년 이상이 되어야 가족구성원의 기본료를 각각 10%씩 할인받을 수 있다. 물론 가족가입년수 합산 30년 이상이라면 밴드요금제 기준 30%까지 할인받을 수 있어 막강한 할인율을 자랑하지만, 약정가입 또는 온가족무료, 온가족플랜 등의 결합 혜택을 받고 있는 기간은 가입년수로 산정하지 않기 때문에 가족합산 30년 이상을 만들기란 쉽지 않다. 또한 각각 구성원의 요금제의 10%~30%를 할인하여주기 때문에 가족구성원이 높은 요금을 사용하고 있지 않다면 할인금액 또한 크지 않아 실효성이 떨어지는 경우도 있을 수 있다.

KT의 무선결합상품은 어떨까? KT의 경우에는 '우리가족 무선할인'이라는 결합 상품을 통해 인터넷이 없어도 휴대폰만을 결합하여 혜택을 받을 수 있다. 결합 대상 고객이 순액 29,700원 이상 고객은 3,300원, 순액 54,890원 이상 고객은 5,500원의 할인을 받을 수 있고, 순액 84,700원 이상 고객의 경우 최대 11,000원까지도 할인을 받을 수 있으므로 할인 금액 또한 작지 않다는 것을 알 수 있다. 이는 SK의 가입년수에 따른 '온가족할인'을 견제하기 위하여 만들어진 상품으로 가입년수나 구성원의 수와 무관하게 2인 이상이면 결합대상 요금제만을 가지고 할인하여 준다는 장점이 있다.

이제 유플러스의 가족무한사랑(무선결합)을 살펴보도록 하자. 가족무한사랑(무선 결합)의 경우 SK의 '온가족할인'과 KT의 '우리가족 무선할인'의 장점을 모아 종합적으로 할인해주는 결합상품이라고 이해하면 쉬울 듯하다. 즉, KT의 '우리가족 무선할인'처럼 가입년수와 무관하게 2명 이상만 모이면 일단 할인을 해주고 SK의 '온가족할인'처럼 가입년수가 오래되면 추가로 한 번 더 할인해주는 상품이다.

<결합인원, 구성원의 요금제에 따른 1인당 할인금액>

결합인원	1인당 월 할인금액	
	월정액 48,400원 이상	월정액 48,400원이상
2명	3,300	1,650
3명	4,400	2,200
4명	5,500	2,750

<사용년수의 합계에 따른 추가 할인금액>

합산 사용기간	월 가구 할인 금액
15~29년	11,000
30년 이상	22,000

위의 표에서 보는 바와 같이 가족무한사랑(무선결합)은 두 번에 걸쳐 할인해주는 결합상품이다. 만약 4명이 모두 월정액 48,400원 이상을 사용하고, 가족의 사용년수 합계가 30년 이상이라면 최대 44,000원까지도 할인을 받을 수 있게 되는 것이다. 이를 정리해보면 다음과 같다.

<가족무한사랑(무선 결합)의 가구 월 최대 할인금액>

가족결합할인	2명	3명	4명
	최대 6,600원할인	최대 13,200원할인	최대 22,000원할인
장기고객할인	15년이상 11,000원할인		
	30년 이상 22,000원할인		
총 할인금액	최대 28,600원 할인	최대 35,200원 할인	최대 44,000원 할인

여기까지만 할인해주면 아쉬울 듯하여 추가적으로 가족무한사랑(무선 결합)으로 결합한 가족에게는 '가족사랑데이터'라는 것을 추가로 제공해준다.

가족수	데이터 제공량
2~3명	500M
4명	1,000M

이 추가데이터는 가족 대표자에게 매월 1일 제공되어 결합 대표자가 가족 구성원에게 100M단위로 횟수 제한 없이 나누어 줄 수 있다(단, 대표자에게도 의무적으로 데이터를 나누어 주어야 함).

가족무한사랑(무선 결합) 시 유의사항은 월정액 22,000원 미만 구성원은 결합회선으로 인정은 해주나 결합할인은 제공하지 않는다는 점과 기존결합할인과 중복하여 할인받지 못한다는 점이다.

가족무한사랑 (무선 결합) 실무사례

사례) SK에서 월정액 65,890원 요금제를 사용 중인 고객이 갤럭시S9을 교체하기 위하여 방문하였는데 확인해보니 가족 중 세 명이 엘지유플러스를 이용하고 있고 가정에 인터넷은 KT를 사용 중이라고 한다. 인터넷 변경을 권해보았으나 KT만 설치가 가능한 지역이라 인터넷은 바꿀 수가 없다고 한다. 유플러스를 세 명이나 쓰고 있으니 본인도 유플러스로 이동하여 결합할인을 받을 수 있는지 문의하였다. (가족의 요금제는 청소년스페셜, 데이터일반, LTE표준이고 세 명의 가입년수 합계는 17년이다.)

대응) 인터넷을 교체할 수 없는 상황이므로 인터넷을 통한 결합할인인 '가족무한사랑(유무선 결합)'은 유치가 불가능하지만 인터넷 없이 결합 가능한 '가족무한사랑(무선 결합)'은 가능하다.

현재 가족 3명이 유플러스를 이용 중이고 방문고객이 갤럭시S9로 변경하면서 유플러스로 이동한다면 총 4명의 가족결합을 구성할 수 있게 된다. 4명 결합의 경우 월정액 48,400원 이상은 5,500원, 미만이면 2,750원의 할인을 받을 수 있지만 LTE표준요금제의 경우 회선수로는 인정하나 실제 할인은 제공하지 않으므로 다음과 같이 할인을 받을 수 있게 된다.

요금제	4회선 결합 할인 금액
데이터스페셜A	5,500
청소년스페셜	2,750
데이터 일반	2,750
LTE 표준	0
합계	11,000

또한 기존 가족 3명의 가입년수 합계가 17년이므로 추가적으로 장기가입할인을 받을 수 있다.

가족 결합 할인	4명
	11,000원할인
장기 고객 할인	15년이상 11,000원 할인
총 할인 금액	22,000원 할인

결합가족수가 4명이므로 가족사랑데이터도 1,000M룰 받을 수 있음을 함께 안내하도록 하자.

5. U+판매 실무사례

앞서 유플러스의 중요한 내용들을 상세히 살펴보았다. 마지막으로 유플러스를 판매하면서 유리하거나 주의해야 할 사항들을 실무사례를 통하여 몇 가지 짚어보고 마무리 하도록 하겠다.

1) 생애 최초 LTE 할인

2015년 12월 2일 기준으로 엘지유플러스 2G/3G피처폰/스마트폰 가입고객이 엘지유플러스 LTE로 기기변경 하는 경우 24개월간 일정금액을 할인해주는 프로그램이다.

연령(만 나이기준)	청소년(~만 19세)	일반(만 20세 ~만 64세)	시니어 (만 65세 이상)
요금할인 (월)	11,000	5,500	11,000

기기변경 당시 2G/3G피처폰/스마트폰을 이용 중이어야 하며, 생애최초LTE할인 이력이 없고, 순액 32,890원 이상 요금제를 이용하는 경우에 한하여 할인을 제공한다.

생애 최초 LTE할인 _ 실무사례

사례) 엘지유플러스를 이용 중인 40대 고객이 방문하였다. 기존에 사용 중이던 휴대폰이 011-327-0000이고 현재 2G폴더폰을 이용 중이다. 번호를 바꾸기 싫어서 계속 011번호를 사용해왔다고 하는데 이제는 스마트폰을 사용해야 할 것 같다고 한다. 현재 3만 원 정도 요금을 내고 있는데 스마트폰을 변경하면 요금이 많이 나오지 않을까 걱정을 하면서 저렴한 휴대폰을 추천해달라고 한다.

대응) 우선 스마트폰으로 변경 시 011 번호를 계속 사용할 수 없다는 점을 분명히 인지시키도록 하자. 간혹 011 번호를 스마트폰에서도 사용할 수 있는 줄 알고 있는 고객도 있기 때문이다.
그렇다면 번호는 어떻게 변경될까? 고객의 경우 011-327-0000을 사용하고 있지만 017-327-0000, 016-327-0000, 019-327-0000의 번호도 있기 때문에 01X에서 010 변경 시에는 지정된 번호로 변경되게 되는데 이를 맵핑번호라고 한다.

01*번호	기존가운데국번	변경가운데국번
011사용자	200~499	앞에5 (5200~5499)
	500~899	앞에3 (3500~3899)
	1700~1799	첫번째 두번째 바뀜(7100~7199)
	9000~9499	그대로유지
	9500~9999	앞 9->8 (8500~8999)
017사용자	200~499	앞에6 (6200~6499)
	500~899	앞에4 (4500~4899)
016사용자	200~499	앞에3 (3200~3499)
	500~899	앞에2 (2500~2899)
	9000~9499	앞 9->7 (7000~7499)
	9500~9999	그대로유지
018사용자	200~499	앞에4 (4200~4499)
	500~899	앞에6 (6500~6899)
019사용자	200~499	앞에2 (2200~2499)
	500~899	앞에5 (5500~5899)
	9000~9499	앞 9->8(8000~8499)
	9500~9999	앞 9->7(7500~7999)

이 고객의 경우 011-327-0000이므로 011 사용자 중 200~499 국번에 해당되므로 010으로 변경되면서 앞에 5가 추가로 붙게 되어 010-5327-0000으로 변경되게 된다.
다음은 단말기의 선택이다. 스마트폰을 처음 사용하는 고객이고, 비용을 중요하게 생각하므로 엘지유플러스 전용 단말기이면서 보급형 스마트폰인 J330을 권해보자.

J330 데이터 일반 요금제 기준 구매가격 (작성일 기준)	
출고가	244,200
공시지원금	-209,000
추가지원금	-31,300
현금개통지원	-3900
실구매가격	0

보다시피 J330의 경우 데이터 일반 요금제를 사용한다 하더라도 추가지원금을 포함하면 현금가 3,900원에 판매할 수 있는 단말기이다. 고객에게 3,900원을 받아도 되지만 기분 좋게 지원하여 단말기를 2년 약정 기준 0원에 드리겠다고 안내하자.

스마트폰을 처음 이용하는 고객이므로 데이터사용에 대한 감이 전혀 없기 때문에 데이터일반의 기본제공량 300M로는 턱없이 부족할 수 있기 때문에 월 5,500원의 안심옵션을 추가로 등록하자. 속도는 느리지만 데이터를 무제한 사용하여도 추가요금이 발생되지 않기 때문에 고객에게 월 32,890+5,500원인 38,390원으로 통화, 문자, 데이터를 무제한 사용하여도 된다고 안내할 수 있다.

마지막으로 이 고객은 2G폰 사용자이기 때문에 '생애최초LTE할인'이 가능한 고객이다. 40대 고객이라고 하였으므로 24개월간 월 5,500원의 할인을 받을 수 있기 때문에 최종적으로 월 32,890원에 스마트폰을 통화, 문자, 데이터 무제한으로 이용할 수 있게 되므로 비용부담도 없게 된다.

J330 구매시 월 청구 예상 금액	
단말 구매가격	0
데이터 일반	32,890
안심 옵션	5,500
생애 최초 LTE 할인	-5,500
최종 납부 예상 금액	32,800

생애최초 LTE할인은 24개월간만 적용되지만 24개월 이후에도 단말기를 변경하지 않고 사

용한다면 추가적으로 25% 요금할인을 등록할 수 있기 때문에 8,222원의 할인을 받아 월 30,168원으로 더 저렴하게 이용할 수 있게 된다는 점을 꼭 안내하도록 하자.

2) 식스플랜, 베이직플랜

엘지유플러스에서 공시지원금과 25% 요금할인 중 공시지원금을 선택하여 개통하였다면 식스플랜과 베이직플랜 중 한 가지를 반드시 선택하여 개통하여야 한다.

식스플랜이란, 개통 시 선택한 요금제에 해당하는 지원금에 대하여 180일(6개월)간 요금제를 유지하고 나면 이후 요금제를 변경하여도 요금제 변경에 따른 위약금을 청구하지 않는 것을 말한다.

반대로 베이직플랜이란 요금제 유지기간과 상관없이 약정기간 내에 상위요금제로 변경하면 그에 따른 공시지원금 차액을 추가로 할인받고, 하위요금제로 변경 시 그에 따른 공시지원금 차액을 위약금으로 부과하는 것을 말한다.

이는 3사의 공통사항으로 특히나 공시지원금이 많이 나오는 경우에 요금제 변경에 따른 주의가 필요하다.

SK	KT	LG
프리미엄패스	심플코스	식스플랜
-	베이직코스	베이직플랜

이 정도는 다 알고 있는 내용인데 왜 언급하는지 묻는 사람이 있을 것이다. 바로 엘지유플러스에서는 식스플랜 개통 후 요금제 변경 시 LTE약정할인에 해당되는 요금제로만 변경할 수 있기 때문이다.

이외 요금제로 변경 시 약정자체가 깨지게 되어 6개월간 요금제를 유지하였다 하더라도 개통 시 지원받은 공시지원금을 위약금으로 토해내야 하는 경우가 생길 수 있기 때문에 주의하도록 하자.

식스플랜, 베이직플랜(공시지원금) 실무사례

사례) 고객이 업무폰으로 사용할 스마트폰을 한 대 구입하기 위하여 방문하였다. 다른 기능은 필요 없고 전화 받는 용도로만 사용할 것이고, 사무실에서만 사용하기 때문에 와이파이 연결하여 카톡만 할 것이라 데이터도 필요 없다고 한다. 제조사도 상관없으니 최대한 저렴한 걸로 구입하기를 원하고 있다. 기존에 사용 중인 휴대폰은 SK이나 가족들이 엘지유플러스 인터넷결합인 한방YO에 가입되어 있어 추가할인이 가능하다면 엘지유플러스로 만들기를 원한다.

대응) 현재 가장 저렴한 단말기인 화웨이 CAM-L32 단말기를 권하도록 하자. 출고가가 176,000원으로 저렴하고, 다른 단말기에 비해 신규개통 리베이트가 높다. 고객이 받는 용도로만 사용할 것이고 데이터도 필요 없다고 하니 LTE표준요금제로 사용해도 무방할 듯하지만, 이렇게 개통한다면 공시지원금도 0원이고 리베이트 또한 개통불가 요금제라 0원이 된다. 하여 일단 '데이터 일반' 요금제로 개통 후 6개월을 유지한 다음에 요금제를 낮추는 방향으로 가닥을 잡아야 한다

CAM-L32 '데이터 일반' 요금제 기준 구매가격 (작성일 기준)	
출고가	17,8000
공시지원금	-154,000
추가지원금	-22,000
실구매가격	0

CAM-L32의 경우 추가 지원금만으로도 단말기를 0원에 제공할 수 있기 때문에 요금만 내고 사용할 수 있다. 그렇다면 이번에는 월 청구금액을 확인하여 보자.

CAM-L32 구매 시 월 청구 예상금액	
단말 구매 가격	0
데이터 일반	32,390
한방YO 결합할인	-5,500
최종 납부 예상 금액	27,390

가족들이 한방YO결합을 받고 있다고 하였으므로 기존 결합에 회선을 추가하여 할인을 받으면 월 5,500원의 결합할인을 받을 수 있게 되어 월 27,390원만 납부하면 되게 된다.

이때 반드시 '식스플랜'으로 개통하여야 6개월 후에 하위요금제로 변경하여도 요금제에 따른 공시지원금 차액이 위약금으로 부과되지 않게 된다. 꼭 주의하도록 하자!

그렇다면 6개월 후에는 어떻게 하면 될까? 어차피 전화는 받는 용도이고 데이터도 필요 없다고 하니 'LTE표준'으로 변경하면 될까? 그렇다면 다음 달 고지서에 공W시지원금 반환금이라는 명목으로 176,000원이 위약금으로 청구되는 것을 볼 수 있을 것이다.

왜냐하면 위에서 본바와 같이 'LTE표준' 요금제는 약정할인에 해당되지 않는 요금제로 변경 시에 약정자체가 깨지게 되어 식스플랜과 관계없이 공시지원금 전액이 위약금으로 청구되게 되는 것이다. 여기서 변경할 수 있는 최저요금제는 '선택형 100분/250M' 요금제로 월정액 부가세포함 20,900원 요금제이다. 물론 한방YO할인은 유지되므로 월 15,400원으로 이용할 수 있게 된다.

6개월 후 요금제 변경 시 청구예상 금액	
선택형 100분 250M	20,900
한방YO 결합할인	-5,500
최종 납부 예상 금액	15,400

이처럼 공시지원금으로 개통한 후 6개월 후에 요금을 낮춰주겠다고 하고 판매하는 경우로는, 초등학생 휴대폰 개통 시 청소년스페셜 또는 청소년24 개통 후 청소년19로 변경하는 경우, 어르신 스마트폴더 개통 시 데이터 일반 개통 6개월 후 LTE표준으로 변경하는 경우, 어르신 스마트폰 개통 시 LTE시니어29.7 개통 6개월 후 LTE시니어16.5로 변경하는 경우 등이 이에 해당한다. 전부 약정이 깨져서 공시지원금 전액 위약금으로 부과되는 경우이니 반드시 주의하도록 하자.

3) 선택약정 (25% 요금할인) 개통 시 요금제변경

앞에서 공시지원금으로 개통하는 경우에 식스플랜 개통 후 6개월 이후에 요금제를 변경하는 경우를 살펴보았다. 이번에는 공시지원금이 아닌 25% 요금할인으로 개통하는 경우를 살펴보도록 하겠다.

25% 요금할인을 선택 시에는 요금제의 기본료에서 25%를 할인해주는 방식이기 때문에 식스플랜이나 베이직플랜과는 무관하게 자유롭게 요금제를 변경하더라도 요금제변경일 기준으로 일할계산하여 기본료의 25%를 할인하여 주기 때문에 사실상 자유롭게 요금제변경이 가능하다. 다만 판매자의 입장에서는 정상적인 리베이트를 수령하기 위하여 최소한의 요금제 유지기간이라는 것이 존재하므로 개통하는 대리점의 정책을 잘 체크할 필요성이 있다.

대부분의 대리점의 경우 개통 시의 리베이트를 정상적으로 받기 위한 유지기간은 통상 3개월이다. 하지만 대리점마다 이를 날짜로 제한하고 있는데 D+93~D+95일 정도이다.

이 기간에 요금제를 변경하게 되면 개통한 구간의 리베이트와 변경한 구간의 리베이트 차액만큼을 일반적으로 환수하게 되므로 요금제 변경을 주의해야 한다.

모델	펫네임	출고가	지원금		010신규			MNP		
			데이터3.6 (구46.9)	데이터 일반 (구29.9)	데이터3.6	청소년/시니어 (청소년19기)	데이터 일반	데이터3.6 (구46.9)	청소년/시니어 (청소년19기)	데이터 일반
A1901-64	AIPX-64	1,360,700	56	36	304	304	304	271	271	271
A1901-256	AIPX-256	1,557,600	56	36	304	304	304	271	271	271
A1778-32	AIP7-32	869,000	56	36	238	238	238	216	216	216
A1778-128	AIP7-128	999,900	56	36	238	238	238	216	216	216
A1778-256	AIP7-256	1,130,800	56	36	238	238	238	216	216	216
A1784-32	AIP7P-32	1,021,900	56	36	238	238	238	216	216	216
A1784-128	AIP7P-128	1,152,800	56	36	238	238	238	216	216	216
A1784-256	AIP7P-256	1,283,700	56	36	238	238	238	216	216	216
A1905-64	AIP8-64	946,000	56	36	304	304	304	271	271	271
A1905-256	AIP8-256	1,142,900	56	36	304	304	304	271	271	271
A1897-64	AIP8P-64	1,076,900	56	36	304	304	304	271	271	271
A1897-256	AIP8P-256	1,283,700	56	36	304	304	304	271	271	271
SM-A520L	A5 2017	459,800	290	258	249	249	249	249	249	249
SM-A530N	A8 2018	599,500	157	100	304	304	304	271	271	271
SM-G611L	On 7 Prime	344,300	130	130	304	304	304	271	271	271
SM-G950N	S8	799,700	173	110	304	304	304	271	271	271
SM-G955N	S8+	899,800	173	110	304	304	304	271	271	271
SM-G955N128	S8+ 128G	998,800	173	110	304	304	304	271	271	271
SM-N950N	노트8	1,094,500	123	78	304	304	304	271	271	271
SM-N950N256	노트8 256	1,254,000	123	78	304	304	304	271	271	271
SM-G960N	갤9	957,000	124	79	290	290	290	250	250	190
SM-G965N	갤9+	1,056,000	124	79	290	290	290	250	250	190
SM-G965N256	갤9+256	1,155,000	124	79	290	290	290	250	250	190
SM-J530L	J5 2017	344,300	107	100	271	271	271	271	271	271
SM-J330L	J3 2017	244,200	209	209	304	304	304	249	249	249
SM-G160N	갤럭시폴더2	297,000	205	205	326	326	326	271	271	271

위 단가표를 보면 갤럭시S9의 경우 '데이터3.6이상/청소년/시니어' 구간의 요금제로 개통하는 경우의 리베이트는 250,000원이며 '데이터일반' 구간의 리베이트는 190,000원인 것을 볼 수 있다.

위 대리점의 요금제 유지기간이 D+93일이라고 한다면 데이터3.6으로 개통 후 93일 이내에 데이터일반 구간의 요금제로 변경하게 되면 25만 원과 19만 원의 차액인 6만 원이 통상적으로 환수되게 된다(일부 대리점의 경우 리베이트 차액이 아닌 일정금액을 차감하는 경우도 있으니 개통대리점의 정책을 잘 확인하기 바란다).

NOTICE	가입불가요금제
◆ 모바일 / 인터넷 영업지침 두번째로 시트 '02. 공지사항' 참조!!	LTE 34미만, 선택형 요금제

다만, 단가표 내에 위와 같은 문구를 볼 수 있는데 LTE34 미만, 선택형 요금제는 가입불가 요금제로 표기가 되어있는 것을 볼 수 있다. 이는 즉

개통한다 하더라도 리베이트를 지급하지 않겠다는 뜻으로 리베이트가 0원이라고 보면 되는 것이다.

(설명을 위하여 특정대리점을 예로 든 것이며, 대리점 정책에 따라 LTE34 미만이나 선택형 요금제를 개통하더라도 데이터일반 구간기준에서 일정금액만 차감하여 개통해주는 대리점도 있으므로 대리점별 정책을 잘 확인하기 바란다.)

이를 표로 나타내보면 다음과 같이 된다.

갤럭시S9	데이터 3.6이상	청소년 / 시니어	데이터일반	가입불가 요금제
				LTE34 미만, 선택형요금제 등
	250,000	250,000	190,000	0

즉, 데이터3.6에서 데이터일반 변경 시에는 차액 6만 원을 환수하지만, 데이터3.6에서 선택형요금제로 변경한다면 차액이 25만 원으로 사실상 리베이트 전액이 환수되게 된다.

이런 요금제 유지기간에 대한 리베이트 환수정책은 유플러스 뿐만 아니라 SK, KT에도 있기 때문에 개통처별 요금제 유지기간에 따른 환수정책을 잘 확인하여 리베이트가 환수되는 일이 없도록 주의하여야 한다.

25% 요금할인 개통 시 요금제 변경 - 실무사례

사례) 아빠와 초등학생 아들이 방문하였다. 둘 다 SK를 사용 중인데 유플러스로 갤럭시S9를 변경하려고 한다. 아빠는 통화 1시간 정도에 데이터는 200M면 충분하다고 하고, 아들은 최저요금제로 사용하기를 원한다. 다만 휴대폰은 좋은 걸로 사용하고 싶다고 반드시 갤럭시S9로 하겠다고 한다.

대응) 먼저 아빠 휴대폰을 설계해보자. 통화 1시간에 데이터 200M로도 충분하다면 굳이 '데이터일반'까지도 사실상 필요 없고 '선택형100분/250M' 요금제만 사용해도 충분하다. 다만, 대리점정책을 확인하니 선택형요금제는 개통불가요금제에 해당하여 리베이트가 0원이므로 처음부터 개통을 진행할 수가 없는 상황이다. 하여 개통 가능한 요금제인 데이터일반요금제로 개통 후 요금제로 변경하는 것으로 설계를 해보도록 한다.

갤럭시S9	데이터 3.0이상	청소년 / 시니어	데이터일반	가입불가 요금제 LTE34 미만, 선택형요금제 등
	250,000	250,000	190,000	0
요금제 유지기간 D + 93일				

갤럭시S9	데이터일반		선택형 100분 / 250M	
	공시지원금	25% 요금할인 24개월 적용 시	공시지원금	25% 요금할인 24개월 적용 시
	79,000	197,352	50,000	125,400

우선 데이터일반으로 개통을 하려고 보니 공시지원금이 79,000원밖에 되지 않아 차후에 선택형요금제로 변경한다 하여도 25% 요금할인 적용시인 125,400원보다 지원금이 작다. 때문에 공시지원금으로 개통할 필요 없이 처음부터 25% 요금할인을 선택하는 편이 유리하다.

만약 공시지원금으로 개통하였다면 6개월 이내에 선택형요금제로 변경하였을 때 공시차액인 29,000원만큼이 위약금으로 발생되겠으나 25% 요금할인으로 개통하였기 때문에 요금제 변경에 따른 위약금은 발생하지 않는다. 다만 대리점 정책에 따른 요금제 유지기간이 D+93일이라고 되어있으므로 93일 내에 선택형요금제로 변경하게 되면 데이터일반구간 리베이트인 19만 원과 선택형요금제 리베이트인 0원의 차액인 19만 원 전액이 환수되므로 고객에게 93일 이후에 요금제 변경은 가능하다고 안내하여야 한다.

이번에는 아들의 휴대폰을 보도록 하자.

갤럭시S9	데이터 3.0이상	청소년 / 시니어	데이터일반	가입불가 요금제
				LTE34 미만, 선택형 요금제 등
	250,000	250,000	190,000	0
요금제 유지기간 D + 93일				

	대표 요금제
청소년	청소년스페셜, LTE청소년34, LTE청소년24, LTE청소년19
시니어	LTE시니어 16.5 , LTE 시니어 29.7

불과 얼마 전까지만 하여도 **LTE청소년24/19**는 가입불가 요금제에 해당하였으나 이제는 개통이 가능한 요금제이고 청소년 구간에 해당하여 리베이트도 높은 편이다. 하지만 공시지원금을 받는 경우라면 **LTE청소년24** 미만은 공시지원금이 0원인 경우가 많아 사실상 **LTE청소년 19**로 개통할 수 있는 경우가 거의 없다.

갤럭시S9	LTE 청소년24		LTE 청소년19	
	공시지원금	25% 요금할인 24개월 적용 시	공시지원금	25% 요금할인 24개월 적용 시
	50,000	188,112	0	125,400

금일 자 갤럭시S9의 공시지원금을 보더라도 LTE청소년24의 경우 50,000을 지원금으로 받을 수 있으나 LTE청소년19의 경우는 공시지원금이 0원임을 볼 수 있다.

하지만 갤럭시S9의 경우는 어차피 공시지원금을 받는 것보다 25% 요금할인을 받는 것이 유리하므로 처음부터 LTE청소년19요금제로 개통하여도 된다.

혹, 고객이 그조차도 필요 없다고 하면 요금제유지기간 D+93일 이후에 LTE표준요금으로 변경하더라도 25%요금할인을 선택하였기 때문에 별도의 위약금은 발생하지 않게 되므로 필요하다면 요금제 변경 가능일에 연락드리겠다고 하고 LTE표준 변경 시 요금을 안내해 드리도록 하자.

4) 25% 요금할인을 선택한다면 1년 약정을 활용하자!

휴대폰을 개통할 때 공시지원금과 25% 요금할인 중 한 가지를 선택하여 개통하게 되는데 통상 약정은 24개월로 등록하게 된다. 하지만 실제 휴대폰을 교체하는 시기는 18개월~24개월 사이에 가장 많은 교체가 이루어진다. 따라서 24개월 약정에 미치지 못하여 위약금이 발생하는 경우가 생기게 되는데 공시지원금을 받은 경우와 25% 요금할인을 받은 경우의 위약금에 대하여 알아보자.

갤럭시S8 데이터스페셜A 개통 시 (공시 220,000원 적용 시)		
	12개월 후 위약금	18개월 후 위약금
공시지원금	146,000	72,400
25% 요금할인	148,257	161,435

위 표에서 보는 바와 같이 공시지원금으로 개통한 경우에는 약정일에 가까워질수록 위약금이 적어지고 25%요금할인을 받은 경우에는 위약금이 많아지는 것을 볼 수 있다.

공시지원금을 받은 경우라면 24개월 약정을 조건으로 22만 원을 선할인 받았기 때문에 오래 사용할수록 위약금이 줄어들어 최종적으로 24개월째가 되면 0원이 되는 것이고,

25% 요금할인은 받은 경우라면 매달 16,473원씩을 할인을 받기 때문에 시간이 지날수록 누적할인금액이 커져서 할인받은 총금액에 대한 위약금을 부과하는 기준율은 내려가지만 최종적으로 부담하는 위약금은 커지게 되는 것이다(18개월째 최대, 이후 다시 감소).

2년 약정 시 25% 요금할인 시 위약금(할인반환금) 부과기준에 대하여 표를 통하여 상세히 알아보자.

기간	~6개월	7~12월	13~16개월	17~20개월	21~24개월	누적합산
할인 반환금	100%	50%	30%	~20%	~40%	

위의 표에서 보는 비율대로 사용기간 동안 할인받은 금액의 누적합산금액을 위약금으로 산정하게 된다. 이 표를 기준으로 데이터스페셜A 요금제로 25% 요금할인 적용하여 24개월간 사용한다고 가정했을 때 위약금(할인반환금)을 계산해보도록 하자.

	월할인금액	할인반환금적용비율	할인반환금대상금액	누적금액
1개월	16,473	100%	16,473	16,473
2개월	16,473	100%	16,473	32,946
3개월	16,473	100%	16,473	49,419
4개월	16,473	100%	16,473	65,892
5개월	16,473	100%	16,473	82,365
6개월	16,473	100%	16,473	98,838
7개월	16,473	50%	8,237	107,075
8개월	16,473	50%	8,237	115,311
9개월	16,473	50%	8,237	123,548
10개월	16,473	50%	8,237	131,784
11개월	16,473	50%	8,237	140,021
12개월	16,473	50%	8,237	148,257
13개월	16,473	30%	4,942	153,199
14개월	16,473	30%	4,942	158,141
15개월	16,473	30%	4,942	163,083
16개월	16,473	30%	4,942	168,025
17개월	16,473	-20%	-3,295	164,730
18개월	16,473	-20%	-3,295	161,435
19개월	16,473	-20%	-3,295	158,141
20개월	16,473	-20%	-3,295	154,846
21개월	16,473	-40%	-6,589	148,257
22개월	16,473	-40%	-6,589	141,668
23개월	16,473	-40%	-6,589	135,079
24개월	16,473	-40%	-6,589	128,489

만약 25% 요금할인을 1년 약정으로 개통한다면 할인반환금은 어떻게 부과될까?

기간	~3개월	4~9개월	10~12개월	누적합산
할인반환금	100%	50%	0%	

	월할인금액	할인반환금적용비율	할인반환금대상금액	누적금액
1개월	16,473	100%	16,473	16,473
2개월	16,473	100%	16,473	32,946
3개월	16,473	100%	16,473	49,419
4개월	16,473	50%	8,237	57,656
5개월	16,473	50%	8,237	65,892
6개월	16,473	50%	8,237	74,129
7개월	16,473	50%	8,237	82,365
8개월	16,473	50%	8,237	90,602
9개월	16,473	50%	8,237	98,838
10개월	16,473	0%	0	98,838
11개월	16,473	0%	0	98,838
12개월	16,473	0%	0	98,838

표에서 보는 바와 같이 1년 약정 시 최대 위약금은 98,838원이다. 통상 단말기 할부기간을 24개월로 설정하기 때문에 25% 요금할인을 1년 약정으로 개통한다면 12개월 내에 언제 휴대폰을 교체하더라도 24개월 약정 때보다 위약금(할인반환금)이 더 적어지게 되고, 1년이 지난 시점에서는 추가로 1년 약정을 더해서 총 24개월 할인을 받게 한다면, 고객은 같은 금액으로 요금을 내면서 위약금(할인반환금)에 대한 부담은 훨씬 줄어들게 된다.

25% 요금할인	
2년 약정	1년 약정후 1년 재약정
똑같은 금액을 할인받지만 위약금(할인반환금)이 1년 단위로 하는 쪽이 더 적음	

25% 요금할인 선택 시 1년 약정 활용실무사례

아이폰6s(할부원금 946,000/24개월)를 사용 중인 단골고객이 방문하였다. 요금제는 65,890원짜리를 사용 중이고 14개월 사용하였는데 1년 약정 후 1년 재약정을 해놓았던 고객이다. 이번에 아이폰8로 교체를 하고 싶다고 한다. 2년 약정을 해놓았을 경우와 현재의 위약금을 비교해보자.

총 14개월을 사용하였으므로 잔여할부금액은 10개월에 약 394,000원(할부이자 제외) 정도 남아있을 것이고 1년 약정 후 1년을 재약정하였으므로 실제로는 재약정 후 2개월만 사용한 것이다.

	월할인금액	할인반환금적용비율	할인반환금대상금액	누적금액
1개월	16,473	100%	16,473	16,473
2개월	16,473	100%	16,473	32,946
3개월	16,473	100%	16,473	49,419
4개월	16,473	50%	8,237	57,656
5개월	16,473	50%	8,237	65,892
6개월	16,473	50%	8,237	74,129
7개월	16,473	50%	8,237	82,365
8개월	16,473	50%	8,237	90,602
9개월	16,473	50%	8,237	98,838
10개월	16,473	0%	0	98,838
11개월	16,473	0%	0	98,838
12개월	16,473	0%	0	98,838

표에서 보는 바와 같이 1년 약정 후 2개월을 사용하였다면 예상위약금은 약 32,946원으로 확인된다.

하지만 만약 이 고객이 처음부터 2년 약정으로 25% 요금할인을 등록하여 사용하였다면 표에서 보는 바와 같이 14개월째에 해당하는 158,141원의 위약금을 부담해야 하므로 1년 약정 후 재약정을 한 경우와 비교하면 약 125,000원의 금액차이가 나는 것을 알 수 있다.

	월할인금액	할인반환금적용비율	할인반환금대상금액	누적금액
1개월	16,473	100%	16,473	16,473
2개월	16,473	100%	16,473	32,946
3개월	16,473	100%	16,473	49,419
4개월	16,473	100%	16,473	65,892
5개월	16,473	100%	16,473	82,365
6개월	16,473	100%	16,473	98,838
7개월	16,473	50%	8,237	107,075
8개월	16,473	50%	8,237	115,311
9개월	16,473	50%	8,237	123,548
10개월	16,473	50%	8,237	131,784
11개월	16,473	50%	8,237	140,021
12개월	16,473	50%	8,237	148,257
13개월	16,473	30%	4,942	153,199
14개월	16,473	30%	4,942	158,141
15개월	16,473	30%	4,942	163,083
16개월	16,473	30%	4,942	168,025
17개월	16,473	-20%	-3,295	164,730
18개월	16,473	-20%	-3,295	161,435
19개월	16,473	-20%	-3,295	158,141
20개월	16,473	-20%	-3,295	154,846
21개월	16,473	-40%	-6,589	148,257
22개월	16,473	-40%	-6,589	141,668

이 고객이 통신사 이동도 상관없는 경우라면 1년 약정 후 재약정을 한 경우에는 약 33,000원만 부담해주면 되기 때문에 기기변경 시 마진과 통신사 이동 시 마진을 비교하여 폭넓은 선택이 가능하지만 2년 약정으로 개통해놓았다면 약 16만 원에 달하는 위약금을 지원하면서까지 통신사 이동을 하는 것은 어렵기 때문에 위약금을 유예처리하고 기기변경으로밖에는 개통할 수 없는 상황이 되게 된다.

하여, 25% 요금할인으로 개통 시에는 1년 약정을 적극 활용하여, 차후에 고객이 약정기간 내 재방문 시 위약금을 최대한 적게 나올 수 있도록 대비하는 것이 좋다. 다만, 1년 약정 시 1년이 경과하면 재약정을 반드시 신청하여야 하므로, 고객에게 약정종료 문자를 받으면 반드시 매장에 방문하라고 안내하여야만 한다. 뿐만 아니라 자체적으로도 고객의 약정종료월을 체크해두었다가 고객에게 미리 전화할 수 있도록 대비해야 할 것이다. 이렇게 한다면 휴대폰 교체 후 다음 휴대폰 교체시기가 되기 전에 고객을 한 번 더 응대할 수 있는 기회가 생기게 되므로 고객에게 케이스나 필름 등을 서비스하면서 고객을 챙긴다는 느낌을 줄 수 있도록 하자. 이렇게 해두면 차후에 고객이 휴대폰 교체 시 다른 매장을 방문할 확률을 낮출 수 있게 되어 고객의 재구매 비중을 높일 수 있게 된다.

6. U+신규요금제 및 신규결합상품의 활용

통신사의 요금제나 상품 등은 시장상황에 맞춰 수시로 변화한다. 기존 통신 3사의 기본요금제 즉 32,890원대의 요금제가 데이터를 300M만 제공하고 있어 소비자의 불만을 많이 야기시켰다. 사실 300M의 데이터는 너무나 부족하기 때문에 월 5,500원의 '안심옵션'의 부가서비스가 사실상 필수였다. 이로 인하여 데이터를 500M정도만 이용하려고 하여도 실제로는 월 38,390원의 요금을 내야만 했다. 그래서 SK에서 먼저 'T플랜' 요금제를 출시하여 기본데이터 사용량을 보다 많이 제공하면서 요금제 구간을 간소화하였다. 또한 기본요금제인 'T플랜 스몰' 요금제를 제외한 요금제에는 사실상 속도제한을 통한 무제한 데이터를 제공하게 되어 엘지 U+ 또한 SK의 요금제 구간에 맞춰 전체적인 요금제를 개편함에 이른다.

다음 표를 통하여 그 내용을 상세히 알아보도록 하자.

	SK	KT	LG U+
요금제명	T플랜 스몰	LTE 베이직	LTE데이터3.3
월정액(VAT포함)	33,000원		
통화 / 문자	무제한		
영상 / 부가음성	100분	50분	50분
기본데이터	1.2GB	1GB	1.3GB

먼저 위 표에서 보는 바와 같이 기본요금제의 경우 LG U+가 데이터 1.3GB로 가장 많은 데이터를 제공하고 있으므로 상담을 유리하게 이끌어 나갈 수 있다.

다음으로는 상위요금제를 표를 통하여 보도록 하자.
(추가요금 걱정 없는 데이터 요금제 = '추걱데'로 요약하여 표기한다.)

	LG U+ 신규요금제			
요금제명	추걱데 44	추걱데 49	추걱데 59	추걱데 69
월정액 (VAT 포함)	44,000	49,000	59,000	69,000
통화 / 문자	무제한			
영상 / 부가음성	110분	300분		
기본 데이터	2.3GB	3GB	6.6GB	매일 5GB
기본 데이터	400bps 무제한	1Mbps 무제한	1Mbps 무제한	5Mbps 무제한

타사 요금제와의 가장 큰 차이는 요금제 구간이 좀 더 세분화되어 있다는 점이다. SK의 경우 'T플랜 미디엄/라지' 2가지로 비교되고, KT의 경우 'ON 톡/비디오'의 2가지로 비교할 수 있다. 타사에서는 요금제구간을 간소화하는 의미로 구간을 축소시켰으나 LG U+의 경우 타사보다 선택

의 폭을 넓혔기 때문에 고객의 사용패턴에 따라 좀 더 구체적인 요금설계가 가능하다. 이를 상담에 잘 활용하도록 하자.

또한 앞서 살펴보았던 '속도 용량 걱정 없는 데이터요금제(=이하 속걱데)' 또한 '속걱데78', '속걱데88' 두 가지로 세분화 하였다. 원래 88,000원의 요금제에서 월정액 78,000원의 '속걱데 78' 요금제를 추가하여 보다 선택적으로 활용할 수 있도록 하였다. 기존요금제에서 변동내역은 '지식월정액' 대신 '002알뜰5000'이 선택내용에서 변경되었으며, 스마트기기 요금지원불가, 나눠 쓰기 데이터 15G 제공 등으로 바뀌면서 요금을 10,000원 내렸다고 이해하면 되겠다. '속걱데78/88' 상세 내역은 다음 표를 참고하도록 하자.

속도용량 걱정 없는 데이터 요금제		
	속걱데 78	속걱데 88
월정액	78,000	88,000
통화 / 문자 / 데이터	무제한	
데이터 나눠 쓰기	15GB	40GB
콘텐츠 혜택 (선택 2가지 무료)	U+ 비디오포털	
	지니뮤직	
	U+ 영화 월정액	
	002 알뜰5000	
스마트 기기요금	혜택없음	2대까지 무료
데이터 주고 받기	일맞 2회 / 가족 4회	일반4회 / 가족 무제한

요금제 변동뿐 아니라 결합상품 또한 추가되었다.

기존 가족무한사랑(유무선 결합)은 그대로 유지하면서 '참 쉬운 가족결합'이라는 결합상품이 새로 신설되었는데, 이는 가족무한사랑의 유무선 결합과 무선 결합의 복합상품으로, 휴대폰 2회선 이상인 경우 인터넷의 유무와 관계없이 결합하고, 인터넷까지 결합 시 추가혜택을 제공하는 결합상품의 간소화라고 생각하면 될 것 같다.

기존 결합상품과 가장 차별되는 점으로는 휴대폰 10회선, 인터넷 3회선까지 결합이 가능하다는 점과 동일명의 휴대폰도 결합할 수 있다는 점이다.

또한 휴대폰, 인터넷 요금할인은 물론 결합한 휴대폰 번호 수만큼 매월 1000M의 데이터를 추가로 제공해준다. 다만 추가 제공된 데이터는 매월 1일에 지정된 1인에게 한꺼번에 제공되며, 지정된 1인은 매월 결합한 가족구성원에게 데이터를 나눠줘 사용하는 방식이다.

'참 쉬운 가족결합'의 할인금액은 다음과 같다.

결합한 휴대폰 수	휴대폰 월정액별 할인 금액		
	69,000원 미만	69,000원 이상~ 88,000원 미만	88,000원 이상
1개	-	-	-
2개	2,200원	3,300원	4,400원
3개	3,300원	5,500원	6,600원
4~10개	4,400원	6,600원	8,800원

참 쉬운 가족결합 시 인터넷 요금할인			
인터넷 속도	100M	500M	1G
할인금액	5,500원	9,900원	13,200원

'참 쉬운가족결합'과 '가족무한사랑(유무선 결합)'은 선택적으로 신청할 수 있으므로, 고객에 상황에 따라 어느 쪽으로 결합하는 것이 유리한지 확인한 후 결합신청을 하도록 하자.

실무사례

사례) 인터넷 500M를 이용하고 있는 고객이 방문하여 유무선 결합을 신청하려고 한다.
대표자 본인명의 휴대폰 3대(속걱데88 2대, LTE데이터33 1대) 및 가족 3명(추걱데6 9 2
명, 청소년스페셜 1명) 총 6대를 U+로 이용 중이다.
참 쉬운가족결합과 가족무한사랑(유무선 결합)의 할인금액을 확인하여 어느 쪽이 유리한지
고객에게 안내하여 주도록 하자.

1) 가족무한사랑(유무선 결합) 적용 시

대표자 본인이 3회선을 이용한다 하더라도 1회선만 결합이 가능하므로 가장 높은 요금제
인 속걱데88 요금제 1회선과 가족 3명의 총 4회선 결합이 가능하고, 월정액 65,890원 이
상 고객이 1명 포함되게 되므로 모바일 27,610원과 인터넷할인 11,000원을 할인받아 총
38,610원의 할인을 받을 수 있다.

결합구분		월정액 65,890원 요금제, 1명 이상 포함 시		
인터넷	모바일결합인원	모바일 할인	인터넷 할인	총 할인금액
500M / 1G	1명	5,500	5,500	11,000
	2명	16,610	11,000	27,610
	3명	22,110		33,110
	4명	27,610		38,610
	5명	33,110		44,110

2) 참 쉬운 가족결합 적용 시

먼저 모바일 할인을 확인해보자. 대표자 명의의 3대 휴대폰 모두 결합이 가능하고 추가로
가족구성원 3명 또한 모두 결합이 가능하다. 총 6회선으로 4~10개의 결합 할인구간에 해당
되므로 각각의 할인금액은 다음과 같다.

결합한 휴대폰 수	휴대폰 월정액별 할인 금액		
	69,000원 미만	69,000원 이상~ 88,000원 미만	88,000원 이상
대표자 속겨데 88			8,800
대표자 속겨데 88			8,800
대표자 LTE 데이터33	4,400		
구성원 추겨데 69		6,600	
구성원 추겨데 69		6,600	
구성원 청소년스페셜	4,400		

위 표에서 보는 바와 같이 모바일 할인 합계는 총 39,600원으로 이미 유무선 결합 시의 할인금액을 넘어서게 된다. 여기에 인터넷 500M 결합 시 인터넷요금에서도 9,900원을 추가로 할인받기 때문에 모바일과 인터넷의 할인금액의 합계는 49,500원이 된다.

즉, 참 쉬운 가족결합 시 가족무한사랑(유무선 결합)으로 결합하는 것보다 총 10,890원의 할인혜택을 더 받을 수 있어 훨씬 유리하다고 볼 수 있다.

이 책을 처음 집필하기 시작한지도 벌써 10개월에 접어들고 있다. 그 사이에도 통신시장은 끊임없이 변화하였고 새로운 요금제와 새로운 결합상품들이 출시되고 또한 없어졌다.

이렇듯 통신시장은 계속하여 변화하기 때문에 판매자 스스로가 정체되어 있다면, 절대 앞으로 나아가지 못하고 도태될 것이다.

내가 휴대폰을 판매하면서 가장 기억에 남는 고객이 한 명 있다. 나와 처음 알게 된지도 벌써 10년쯤 되어 가는데 아이들이 중학생 때 처음 만나 큰아이는 얼마 전 군대를 제대하였다.

이 고객은 나와 알고 지내는 동안 남편과 이혼하였고, 사업에 실패하여 신용불량자가 되었다가 회복 중이고, 할머니와 함께 살고 있다. 이혼 후 아버지는 따로 살면서 양육비를 지급해왔고 친권을 아버지가 가지고 있다. 이 가족의 아버지를 제외한 모든 휴대폰을 계속해서 내가 바꿔주고 있는데 친권자가 아버지라 아이들의 휴대폰을 바꿀 때면 아버지가 직접 매장으로 오셔야 했다. 오랜 시간을 알고 지내며 원하든 원치 않았든 이 가족의 가정사를 내가 다 알고 지내게 되었고, 그 상황에 맞게끔 나는 적절한 휴대폰을 권하고, 결합상품으로 묶어주고 최근에는 정수기와 공기청정기까지 신청을 해주었다. 이 고객이 나에게 항상 하는 말은 "사장님이 어디 계시든 휴대폰을 판매하고 계신다면 저는 사장님한테 휴대폰을 바꿀 거예요. 저에 대해서, 또 저희 가족에 대해서 우리 가족만큼 잘 알고 계시니까요."

휴대폰 판매는 더 이상 단순히 한 대의 휴대폰을 고객에게 판매하는

231

것이 아닌 생활의 일부가 되어가고 있다. 구입하고자 하는 고객의 성향이며, 경제능력, 가족상황, 선호도 등을 내가 파악하여 휴대폰 한 대(나무)가 아닌 가족 전체의 휴대폰, 인터넷, 렌탈상품 등(숲)을 종합적으로 설계하여야만 한다. 나무보다는 더 넓은 시야로 숲을 보고 큰 그림을 그려야 한다는 것이다. 이를 위하여 가장 필요한 것이 신뢰이다! 나에게 방문한 처음 방문한 고객이 나를 믿고 신뢰하기란 매우 어려운 일이지만 내가 나 혼자의 이익을 우선하기보다 조금 더 고객의 입장에서 고객에게 유리한 판매를 하고 나 또한 이익이 되는 길을 찾기 위해 노력한다면 그 고객은 반드시 다시 매장을 찾을 거라고 생각한다.

이제 시장의 흐름은 가격을 우선하는 시장이 아니다! 전에는 조금 더 싸게 사기 위하여 이 매장, 저 매장을 돌아다니며 발품을 팔았지만, 필자 또한 매장을 운영하면서 가깝고 편리한 매장, 믿을 수 있는 매장을 찾는 고객이 늘고 있다는 것을 느끼곤 한다.

휴대폰은 점차 발전하고, 이제는 인터넷뿐만이 아니라 렌탈까지도 통신사에서 취급하여 하나의 매출수단으로 자리 잡고 있다, 단통법 이후 시장이 많이 어려워졌다고 하나 이 또한 지나가는 바람일 뿐이라고 생각한다. 휴대폰 시장이 어려워진 만큼 렌탈상품 등의 또 다른 무기가 손에 쥐어졌기 때문이다. 판매자가 스스로의 노력을 통하여 단순한 휴대폰 판매가 아닌 한 가정의 통신비를 절감하게끔 생활의 설계로 이어질 수 있다면 앞으로도 평생의 직업으로 휴대폰 판매에 대한 자부심을 느끼고 살 수 있을 거라 생각한다!